天官女
천관녀

천관산일출

천관산의 역사 기록

도립공원 호남 5대 명산 천관산 등산로

천관녀의 전설이 깃든 천관산 정원암

천관공주를 기리기 위해 심었다는 효자송

천관녀에 얽힌 전설이 전해 내려오는 구룡봉

천관산 정상에서 바라본 죽곡촌(현재 관산읍)

천관산 정상인 연대봉

천관산 등산로에 있는 양근암

금물이 빛나는 금수굴

드라마 『신의(神醫)』 세트장

제주 판관과 함흥부 도절제사를 지낸 백판관 후손들의 사당 영무제

실학파 거두 존재 위백규 선생이 후학을 가르친 장천제

고려 공예태후 임황후 사당

소설 「천관녀」의 무대와 천관산 축제

천관산이 천관녀와 관련되어 있다는 것은
여러 문헌이나 전해 내려오는 이야기로 짐작하고도 남음이 있다.
그럼에도 불구하고 이런 무형의 유산을
우리 것으로 제대로 갈무리하지 못하는 것은
지역 공동체나 후손으로서 부끄러운 일이 아닐 수 없다.
장편소설『천관녀』로 1,500년 동안 묻혀 있던 전설을 발굴하여
21세기의 찬란한 세상에 내놓은 작가 안수원은
소설『천관녀』의 무대인 천관산을 중심으로
공예태후 사당, 영무제, 장천제, 금수굴, 드라마『신의』세트장 등
장흥의 명소를 한데 묶는 축제를 기획하기 위한 의견으로
몇 장의 사진을 덧붙여 뜻있는 분들의 관심을 촉구한다.

天官女 천관녀

2014년 12월 29일 초판 인쇄
2014년 12월 31일 초판 발행

지은이 안수원
펴낸이 이재욱
펴낸곳 ㈜새로운사람들
마케팅 관리 김종림
디자인 이즈플러스

ⓒ 안수원, 2014

등록일 1994년 10월 27일
등록번호 제2-1825호
주소 서울 도봉구 덕릉로 54가길25
전화 02)2237-3301, **팩스** 02)2237-3389
이메일 ssbooks@chol.com
홈페이지 http://www.ssbooks.biz

이 책은 **새로운사람들**이 저작권자와 계약하여 발행했습니다.
본사의 서면 허락 없이는 어떠한 형태나 수단으로도
이 책의 내용을 이용할 수 없습니다.

ISBN 978-89-8120-506-5 (03810)

天官女
천관녀

안수원 전작장편소설

새로운사람들

 머리말

1500년 전설의 실체를 밝히다

    삼한 통일의 주역이었던 김유신에게는 연모하던 여인이 있었다. 역사에 기록되기는 원사(怨辭)의 저자 또는 기생, 신녀로 전해오고 있다. 확실한 사실은 천관녀로 불린 그녀가 실존인물이었다는 것이다. 그리고 김유신과 연정을 나누었다는 것이다.

    김유신은 애마의 목을 치면서까지 만류하는 부모님의 말씀을 따르는 효자로 기록되어 있다. 주인을 위해서라면 짐승의 목숨은 기꺼이 희생되던 시대였다. 집에서 부리는 노예들도 주인을 위해 기꺼이 목숨을 바쳤던 시대에 하물며 짐승임에랴.

    "승자는 역사의 주인공이 되고 패자는 전설의 주인공이 된다."

    김유신의 연모의 대상이었던 천관녀는 한반도에 철기문화를 전래했던 가야 왕족의 후손이었다. 가야 멸망 후 백제령에 속한 신선산(현재의 천관산)에 은거하신 진용대왕의 손녀다.

    김유신에게 삼한 통일의 혼을 불어넣어 준 천관 공주는 버림을 받았지만, 김유신은 삼한 통일의 주역으로 역사에 커다란 족적을 남기게 된다. 그리고 승자의 기록만 존재하고 패자는 전설로 묻히고 만다. 결국 천관 공주 또한 김유신의 집에서 부리는 노예처럼 승자의 기록을 장식하는 일부분일 뿐이었다.

필자는 구전으로 전래해 오는 전설의 실체를 파헤쳐 보고자 "왜?"라는 의문을 가지고 접근해 가기 시작했다.

그 당시 신라 왕실이나 성골, 진골 귀족들에게는 근친간의 결혼이 당연한 시대상이었다. 물론 일부다처 또한 용인되던 시대였다. 김유신의 동생 문희가 김춘추의 부인이 되고, 김유신보다 나이 어린 김춘추의 딸이 다시 김유신의 아내가 되던 시대였다.

그런 시대에 "왜?" 김유신은 아끼는 애마의 목을 치면서까지 천관녀를 버려야 했을까? 일부다처가 용인되던 시대에 천관녀와 헤어져야만 하는 이유는 무엇일까? 구전(口傳)대로 어머니 만명 부인의 따끔한 훈계 때문이었을까?

김유신은 신라 54대 경명왕에 의해 흥무대왕에 추봉(追封)된다. 왕위에 오르지 않고 왕에 봉해진 것이다. 물론 자손들 또한 왕족의 대우를 받는다.

그런 대왕이 연모했던 여인을 폄하하는 것은 오히려 자연스러운 일일 테고, 천관녀를 같은 가야족의 공주로 역사에 남겨둘 수는 없었을 것이다. 이렇게 되면 김유신은 출세와 부귀를 위해 사랑했던 동족의 공주를 버리는 비열한(卑劣漢)으로 역사에 오명을 남기게 된다.

삼국유사는 김유신의 부인을 재매부인(財買夫人)으로 칭하고 있으나, 역사적으로 태종[김춘추] 무열왕의 셋째 딸 지소부인과의 관계에 대한 명확한 기록이 없다. 그리고 예순에 맞이한 지소부인과 이미 장성했을 자식들과의 관계 설정 또한 명확한 기록이 없다.

필자는 여러 가지 가능성을 추론해 볼 수가 있었다. 그리고 가장 중요하고 확실한 사실을 발견하게 된다. 교도소라는 열악한 조건에서 집필했던 천관 공주는 필자의 지혜가 아닌 신의섭리에 의해 이루어졌다는 사실이다.

전혀 역사적인 정보를 공유할 수 없는 열악한 현실 속에서 단 한 번도 소설을 써볼 엄두조차 내보지 않았던 필자에게 신은 명령하셨고 기회를 주신 것이다. 이러한 신의 계시가 아니었더라면 필자의 무지함으로는 감히 꿈도 꿀 수 없는 일이었을 것이다.

하얀 백지 위에서 전개가 멈추어질 때면 며칠씩 고개를 숙인 채 손에 쥐고 있는 볼펜을 바라보며 한숨만 쉬고 있다가 다시 신께 기도를 드렸다.

"당신께서 이루고자 하는 뜻이 계시다면 이루어지게 하소서. 나는 당신의 도구일 뿐입니다."

이런 과정을 거치며 수차례의 수정을 가해서 마칠 수가 있었다.

그리고 천관녀[천관 공주]의 실체에 근접해 보고자 출옥한 뒤 서점에서 〈삼국유사〉와 〈삼국사기〉 등 신라의 기록을 구입해서 살펴보고 인터넷 등에서 실체적 진실을 파헤쳐보았다. 그런 과정을 통해 확실하고 중요한 두 번째 깨달음에 이르게 된다.

아무리 찾아보아도 김유신의 정식 부인으로 기록되어 있는 지소부인은 김춘추 태종 무열왕의 셋째 딸이라는 기록뿐이다. 지소부인은 김유신의 누이동생 문희의 딸이자 무열왕을 아버지로 두었음에도 김유신의 아내로 알려진 재매부인과의 관계에 대한 명확한 역사의 기록조차 남기지 않았다.

그런데 하찮게 전해 내려온 천관녀에 대한 기록은 '원사의 저자', '

애마의 목을 친 김유신' 등의 일화로 훨씬 높은 비중을 느낄 수 있다는 사실이었다. 말하자면 천관녀는 신녀로 묘사되든 기생으로 폄하되든 실존인물이 확실하다는 사실이다.

예순에 지소부인과 결혼한 김유신이 어떻게 6남 4녀를 둘 수 있었을까? 물론 한 아들은 서출(庶出)이라고 기록되어 있다. 이렇게 자식들이 누구의 소생인지 출생조차 명확하지 않은 역사적 사실에 비추어 볼 때 천관녀의 기록은 필자에게 더욱 집필에 대한 막중한 책임감을 느끼게 했다.

출판사와 출간에 대해 논의하는 과정에서 조금 더 독자들에게 다가갈 수 있으면 좋겠다는 뉘앙스를 피웠다. 필자는 흥미를 위한 막장 드라마를 원하지 않는다고 사양했다. '저질적인 욕설', '핏대 선 고함', '정체를 알 수 없는 혼인'이 난무하는 드라마를 예로 들지 않더라도 신라시대에 동생을 주고 그 딸을 데려오는가 하면 선덕은 숙부와 관계를 맺는 등 말초신경을 자극하는 이 나라의 드라마를 보지 않은 지 20년도 넘었다.

필자는 저승에서 천관녀를 만났을 때 원망보다는 고마운 인사를 받고 싶고 구천을 방황 하고 있는 천관 공주의 한을 달래 드리고 싶었다. 그렇다고 이 소설이 흥미를 느끼기에 부족하다는 말은 아니다. 기교를 부리지 않고 물 흐르듯이 편안한 마음을 느낄 수 있을 것이다.

베스트셀러 서적들은 오직 출세의 방법과 돈을 빨리 쉽게 버는 방법에 집착하고, 혐오스러울 만큼 선정적인 성욕의 극치를 목적으로 삼고 있다. 소설의 전개는 두뇌가 군침을 흘리며 입맛을 다시게끔 의견을 던지는 방법을 익혀야 한다. '위기와 위험', '성적 매력', '친숙하고 익숙함'의 감정을 일으켜야 한다.

이럴 때 65년을 살아온 고향에 애정을 가지고 문화의 공간을 제공하는 장강신문에 천관 공주를 연재하게 된 것을 무척 감사하게 생각하며, 평안한 이야기가 독자들의 마음을 달래줄 것이다. 이따금 팔만대장경의 고귀한 말씀 또한 필자의 생각을 가미하며 그려 보았다.
　부족하고 또 부족함을 알고 있기에 내가 선고받을 때의 심정으로 자신을 낮추고 더욱 낮추려 한다. 필자의 삶 65년에 선보인 첫 작품 천관 공주의 출판에 지성이 넘치는 충고를 기대해본다.
　"진리를 찾고자 하는 사람은 티끌보다 겸손해야 한다. 세상은 티끌을 그 발밑에 밟지만 진리를 찾는 사람은 티끌한테조차 짓밟힐 수 있을 만큼 겸손해야 한다."

2014. 6. 10.
소인 안수원

차례

contents
머리말 • 20
  죽곡촌 • 26
  삼한 시대 • 36
  신선산 봄 • 39
  망국 • 47
  미륵보살의 뜻 • 57
  서라벌 행 • 70
  서라벌의 생활 • 95
  달팽이의 뿔 위에 나라를 세운 촉씨 만씨 • 108
  정분 • 116
  화랑 • 127
  연정 • 141
  천관산 갈대숲을 거닐며 • 154
  함께 별을 바라보다 • 158
  전쟁 • 167
  개선 • 190
  설득 • 205
  신선산의 비애 • 215
  갈등 • 227
  재회 • 243
  순리 • 270
  연정의 고통 • 282
  이별 • 307
천관녀 집필을 마치며 • 318

죽곡촌

백제령 장흥성 신선산 자락에 있는 죽곡촌.

현재는 전라남도 장흥군 관산읍에 속한 지역이다. 고려시대에는 정안현으로 영암군에 소속되었는데 고려 제17대 인종왕비인 공예태후 임씨의 탄신지라 하여 장흥으로 고치고 부(府)로 승격시켰다.

호남의 5대 명산에 속하고, 택리지에 신선산이라고 기록되어 있는 천관산은 분지에 우뚝 솟아 있다. 구름이 끼어 있는 날이 많아서 신비감을 감춘 산, 신선이 살고 있다는 전설이 유래가 되어 신선산이라 불리었다고 전해온다. 우리 집 툇마루에 앉아서 바라보는 천관산은 언제나 그 모습으로 그곳에 묵묵히 자리하고 있었다. 그 의젓한 자태만큼 이곳에서 자라난 우리들의 가슴에 원대한 이상과 포부를 심어주었다.

기쁠 때는 즐거운 표정으로 슬플 때는 위로의 마음으로 천관산은 우리들의 마음의 변화에 따라 기뻐하고 슬퍼하며 함께 울고 웃어주었다. 백두산에서 발원하여 서남으로 뻗어온 산맥은 머리를 다시 동으로 돌려서 득량만 바로 앞에서 득량만을 바라보며 잠시 가쁜 숨을 고르고 연대봉을 이루고 다시 더딘 걸음을 옮겨 득량만에 발을 담갔다. 해발 약 820미터의 정상 연대봉에서는 맑은 날 제주도 한라산이 보인다.

연대봉에는 봉화대가 있어 전쟁이나 위급할 때 연기로 연락한 흔적을 볼 수 있다. 산행을 하면서 청정한 바다 득량만을 바라보는 정취는 산행의 색다른 맛을 느낄 수 있어 많은 관광객이 찾는다. 지금은 도립공원으로 지정되어 있다.

택리지에 나오는 또 다른 이름 불복산의 의미는 두 가지다. 하나는 인간과 연정을 맺지 말라는 미륵부처의 뜻을 거스르고 천관 공주가 김유신과 사랑을 나누었다고 하여 불복산이라고 불렸다는 전설이 있다. 또 하나는 한반도의 산맥이 동고서저의 형태라 태백산맥 줄기 가 동(東)에서 서(西)로 뻗거나 남해로 뻗어 갔는데 천관산은 산맥의 끝자락이 동해를 향해 뻗어 있어 어머니 산을 거스른 산이라 하여 불복산이라 부르는 계기가 되었다고 전해온다.

지금은 이곳에서 매년 한방전통축제가 열리며 드라마 〈신의〉의 세트장이 들어서 있는 것 또한 우연의 일치일까?

천관산은 장흥과 강진의 2개 군에 걸쳐 장흥군에는 대덕읍과 관산읍, 강진군에는 대구면과 칠량면 등 4개의 면에 걸친 주민들의 생활 터전이었다. 비온 후에는 자욱한 안개가 신비스러움을 더하였고 안개 걷힌 후의 천관산은 바로 우리 눈앞에 더 가까이 다가와 있었다.

어린 시절 천관산을 보면서 자랐을 뿐만 아니라 학교에서 갔던 소풍 코스로 천관산 자락의 장천재와 봉화를 피웠던 천관산 정상의 연대봉은 초등학교, 중학교 학창시절의 추억의 그림자였다.

장천재는 소풍 코스일 뿐만 아니라 인근 수개 읍면 촌락들의 봄나들이 코스였다. 대나무 숲과 동백나무 숲속에 고즈넉이 자리하고 있는 장천재는 이곳에 터를 잡은 장흥 위씨의 사당으로 실학파 거두 존재 위백규 선생께서 후학을 가르쳤던 곳이라고 전해온다.

　나의 소년 시절만 해도 마땅한 놀이문화가 없었던 시절에 장천재는 날마다 봄나들이 객들이 인근에서 찾아와 형형색색의 자태를 뽐내며 진달해, 개나리, 산 벚꽃, 동백과 어울리던 아름다운 한 폭의 동양화였다.

　천관산 정상에서 발원한 물줄기는 갖가지 모양을 갖춘 계곡의 바위와 조화를 이루며 하천을 만들어 장천재와 어울려 주위의 풍광을 드높였고, 죽곡천 맑은 물에는 은어가 뛰어놀았다. 천관산 계곡에 흘러내리는 물줄기는 6·25 전쟁으로 산림이 황폐화되어 수량이 줄었으나 다시 산림이 우거지기 시작하여 점차 수량이 늘어나며 태초의 신비를 되찾아가고 있다.

　죽곡천은 구룡봉 밑에서 발원한 물줄기가 한 쪽 계곡은 강진군 칠량면과 경계를 이루어 신평 마을을 경유하여 흐르고 그 안쪽 계곡은 농안 마을을 경유하여 흐른다.

　연대봉에서 능선을 타고 서쪽으로 가다 보면 9개의 봉우리가 솟아 절경을 이룬다. 이곳이 천관 공주에 얽힌 아홉 마리 용이 산다는 구룡봉이다. 그 중간에 미륵부처가 용화수 아래 탄생한다는 금수물이 나오는 금수굴이 있다. 연대봉에서 구룡봉으로 이어지는 갈대숲은 장관을 이루고 매년 10월에는 이곳에서 천관산 억새제가 열린다.

　연대봉 바로 밑에서 발원한 물줄기는 우리 유년기의 놀이터였던 짱바탕을 끼고 덕전 마을을 경유하여 흐른다. 그리고 다른 한 계곡은 위씨들의 사당 장천재를 거쳐 흐른다.

　짱바탕과 장천재 사이의 당동마을 계곡에 백씨들의 사당 영무제가 있다. 제주판관과 함흥부 도절제사를 지내고 천석을 거두었다는 백판관 후손들이 지었다는 영무제의 현판은 담추문이라고 하여 가을이 담겨 있는 단풍의 아름다움을 노래했다.

원래 중국에서 난을 피해 회진항에 상륙했다는 임, 마, 위의 3성씨가 이 지역에 뿌리를 내리고 각기 장흥위씨, 장흥마씨, 장흥임씨를 이루었다.

그중 장흥임씨 시조 임호는 중국 소흥부 출신으로 고려 정종[1035-1046] 때 이곳에 정착했다고 한다. 그래서 후손들이 본관을 장흥이라 부른다. 임호의 아들 임의는 아들 셋을 두었는데 둘째 아들 임원후의 딸이 인종왕비가 되면서 가문이 빛나게 된다. 공예태후는 장흥군 관산읍 당동에서 태어나 인종 4년[1126]에 왕비가 되고 의종 1년[1146]에 왕태후가 되었으며 슬하에 5남 4녀를 두었다. 태후는 정중부, 이의방, 이의민 등 무인들이 정국을 주도하던 난세에도 탁월한 정치력을 발휘하여 왕실을 굳건히 지켰으며 의종, 명종, 신종 등 아들 3형제가 왕위를 계승했다. 공예태후 사당이 영무제 밑에 널따랗게 자리하고 있다.

그리고 그 개울 건너 효자송이라 부르는 소나무는 천년이 넘게 이곳을 지켜오며 이곳이 명산임을 다시 한 번 알려준다. 이 효자송 근처가 소루 왕이 은거하였고 천관이 유년기를 보냈음직한 곳인데 모든 것이 흔적 없이 사라져 버려 아쉬움을 금할 수 없다. 혹여 효자송이 아버지를 그리며 천관 공주가 심었던 소나무는 아닐까?

4군데의 맑은 계곡물이 죽곡천의 본류를 형성하여 죽청항을 이루고 득량만으로 흘러들어간다. 그리고 이 본류를 이루는 분지에 형성된 죽곡촌은 현재 행정상 관산읍이라 부르고 죽교리 옥당리가 시가지를 형성한다.

아직도 예스럽게 남아 있는 골목길 등은 1500년 전의 천관 공주가 유년시절에 거닐었을 것처럼 시계를 거슬러 놓는다.

득량만으로 출몰하는 외적을 막기 위한 성터가 우리 어렸을 때만 해도 남아 있었는데 이를 복원하지 못하고 방치·훼손하는 안타까이 사라져가는 역사의 현장이다. 인근의 청춘 남녀 치고 이곳에 아기자기한 추억의 사연을 하나쯤 가지고 있지 않은 처녀총각이 있을까?

8칸 겹집 어느 방에서 나오든가 툇마루가 놓여 있고 방문을 열고 방 안에서 보아도 툇마루에 나앉아도 천관산은 늘 우리 앞에 가까이 있었다.

천관산 정상 바로 밑자락 짱바탕 벌판 그 한쪽의 덕전 마을로 흐르는 계곡물은 한여름에도 얼음처럼 차가웠다. 몇 개 부락의 코흘리개부터 중학생, 광주 등 대도시로 유학을 간 고등학생에 이르기까지 이른 여름부터 늦여름까지 짱바탕 벌판에 소를 풀어 놓고 꼴을 베어 꼴망태를 채운 다음 흐르는 땀을 얼음 같은 계곡물에 씻으며 발가벗고 목욕을 한다.

여름방학 동안 추억이 깃든 곳이다. 그 천관산이 바라보이는 툇마루 앞 뒷마당이라고 불렀던 곳에 6남매 중 바로 위의 형이 로얄장이라는 3층 여관과 목욕탕을 짓고 난 후 건물에 가려 툇마루에 앉아도 천관산을 볼 수가 없었다.

가을걷이를 하여 나락 짚단을 몇 군데씩 쌓아두고 겨울에 홀태로 훑던 넓은 마당이었고 가을걷이가 끝나면 우리 6남매 놀이터였던 추억의 뒷마당이었다. 나는 사업을 한답시고 팔십 리 떨어진 장흥읍으로 떠나와 살고 있었다.

3년 후 형님은 목욕탕의 벙커씨유 기름이 얼어 있어 이를 녹이려고 탱크 밑에 불을 피우다 43세 한창 나이에 세상을 떠나셨다. 그리고 23년이 지난 작년 2012년 1월 서울에 살고 계시던 둘째 형님이 70세 나이에 세상을 떠나셨다.

이어서 2012년 4월 29일 어머니께서 91세 나이로 천관산을 막아선 여관 건물에서 일생 즐거운 생활을 누려보지 못하고 생을 마치셨다. 편안히 모시지는 못했지만 나와 함께 사시다 고향집에 한 번 가보고 싶다고 어린아이처럼 떼를 쓰시던 어머니의 모습이 눈에 선하다.

차를 운전하고 마누라와 함께 고향집으로 모시고 갈 때 조금 전까지 아프다고 떼를 쓰시더니 차 안에서 활짝 웃으신다.

"어머님, 집에 가시니까 아프지 않으셔요?"

어머님은 어린 아이마냥 천진스럽게 미소 지으시며 고개를 끄덕이신다. 형수님께서 하루만 모시겠다고 하여 그냥 돌아오고 말았다. 다음날 전화를 드렸더니 형수님께서 괜찮다고 하였는데 어머니는 불효 아들이 구속되는 것을 미리 예견하시고 아들의 우둔함에 아들의 모든 허물을 당신 탓으로 돌리시고 저승에 가셔서 이 불효 아들의 용서를 구하며 구속을 면하게 해주시고 싶으셨던가.

조급히 하느님을 찾으셨다. 어머님은 시집와서 한 평생을 살았던 집에서 임종을 맞이하고 싶으셨든지 하느님의 부르심으로 평온한 모습이었다. 이미 1년 전 천관산을 바라보았던 8칸 겹집은 도로 확장으로 흔적조차 없어졌다. 며칠 동안 드렸던 기도에 응답은 없었다.

63세. 2012년 11월 8일 나는 장흥법원에서 법정 구속되었다. 모든 것을 다 잃어버린 순간이었다. 판사는 김물봉이었고 검사는 임허풍이었다. 이들은 이 세상을 마감하는 순간까지 양심의 노예가 될 것이고 저승에서 또 한 번 죄과를 치르게 될 것이다. 거짓과 진실은 구속된 순간에 의미를 상실한다.

　모든 것이 판사의 판결로 진실이라는 포장을 씌워 합법화한다. 온몸이 분노로 떨려왔다. 그러나 하느님의 살아계심을 믿고 그분께서 나를 이곳에 보낸 뜻이 있다는 것을 알기 때문에 하느님을 의지하며 이겨낼 수 있었다. 뜬 눈으로 첫 밤을 보내며 기도를 드렸다. 분명 하느님께서 나를 빌어 이루고자 함이 계실 것이다. 그 분의 깊은 뜻을 알 수는 없지만 나는 굳게 믿고 있었다.

　일주일의 시간은 1년처럼 지루했고 답답했다. 심장병이 있는 마누라의 눈물은 나의 마음을 칼로 에이는 듯하였다. 2012년 11월 15일, 일주일 만에 광주교도소로 이송되었다. 억울함에 항소를 했기 때문이다.

　1735라는 번호가 주어지고 미결 20번방에 배정되었다. 내가 허목사라고 부르는 허형재 선생을 필연처럼 만난 것은 2012년 11월 26일 광주교도소 감방 20호실. 가을에서 겨울로 접어들어 차가운 겨울 날씨는 왠지 사람을 더욱 움츠리게 한다.

　교도소라는 중압감에 이미 마음까지 얼어버렸고 나는 양쪽 발가락이 동상 걸린 상태로 오직 모든 것을 하느님께 의지하고 있을 때였다. 20호실에 먼저 들어와 있던 소위 선임자들이 짜증스럽게 말을 건넸을 때 유독 밝은 표정으로 말을 걸던 사람이 있었다. 뒤에 알게 되었지만 그가 바로 허형제 선생이었다.

　전능자이신 하느님께서 이곳에 나를 보낸 깊은 뜻은 무엇일까?
　수없이 기도를 드렸지만 하느님께서는 응답이 없으셨다.
　서로 몇 차례 얘기를 주고받는 동안 고향에 대해서 그가 물었고 내가 장흥 관산이라고 했을 때 그가 반가워하면서 이렇게 말했다.

"천관산을 갔었는데 장흥 군수나 장흥 사람들은 천관녀에 대한 역사적인 사실을 왜 방치하는지 모르겠소."

장흥 사람들이 소중한 역사적인 사실을 방치하는 데 대한 안타까운 실망의 심정을 허형재 선생이 피력할 때, 번개처럼 머리를 때리는 아찔한 현기증을 느꼈고 온몸이 후끈 달아오르는 열기로 흥분되는 마음을 주체할 수 없었다.

천관산 자락에서 자라나면서 구전으로만 전해 들었던 1500년 전의 이야기. 한스런 최후를 맞이했던 천관 공주의 넋이 승자의 논리에 따라 하찮은 기생으로 왜곡되어 있는 역사적 현실에 한을 품고 승천하지 못한 채 구천을 떠돌면서 나의 심장을 찔러 짜릿한 흥분과 감동의 전율로 나를 새롭게 일깨워주었다.

김유신의 배신으로 이곳에서 생을 마쳤던 천관 공주가 이곳에서 유년 시절을 보냈다 하여 이후 사람들이 천관이 살았던 산이라 하여 천관산이라 부르게 되었다고 전해온다.

천관 공주의 넋은 천관산 자락에서 태어나 63년을 살아온 나에게 이어졌다. 천관산 구름 위를 떠돌아다니며 승천하지 못하는 한을 풀어주어 이제 편히 쉬게 해달라는 메시지를 천관 공주가 허형재 선생을 빌어 천관산 자락에서 태어나 성장했던 나에게 그 막중한 책무를 맡기고 있었다.

역사에 원사(怨辭)의 저자 한 줄로 간단히 기록되어 천관녀로 불리며 신녀 또는 기생으로 폄하되고 있으나 이곳 한반도의 낙후된 시대에 철기문화를 전래해 주었던 가야 부족 중의 하나인 소류가야 부족장의 딸이다.

"승자는 역사의 주인공이 되고 패자는 전설의 주인공이 된다."

소루부족장 소루 왕과 백제성왕의 다섯째 딸인 마야공주와의 사이에 태어나 어려서부터 총명하고 아름다웠다고 한다. 소루가야의 망국의 왕 진용대왕이 어려서 천하를 유람하며 수양을 닦을 때 신선산의 은은한 자태에 감탄하여 지금은 소실된 신선사 절을 창건하게 도와준 인연에 따라 이곳에 은거하였다고 전해진다.

천관 공주는 도솔천에서 미륵보살을 모시고 있던 선녀로서 삼한 땅에 육백 년을 이어져 온 살육의 피비린내 나는 전쟁에서 만민을 구원하기 위하여 삼한을 정토하라는 미륵보살의 명령으로 김유신에게 삼한통일 대업의 꿈을 심어주었다.

그러나 세속 인간과 연정을 맺지 말라는 미륵보살을 거역하고 유신을 연모한 벌로 비참한 말년을 맞게 된 것이다. 구천을 떠돌면서 천년을 보내 죄 사함을 받았으나 자신을 구해줄 의인을 찾지 못하고 1500년의 세월을 천관산에서 방황한 것이다.

그리고 2014년 스스로 있는 전능자께서 1500년 지난 지금 천관 공주를 구원하고 천사의 반열로 불러들이고자 하신 하늘의 뜻은 아니었는지 광주교도소 20번방은 한겨울 잿빛 날씨가 더해져 빠른 속도로 어둠이 드리워져 가고 있었다.

천오백 년이 지난 오늘에야 소루족 천관 공주에 대한 전설이 세상에 알려질 수 있다는 것은 심히 안타까운 일이다.

그러나 이 우주에 존재하는 단 한 마리의 개미에 이르기까지 신의 섭리로 이루어지지 않은 것은 아무 것도 없다. 미륵부처의 중생구제의 사명을 띤 천관 공주는 세속의 김유신을 연모함으로써 그 죄과를 받아 지금에야 그 사실이 알려지게 된 것이다.

삼한 통일의 대업을 이루게 한 김유신의 정신을 일깨워준 천관 공주는 패망해서 은거한 소루 왕과 마야왕후의 마음을 아프게 한 불효자로서 미륵부처의 명을 어기고 김유신을 연모한 죄로 그동안 어둠속을 떠돌며 죗값을 치루고 이제야 하느님의 뜻에 의해 필자의 손으로 이 세상에 그 실체를 드러내게 된 것이다.

이 또한 하늘의 뜻인 것이다. 단 한 번도 소설을 써본 적이 없는 나에게 신께서 명령하신 것이다. 신의 지혜가 나를 도구로 삼으신 것이다.

지금은 비록 1500년 전의 지명이 바뀌어져 있으나 당동, 방촌, 덕전, 용전, 농안, 신평 등으로 불린 이름들은 천관녀의 숨결이 천오백 년 동안 천관산을 지켜오며 아직도 김유신과의 애틋한 사랑을 목말라하고 있는지 모른다.

따스한 봄볕 아래 천관산 자락의 관산 소재지에서 당동 부락으로 오르는 오솔길을 구비 돌아가면 새로운 세상이 오는 것처럼 아늑한 분위기를 느끼는 것은 천관 공주의 숨결이 손에 잡힐 것 같은 여운 때문인가?

지금은 당동 입구에서 방촌 쪽으로 2차선 아스팔트 도로가 나 있지만 태고의 신비를 더 이상 훼손하지 않고 소루 왕이 은거하며 살았고 천관 공주가 거닐었던 자취를 음미하며 그 애틋한 사랑 이야기가 현대인의 마음속에 뭉클하게 다가왔으면 하는 마음이다.

신라 처용가의 가락처럼 1500년 전에 이미 부귀를 내팽개치는 사랑 이야기가 우리의 메마른 가슴에 한 줄기 용서와 사랑의 빛이 될 수 있다면 지금도 천관산에 머물러 있는 천관 공주의 한 서린 슬픔을 조금은 어루만져줄 수 있지 않을까 하는 바람이다.

삼한 시대

AD600년경.

신라, 백제, 고구려의 삼국은 영토 확장을 위해 끊임없이 전쟁을 벌이고 있었다. 죽어나는 것은 이 땅에 태어난 우리 선조 만민들이었고, 주변에 자생하던 역사에 기록되지 않은 부족들은 국가 체제를 갖춘 그들에게 속속 복속되어 가고 있었다.

부족 체제라고도 볼 수 없는 씨족체제의 이들은 오래 전부터 이어져 온 전통의 방식대로 살아왔다. 전쟁은 남을 공격하고 죽이기 위한 수단이 아니었다. 외세의 위험으로부터 종족을 지키기 위한 수단으로써만 전쟁이 필요했던 것이다. 그래서 이들의 씨족 간의 다툼은 전쟁이라고 부르기엔 너무 확대 과장된 표현으로 씨족을 보호하기 위한 싸움이라고 불리어져야 적절한 표현이라 할 것이다.

싸움은 씨족끼리의 사소한 싸움에서부터 현재는 흔적도 없이 사라져버린 이 땅의 맹수들도 포함되었을 것이다. 기록에 의하면 백제, 고구려, 신라 삼국 중 BC57년에 맨 처음 국가의 체제를 갖춘 신라는 역사 기록에서 우산국, 6가야 등 소위 부족국가라고 부르는 세력을 무력으로 침략, 회유하여 영토 확장을 꾀하였을 뿐만 아니라, 미처 역사로 기록되지 않은 채 자생하던 이 땅의 조그마한 부족들도 흡수해 가면서 세력을 넓혀 나갔다.

신라와 백제, 고구려는 이 땅에서 평화를 사랑하며 살아가고 있는 같은 족속들을 앞서 국가 체제를 갖추고 화려한 문명을 일군 힘으로 침략하였다. 신라는 낙동강과 섬진강 인근에 터를 잡은 6개 가야부족의 삶의 터전을 침략하여 그들을 복속시켰다. 이들의 입장에서 볼 때 신라는 무력만 일삼는 미개하고 잔인한 족속으로 비쳐지는 것은 당연했다.

이러한 무력 확장을 통해 그들의 부족민들을 병사들로 삼고 고구려와 백제를 상대로 한 전투에 활용함으로써 삼국통일을 이루게 된 것이다. 이는 삼국통일의 주역인 김유신이 금관가야의 마지막 왕인 구형왕의 증손자이고, 그의 아버지 김서현 역시 신라가 치른 수많은 전쟁에서 혁혁한 공을 세운 사람이라는 사실이 이를 증명한다.

산청군 금서면 왕산 자락에 금관가야 마지막 왕인 구형왕(521~532)의 무덤이 있다. 가락국 10대왕으로 즉위하여 12년간 왕으로 있었고, 신라 법흥왕 19년(532) 나라를 넘겨준 비운의 왕이다. 왕릉은 돌무더기를 쌓아올려 만든 특이한 형태의 돌무덤이다.

"망국의 왕이 어찌 편하게 누워 있겠느냐? 내가 죽으면 돌무더기에 무덤을 써라."

이렇게 유언했다고 전해 내려왔다. 승자는 역사를 남기고 패자는 전설을 남긴다. 한이 크면 전설과 신화도 그만큼 오래가게 마련이다.

구형왕의 무덤 위로는 날짐승이 똥을 싸지 않고 가뭄이나 전염병이

들었을 때 왕릉에 기도를 하면 해결된다는 이야기도 전해졌다. 김유신은 구형왕의 증손자다. 왕릉과 조금 떨어진 곳에는 김유신이 어렸을 때 활을 쏘던 사대(射臺)가 있다. 가야 후손이 겪었던, 지역과 부족에 대한 차별의 울분을 증조할아버지 묘역에서 활을 쏘며 달랬던 것이다

왕산의 정기는 산중턱에 있는 샘물에 있다.

[허준의 스승인 전설적인 명의 유의태가 환자에게 사용했던 약수, 죽염으로 유명한 인산김일훈 선생도 생전에 이 약수를 여러 번 얘기했다. 혹시 구형왕이 죽어서 가야 족에게 남긴 유산일까? 남명 조식 선생이 산천재를 지리산 동쪽에 짓고 지리산 동쪽 끝자락 이름을 왕산(923m)이라 했다. "천리행용일석지지", 용이 천리를 흘러가다가 마침내 명당 한 자리를 만들었다. 금서면 왕산이 바로 그런 끝자락에 있는 산이다.]

신라가 가야의 앞선 철기 문화를 복속시키고, 낙동강과 섬진강의 풍부한 해상자원을 확보한 것이 결국 백제를 능가할 수 있는 전환점이었다고 할 수 있다. 신라는 끊임없이 주변국들을 정벌하고 마지막 남은 소루 왕족을 멸망시키기 위하여 1년째 무력과 회유를 시도했다. 그럴 때마다 소루부족은 부족장 회의를 열고 논의를 거듭했다.

신선산 봄

계화는 허름한 부엌문을 열고 안으로 들어선다.

일상이 함축되어있는 생명 근원의 산실, 정감 넘치는 냄새가 코끝에 묻어온다. 조그마한 허드레 칼 두 개를 대바구니에 집어넣고 부엌을 나와 살금살금 천관녀의 방문 앞으로 가서 창문에 귀를 대고 방안의 기척을 살피다가 운을 뗀다.

"아씨, 뭐하세요?"

"응 그냥……."

"저랑 나물 캐러 안 가실래요? 쑥이 제법 자랐더구먼요."

"벌써…?"

"그렇다니까요! 얼른 나와 보세요."

천관녀는 방문을 열고 밖으로 나왔다. 문 밖에 계화의 둥그런 얼굴이 홍조를 띠고 올려다보며 미소를 짓고 있었다. 계화는 천관녀의 다음 행동을 재촉하려는 듯이 부엌에서 가지고 온 대바구니를 마루에 내려놓는다.

대바구니 속에 두 자루의 허드레 칼은 함께 나물 캐러 가자는 무언의 신호이고 천관녀를 향한 어리광이었다. 나이는 동갑내기이지만 계화의 행동은 매번 이런 식으로 철없는 동생처럼 굴었다. 천관의 손을 잡아끌고 싸리문을 나서는 계화의 마음은 부풀어 들떠 있었다.

4월의 봄은 아직 차갑기만 하다.

오솔길을 따라 신선산 자락이 바람막이해준 양지쪽의 천수답 논둑에는 쑥 무더기가 오순도순 봄을 속삭이고 숲 속에는 '쑥국 쑥쑥국 쑥국', '찌르르, 찌르르, 찌르르르르' 산새들이 지저귄다. 진달래는 온 산야를 분홍빛으로 물들이고 봄 향기는 지천에 퍼져 있었다.

차가운 바람 속에 이따금 불어오는 한 무더기의 미지근한 바람이 봄의 시작을 알려온다. 저 아래 펼쳐진 들판 끝에 옹기종기 제법 큰 촌락이 형성되어 있다.

죽곡촌.

커다란 분지로 형성된 지형에 대나무가 유달리 많다고 하여 붙여진 이름이라고 아버지의 아버지 때부터 전해져 왔다고 한다. 죽곡촌이 형성된 앞쪽 신선산 자락의 들판 밭둑길에 아낙들이 군데군데 나물 캐는 모습들이 아른거리는 아지랑이 사이로 뿌옇게 그림자를 드리우며 한가로운 풍경을 그려놓았다.

"아씨, 이쪽으로 와 보세요."

소리치는 계화의 목소리에 보리 이랑 사이에서 '푸드득' 소리를 내며 장끼 한 마리가 놀라서 날아간다. 하늘 높이 날아 신선산 아래 자리 잡은 뒷메라고 부르는 작은 산의 아랫자락에 사뿐히 내려앉는다.

밭길 돌무더기 옆 한쪽 수풀 구석에 4개의 이름 모를 새알이 앙증스럽게 만들어진 둥지 안에 꽁꽁 숨겨져 있었다.

"아이 귀여워라."

새알을 발견한 계화가 소리치고, 그 소리에 가까이 다가간 천관도 한 마디 한다.

"정말 예쁘다. 아직도 따뜻하구나."

"예. 아씨."

그때 어느 남정네의 색기 띤 목소리가 둔탁하게 바람에 실려 온다.

"거기 소부족장 댁 천관 아씨 아니세요?"

그 쪽을 힐끔 쳐다본 계화가 마치 기다리고 있었다는 듯이 잽싸게 대꾸한다.

"그런데요?"

말씨가 퉁명스럽다.

"그냥요. 뭐, 나물 캐러 오셨나 해서요?"

남정네는 머쓱해서 소리를 죽였다.

"우린 상관 말고 가던 길이나 가세요. 아씨, 우리 저쪽으로 가요. …흥, 누가 자기더러 물어보라고 했나? 별꼴이야."

대꾸를 그렇게 하는 계화의 얼굴은 정말 별꼴 같지 않은 표정이었다.

"아씨, 저 도령은 죽곡촌 촌장의 자제분 중에서도 셋째 도령인데…글쎄, 뭐라고 할까… 죽곡촌 싸울아비 대장이라고 부르던가. 좌우간 신라에 있다는 그……뭐……화랑도라든가, 그러니까 젊은이들 모두의 대장, 그런 것인데 좌우간 바람둥이래요. 보셔요, 인물 값 하게 생겼지요?"

계화는 묻지도 않은 천관에게 제가 주워들어 알고 있는 얘기들을 마치 사실인 듯 조잘거린다. 남정네들은 말을 붙였다가 본전도 못 찾고 뽀얀 먼지를 일으키며 신선산을 향해 말을 달려갔다.

그런 그들의 모습을 고개를 돌려가며 바라보던 계화는 그들이 산모

퉁이를 돌아가서 보이지 않을 때에야 고개를 돌리며 혼잣말처럼 중얼거린다.
"아씨, 아씨도 이제 훌륭한 도령을 만나야 할 턴데요?"
그러나 당연히 천관의 귀에는 들릴 만큼의 소리다.
"너는 못하는 소리가 없구나!"
천관이 나무라며 눈을 흘긴다.
계화는 화들짝 놀란 시늉을 하면서 "저는 혼자서 해본 말인데…." 하며 심드렁하게 중얼거린다.
열여덟, 천관과 계화는 꽃봉오리가 터질 것처럼 벌어져 가고 있었다. 온갖 꽃들이 만개되어 꽃가루를 날리고 향기를 뿜으면서 벌과 나비를 부르듯이, 천관과 계화는 꽃봉오리가 터질 것처럼 젖무덤이 하루가 다르게 부풀어 솟아오르고 치마폭에 감추어진 둔부도 탱탱한 탄력을 얻어 복숭아처럼 벌어져가고 있었다. 뭇 남정네들의 시선을 끌기에 부족함이 없었다.
"나물 캐러 갔었구나? 짐작은 했다만…멀리 나다니지는 말아라."
손을 잡고 들어서는 천관과 계화에게 마야 황후가 다정한 표정으로 말을 건넨다.
"네, 어머니."
한껏 들뜬 마음으로 깔깔거리며 집안으로 들어서던 천관은 어머니의 말씀에 금세 표정을 바꾸고 정숙하게 대답한다.

천관의 어머니는 약초 달인 그릇을 받쳐 들며 소루 왕을 부른다.
"대감!"
고개를 돌린 소루 부족장은 부인을 바라보다 눈길을 돌리고 약초 달인 그릇을 받아들며 다음 말을 기다린다.

"도라지 달인 것입니다. 계절이 바뀔 때는 특히 목에 이상이 생길 수 있으니 미리 예방해야 될 것 같아서요."

"그래, 고맙구려. 천관은 아래채에 있습니까?"

"예, 방금 나물 캐러 갔다가 계화와 둘이서 들어오는 것을 보았습니다. …그런데 대감, 이제 천관이도 혼처를 알아보아야 할 것 같습니다. 금년 들어서 부쩍 처녀티가 완연하게 나더라고요. 하긴 소희가 혼례를 치를 때 나이가 지금의 천관과 같았으니까……."

"그렇지 않아도 서라벌에 기별을 넣어서 설상 아찬 댁에 있는 소희에게 천관이 머무를 처소를 준비해 두라고 할 참이었는데 임자가 먼저 말을 꺼냈구려. 일간 서라벌로 소식을 띄우기로 합시다."

"저… 그런데…."

소루 족장은 뭔가 할 말이 있는 듯이 머뭇거리는 부인을 물끄러미 바라본다. 소루 족장의 시선에 잠시 뜸을 들이다가 어렵사리 마야 황후가 입을 연다.

"천관이를 서라벌로 보내지 않으면 안 될까요? 저는 천관이 만큼은 이곳 죽곡촌 촌장의 자제나 이웃 촌장의 자제 중에서 배필을 골라 혼례를 치르게 해서 가까이 두고 싶습니다. …대감이나 소첩이나 늘그막에 의지할 곳이 어디 있습니까? 소첩에게는 하늘에서 아들을 점지해 주시지 않아 대감께나 선대 대왕마마께 이루 말할 수 없는 대죄를 짓고 말았습니다."

"그게 어디 부인의 잘못이겠소?"

"가야국의 대가 여기서 끝난다는 것을 생각하면 소첩의 심정은 피눈물이 나고 찢어질 듯합니다. 이제 천관이까지 보내면 소첩은 누굴 의지한단 말입니까? 그런 소첩의 심정을 헤아려 주신다면 천관이를 곁에 두고 서로 의지하며 함께 살았으면 좋겠다 싶어 대감께 청을 드립니다."

잠시 무거운 침묵이 흐르고 소루 왕이 다정한 말투로 대답한다.

"부인의 심정을 내가 왜 모르겠습니까? 내가 부왕의 손에 이끌려 이곳 백제령 장흥성 신선산 계곡으로 들어올 때 나는 철없는 어린아이였다오. 혼자서 하염없이 눈물을 흘리시는 아바마마를 볼 때 나는 어렴풋이 아주 슬픈 일이 벌어졌다는 것을 느낄 수 있었다오. 그것이 나라가 망하고 이곳으로 은거해 들어왔기 때문임을 바로 알게 되었습니다. … 말이 좋아 은거지 망한 나라의 만민을 버려두고 도망쳐 온 것입니다."

"저도 들어서 알고 있사옵니다."

"그때 나라의 운명이 다하였고 그래서 이곳으로 쫓겨 왔고 이제 또 마지막 우리의 운명이 여기서 끝남으로써 가야국의 영원한 종말을 고하는 것이 하늘의 뜻이라면 그 모든 것을 순순히 받아들이는 것이 당연한 일일 것입니다. 그것은 부인과 나의 업으로서 마지막을 마무리해야 할 운명인가 봅니다. 그런데…… 천관이를 굳이 우리 곁에 둠으로써 그 비극을 대물림하고 싶지 않습니다. 눈에 넣어도 아프지 않을 영민하고 착하고 예쁜 우리 천관이를 그리할 수는 없습니다. 서라벌로 보내서 훌륭한 배필을 만나 소희처럼 행복한 인생을 살 수 있도록 해주는 것이 천관이에게 할 수 있는 마지막 사랑이 아닐까 생각합니다. 부인께서도 천관이의 행복을 빌어주는 것으로 마음을 다잡고 모든 것을 부처님의 뜻에 맡겨봅시다."

"대감의 뜻은 헤아린다고 하면서도 아녀자의 좁은 소견으로 자꾸만 불안한 생각이 드는 건 어쩔 수 없나 봅니다."

"이곳에 쫓겨 오신 아버지께서는 망한 나라의 군주로서 만민에 대한 갚음으로, 또 선대에 대해서는 가문을 지키지 못한 죄인으로 남아 자식들은 영원히 이곳에서 세상과 인연을 끊고 살도록 명하셨습니다. 그러나 여식들까지 그 죗값을 치를 필요는 없다고 하시며…서라벌에 가서 신라에 귀화한 가야 귀족의 자녀와 혼례를 치러 행복하게 살도록 해주라고 명하셨고 우린 그걸 지켜왔습니다. 그래서 소희가 지금 서라벌의 설상 아찬 댁 며느리가 되어 있지 않습니까? 그리고 금희는…금희는…."

"대감 그 얘기는…."

"그러지요. …마지막 남은 천관이 혼례만 치르고 나면 나도 이제 이 무거운 짐을 내려놓고 싶습니다. 그동안 너무나 무거운 짐이었소. 그리고 부인의 아버지로 부인을 나에게 보내주신 백제의 대왕께도 이루 말할 수 없는 은혜를 갚을 길이 없습니다. …망국의 자손과 일생을 함께 살아준 부인의 고마움을 다음 생에서 꼭 갚아 드리겠소. 지금 이곳에서 편안히 살 수 있었던 것 또한 백제의 대왕 마마와 부인의 덕분이었습니다."

"새삼스럽게 어찌 그런 말씀을 하시는지요?"

"백제의 공주로서 훌륭한 가문들을 제쳐두고 자청하여 망한 나라 자식의 배필이 될 것을 아뢰어 부부의 연을 맺어 준 것에 다시 감사를 드리오. …부인!"

소루 왕은 약사발을 건네고 다소곳이 앉아 얘기에 귀를 기울이는 부인의 손을 잡는다. 마야 황후는 백제 성왕의 5번째 공주였다. 말을 마치고 뜨락의 우물가에 피어 있는 개나리를 물끄러미 바라보는 소루 왕의 눈에 이슬이 맺혀 있다. 부인 마야 황후의 눈에도 눈물이 흘러내리고 있었다.
 햇빛 사이로 노랑나비가 하늘거리며 소루 왕의 시야에 아른거렸다. 망해버린 나라의 허수아비 왕, 신하라고는 단 한 사람도 없는 왕, 그렇게 지내기를 벌써 60년의 세월이 지났다.
 "그래 오래도 살았구나."
 소루 왕은 가늘게 한숨을 내쉬며 중얼거렸다.

망국

진용대왕은 침소에 앉아 물끄러미 벽에 걸린 글귀를 바라보았다.

民心天心(민심천심).

내걸린 글귀에 눈을 떼기 어려웠다. 대물림으로 만민을 다스리는 군주로서가 아니라 만민의 마음을 헤아려 베풀어주는 군주로서의 태도에 대한 가르침을 선대로부터 받아왔었다.

오늘 전갈이 도착했다. 신라국의 김승우 대아찬이 신라 법흥왕의 친서를 가지고 진용대왕을 뵙겠다고 서신을 보내왔다. 일행 중 선발대가 가져온 전갈이다.

"대아찬께서는 지금 어디쯤 오시고 계시는가?"

설상 대상의 물음에 연락장수는 대답했다.

"지금쯤 낙동강을 건넜을 것으로 사료되옵니다."

"여봐라, 신라의 장수를 편히 쉴 수 있도록 준비된 처소로 안내하여라."

"예, 설상 대상."

설상 대상이 조치를 취하고 나자 진용대왕이 그를 부른다.

"설상 대상."

"예, 대왕마마."

"분명 이번에는 틀림없이 최후의 통첩을 가져오겠죠? 그동안 수차례 시간을 달라고 변명하여 미루고 또 미루어 왔습니다만, 이제는 달리 방법이 없는가 보오. 어떻게 해야 할지 눈앞이 캄캄할 뿐이오. …짐이 부족하고 부덕하여 이 나라를 이 지경으로 만들었으니 선대왕들을 뵈올 면목이 없습니다. 그리고 망국의 난민으로 차별받으며 피눈물로 살아야 할 부족민들의 슬픔은 누가 어루만져 준단 말입니까?"

"대왕마마 분하고 억울할 뿐이옵니다. …일단은 내일 신라 사신이 가져온 국서를 받아본 연후에 어전 회의를 개최하여 결정을 내려야 합당한 줄로 아옵니다. 대왕께서는 옥체를 평안히 하시고 내일 사신을 맞이하셔야 할 터이니 침소에 드시어 쉬심이 좋을 줄 아옵니다."

"그럼 설상 대상만 믿고 짐은 좀 쉴까 합니다."

"예 대왕마마."

진용대왕은 다시 한 번 노란 천에 빨간 글씨로 씌어 있는 民心天心(민심천심)이라는 글귀를 비애에 젖은 표정으로 바라보았다. 선대 가야 부족들은 북방에서 따뜻한 남쪽 땅을 찾아 내려와 이곳 섬진강과 낙동강 어귀에 터를 잡고 원주민들에게 철기문화를 전래하면서 이들과 어울려 500년을 지내오며 평화로운 가야 부족을 형성하여 오지 않았던가.

당연히 다른 나라를 넘보는 침략을 몰랐다. 전쟁은 적의 공격으로부터 종족을 보호하기 위한 방어의 수단에 불과했다. 오직 만민을 다스림에 있어 하늘의 뜻으로 알고 만민의 마음을 헤아려 왔다. 그런 결과가 오히려 침략을 일삼고 수많은 전쟁으로 만민의 피를 흘리게 한 야

만족 신라에게 복속될 수밖에 없는 처지에까지 이르렀으니 진용대왕의 심정은 찢어지는 것만 같았다.

만민의 희생을 막고 편안한 삶을 위해 최소한의 군사만을 거느리다 보니 오늘의 망국이라는 결과를 가져왔다는 것은 만민을 위한 통치라는 이념과는 맞지 않는 국가관이라고 진용대왕은 생각했다. 진작 군사를 기르고 이웃 부족들을 침략하고 전쟁을 목적으로 다스렸더라면 이런 수모를 당하지는 않았을 터인데…… 진용대왕의 눈시울이 촉촉이 젖어들었다.

자국의 만민으로는 군사의 숫자에서 열세일 수밖에 없었던 신라는 고구려와 백제의 침략으로부터 나라를 지키기 위해 지증왕 때 이사부를 선봉장으로 하여 우산국(현 울릉도)을 점령하고 우산국의 군사를 징집하여 백제와 고구려 전투에 참가시키기도 하였다. 그리고 드디어 그동안 평화적인 관계를 유지해왔던 가야를 침략해 왔고 가야 부족은 신라에 복속되어 그 부족장과 귀족들은 귀화하여 서라벌에서 생활하고 있었다.

각종 해산물이 풍부하고 땅이 비옥한 천혜의 조건을 갖춘 지역에 정착하여 가야 부족국가를 이루고 주변 부족들을 침략하기보다는 문화의 발전을 꾀하고 만민의 삶의 행복에 통치이념의 중심을 두었다. 아직 국가의 체제라고 할 수 없는 부족장 체제로, 부족장 회의에서 대표자를 선출하여 부족 간의 문제들을 해결해가는 형식을 갖추고 있었다.

가야부족들은 이 땅에 존재하며 국가로 성장해왔던 신라와 백제를 미개한 야만족으로 치부하며 그들에게 앞선 철기문화를 전달하는 스승의 입장에서 바라보았고, 창칼을 앞세워 주변에 흩어져 자생하는 작은 부족들을 침략하여 흡수하는 것을 탐탁하게 여기지 않았다.

백제는 신라와는 조금 사정이 달랐다. 신라에 비해 농경지가 풍부하고 서남해안의 무진장한 갯벌에서 풍부한 해산물을 수확할 수 있었던 백제는 굳이 가야부족과 침략적인 적대적 관계를 가질 필요가 없었다. 이런 백제와 가야부족의 우호적인 관계도 신라의 침공으로 가야가 멸망하게 된 하나의 이유라고 진용대왕은 생각했다.

가야부족과 우산국 등을 흡수하는 세력 확장이 결국 신라가 삼국을 통일하는 원동력 중의 하나라고 할 수 있을 것이다. 이것은 삼국통일의 주역인 김유신 또한 신라에 의해 망국의 설움을 당했던 금관가야의 10대왕 무형왕의 손자라는 사실이 이를 증명한다.

'기어이 이 나라를 신라에 내어주어야 한단 말인가. 그 길 밖에 방법이 없단 말인가.'

民心天心(민심천심)이란 빨간 글씨가 진용대왕의 눈에 피눈물처럼 흘러내리고 있었다. 내일 들이닥칠 신라의 사신 김승우 대아찬이야말로 수많은 전쟁터를 누빈 명장으로서 신라에 대한 충성심은 물론 신라 법흥왕이 가장 아끼고 신뢰하는 장수가 아니던가. 신라에 귀속하든가, 아니면 백제의 도움을 받아 부족민의 희생을 각오하고 일전을 벌어야 하든가 내일은 결정을 내려야 할 수밖에 없었다.

진용대왕의 눈에 벽을 타고 흘러내리는 피눈물이 오래도록 멈출 줄을 몰랐다. 아침을 맞은 진용대왕은 지난밤의 악몽에 시달리다 자리에서 일찍 일어났다.

"대왕이시여, 신라의 김승우 장군께서 뵈옵기를 청하옵나이다."

"알았으니 모든 족장들과 장수들을 대전에 들도록 전하라."

가야 부족장의 궁궐 내전 회의가 시작되었다

"대왕이시여! 신(臣) 신라국의 대장군 김승우, 가야국의 존귀하신 대왕마마를 알현하게 됨을 일생의 영광으로 기억할 것입니다. 여기 신라국 황제 폐하의 친서를 전달하고자 필마를 재촉하여 대왕마마께 엎드려 친서를 바치옵나이다."

"오…! 김승우 대장군, 먼 길 오시느라고 고생하시었소. 짐은 김승우 대장군의 용맹스러움을 익히 들어온 터라 대장군을 만나니 초면 같지 않고 오랜 지기를 만난 것 같구려."

"소장 또한 대왕을 뵙고 황공할 따름이옵나이다."

"설상 대상, 신라국 황제 폐하의 친서를 받들어 여기 계신 가야부족장과 장군들에게 읽어드리도록 하시지요."

"예, 분부 따르겠습니다. 여봐라, 신라국 황제 폐하의 친서를 이리 가져오도록 하라."

친서를 받아든 설상 대상은 어전회의에서 친서를 읽어 내려갔다.

대가야국 진용대왕이시여!

신라의 법흥은 가야부족의 정신적인 기둥이신 진용대왕께 감히 친서를 보내는 무례함에 대해 용서를 구합니다. 넓은 아량으로 헤아려 주시기 바랍니다.

우리 신라는 지금까지 수차례 진용대왕께 가야부족과 신라와의 연합군 편성을 원했고, 그것을 계기로 두 부족 간의 통합이라는 결실을 이루고자 하는 신라 조정의 뜻을 전달해 왔습니다. 그것은 전쟁이 아닌 평화이고 복속이 아닌 동등한 위치로서 상호 형제의 예로써 가야부족을 서라벌로 초청하고자 하는 신라 만인의 염원이기도 합니다.

이미 소루가야 부족을 제외한 가야의 모든 부족이 서라벌에 이주해서 신라의 진골을 비롯한 귀족으로서 평안한 삶을 누리고 있습니다.

이는 우리 신라인의 영광이자 복락(福樂)이기도 합니다. 가야의 앞선 문물들로 인해 신라가 일등 문화 민족의 긍지를 얻게 된다는 사실을 알기에 형제 가야부족들에게 기꺼이 배우고 있습니다.

그러나 가야부족을 아끼고 그 6개 가야국의 정신적 지주가 되신 진용대왕께서 신라의 형제가 되어주시지 않는다면 우리 신라로서는 반쪽의 화합을 이룬 결과가 아닐 수 없습니다. 이미 서라벌에 계신 5개 가야국 왕과 귀족들께서도 이 점 심히 안타까워하고 있습니다.

이제 신라 국왕 법흥은 다시 한 번 간절히 진용대왕께 청하옵니다.

우리 신라는 아우의 예를 갖추고 진용대왕과 가야만민을 우리 신라의 형님 나라로서 서라벌에 초청하오니 부디 오셔서 우리를 가르치고 지도하여 주실 것을 간곡히 청하옵니다. 그리하여 피비린내 나는 삼한의 전쟁을 종식시켜 만민을 아귀다툼 살육의 전쟁에서 구해낼 수 있도록 자비를 베푸시기를 간청하옵니다.

대왕께서 우리 신라를 형님 나라의 지도자로서 지도를 해주신다면 백제는 물론이거니와 고구려와 저 멀리 당나라까지도 우리 신라를 두려워할 것입니다. 그리고 바다 건너 섬나라의 미개한 족속인 왜국 또한 대왕의 은덕으로 문명을 깨우치기 시작하였사오니 그들 또한 신라를 따르고 우호관계를 형성할 것이오니 이는 가야 부족과 신라와의 대복이 아닐 수 없을 것입니다.

이러한 힘을 모아 이 삼한에 통일국가를 이루어 피비린내 나는 전쟁을 종식시키고 도탄(塗炭)에 빠진 삼한의 만민을 구제하는 일 또한 하늘의 뜻을 따르는 길이 아니겠습니까? 부디 통촉하시어 이 법흥 아우의 청을 물리치지 마시기를 간곡히 청하옵나이다.

법흥 19년 532년 신라대왕 법흥 서

"대왕이시여, 여기 신라 황제의 서신을 올리옵니다."

"김승우 대장군! 짐은 각 부족장은 물론 대장군 이하 신료들과 함께 신라 황제 폐하의 친서를 모두 경청하였습니다. 이제 임무를 훌륭히 마친 대장군께서 편안히 쉬고 계시면 우리 조정에서는 중지를 모아 신라 황제께 드릴 친서를 작성할 것입니다. 숙소에 가서 기다려주시기 바랍니다."

"고맙습니다, 대왕이시여. 소장은 양국이 원하는 좋은 소식을 기다리며 마련해주신 숙소에서 하해와 같은 성은을 고대하겠습니다."

김승우 대장군이 인사를 하고 물러가자 진용대왕이 어전회의에 모인 사람들에게 말했다.

"여러 부족장과 장군들께서도 잘 아시겠지만, 그동안 수없이 많은 신라의 사신들이 다녀갔습니다. 그리고 우리도 수차례 부족장 회의를 거쳤지만 현명한 결론에 이르지 못한 것 또한 사실입니다. 일부 부족장과 장군께서는 전쟁을 원하고 있고 또 다른 일부에서는 평화를 원하고 있습니다. 그리고 백제에서는 원병을 보내준다며, 이번 기회에 신라의 기세를 꺾어놓으라고 부추깁니다. ……이제까지 장황한 변명으로 미루어오길 1년여의 세월이 흘렀습니다. 이제 신라도 더 이상 기다려 줄 수가 없는 내부의 사정인가 봅니다. 여러 부족장들과 장군들의 의견을 모아서 현명한 결정을 내려주시기 바랍니다."

"설상 대상, 대왕께 아뢰옵니다."

"말씀하십시오."

"대왕이시여! 이미 5가야국이 신라에 귀속되어서 그들의 안위만을 지키며 부귀영화를 누린다고 알려져 있습니다만, 가야 종족들은 신라인들과 차별받는 백성으로 살고 있습니다. 어차피 차별받고 살 바에는 목숨을 걸고 싸워서 가야족의 자부심을 살리고 가야인의 명예를 지키다 죽음으로써 가야인의 긍지를 저들 신라 미개인들에게 보여주어야 할 것입니다."

"대왕이시여, 미루 부족장 근백 한 말씀 올리겠습니다. 이미 5가야국의 대신들이 신라에 복속되어서 진골을 비롯한 귀족 품계를 하사받아 행복한 삶을 누리고 있다고 합니다. 그러나 가야 만민은 설상 대상께서 말씀하신 대로 신라인과 차별받는 백성으로 살아가고 있는 것도 현실입니다. 그렇다고 지금 그들과 전쟁을 치르기에는 때가 늦은 것 같습니다. 우리 부족이 일방적인 희생만 치르고 패하는 전쟁은 단연코 피해야 합니다. 이제 신라 국왕의 뜻을 받아서 가야 만민의 희생을 막고 평화적으로 해결하는 방법도 검토해봐야 합니다."

"신 중무대장군 아룁니다. 찬란했던 가야국이 어떻게 하여 이 지경에 이르렀는지 통탄할 일이옵니다. 설상 대상께서 하시는 말씀은 천번 지당하신 말씀입니다. 여기 계신 모든 분들께서도 설상 대상께서 하신 충정의 말씀에 따르지 싫지 않은 분은 없을 줄 압니다. 다만 우리 부족민의 희생을 염려하고 계실 줄 알고 있습니다. 이미 6가야부족 중 5가야부족이 신라에 귀속된 형편입니다만, 제 소견을 말씀드리고자 합니다. ……우리 가야 부족은 부족의 지도자들이 항상 안위와 평화를 위해 부족 만민을 위한 통치를 해왔습니다. 신라, 백제와도 서로 평화를 지켜왔습니다. 그런데 신라는 어떻습니까? 신라는 부족의 안위와는 상관없이 오직 군사를 기르는 데 몰두하여 창칼로 주변국들을 침범해 왔습니다. 신 중무는 이 길로 신라 사신 김승우를 쳐 죽이고 저의 기병과 보병을 서라벌로 진격시켜 부족의 용맹함을 보여주고 최후를 마치겠습니다. 그것이 선조들에 대한 충정이며 저승에 가서도 그분들을 떳떳이 뵐 수 있을 것 같습니다."

"신 설상, 대왕께 목숨을 걸고 아룁니다. 중무대장군 말씀이 일리가 있다고 생각합니다. 우리 부족의 철기병과 백제의 원군을 포함한다면 능히 신라의 침공을 막아낼 수 있을 것입니다. 서라벌에서 신라 귀족이 되어 살아간들 그것은 신라의 개에 지나지 않습니다. 우리 만민이 신라인의 차별을 받으면서 사는 것보단 싸우는 것이 자존심 있는 부족으로서 나아가야 할 훨씬 보람 있고 뜻 있는 길이라고 생각합니다. 통촉하여 주시옵소서!"

"충정에 불타는 장군들은 들으시오. 우리는 그동안 수차례 회의를 개최하였으나 뚜렷한 방책을 세우지 못하였습니다. 짐도 부족장으로서 그동안 많은 고민을 해왔습니다. 그러나 결과는 오늘 같은 현실의 재현뿐입니다. 짐이 원하고 바라는 것은 백제의 원군과 힘을 합쳐 신라의 침략을 막아내고 순간을 모면하자는 방책이 아닙니다. 그러면 신라는 다시 침략을 해올 게 뻔합니다. 그때마다 백제의 도움을 청해야 하고 싸울 때마다 우리 부족의 희생은 어떻게 감당할 것입니까? 우리 부족의 안전에 대한 대책이 없는 전쟁은 무의미할 뿐입니다. 이미 후회막급입니다만, 평화를 지양했던 우리의 정책은 잘못이었지요. 진정으로 평화를 원하고 종족을 보호하기 위해서는 적이 침범해 올 수 없을 만큼 강력한 군사력을 길러두어야 했던 것입니다. 그러나 이미 해는 서산으로 기울어졌습니다."

"대왕마마, 망극하옵니다."

"짐은 우릴 버렸습니다. 民心天心(민심천심)의 뜻을 우리가 제대로 헤아리지 못했기 때문입니다. 우리는 만민을 하늘 같이 떠받들었음에도 망국의 길을 가고 있습니다. 이런 결과는 만민을 위해 평화주의로 하늘의 뜻을 떠받들어 온 우리의 정책이 잘못이라는 얘기입니다. 民心天心은 만민을 하늘의 마음으로 보호하고 만민이 원하고 바라는 대로만 정책을 펴는 것이 아니었습니다. 그렇게 하고도 오늘 우리처럼 패망하는 결과로 이어진다면, 만민의 뜻에 반하더라도 군사를 양성하고 군비를 축적하고 훈련으로 군사를 단련시켜야 했다는 생각이 듭니다. 만시지탄입니다만…그렇게만 했다면 오늘 이 망국의 한을 씻을 수 있었을 터인데 짐이 부족하여 여러분에게 이 고통과 치욕을 안겨준 것을 통탄할 수밖에 없습니다. 무능한 짐을 용서하기 바랍니다."

"대왕이시여! 분하고 원통하옵니다."

"이제 찬란했던 우리의 시대가 끝이 나 봅니다. 그대들의 충정은 가상하기 그지없으나 이제 무거운 짐을 내려놓고 신라의 뜻에 따르도록 합시다. 설상 대상께서 신라와 협의할 대표를 맡으시고 신료 몇 분을 지명하시어 가야국의 대표로 이 일을 처리해 주세요. 짐은 신라의 청을 수락하기로 하고 전권(全權)을 설상 대상께 위임하는 바요. 그리고 짐은 우리 가야족의 명예와 자존심을 끝까지 지키기 위해 산속에 은거하면서 여생을 마칠까 합니다. 이 시간부터 각 부족장과 장군들께서는 설상 대상의 뜻에 따라 주시기 바라오."

미륵보살의 뜻

"천관아."

"예, 아버지."

"이제 너도 우리의 품을 떠나 서라벌로 떠나야 할 시기가 온 것 같구나. 네 큰언니 소희 도 지금 네 나이 때에 혼례를 치렀느니라. 네가 어머니의 마음을 헤아려 드리느라 미루어 왔으나 이제 더 이상은 미룰 수가 없구나. 사람이 살아가는 데는 다 때가 있게 마련이다. 그 시기를 놓치면 후회한들 무슨 소용이 있겠느냐?"

천관은 묵묵부답으로 듣고만 있다.

"천관이 너도 마음의 준비를 단단히 하도록 해라. 네 언니한테서 기별이 오는 대로 출발을 서두를 터이니 언제라도 떠날 수 있도록 해라."

"……."

"그럼 그리 알고 물러가도록 하여라."

"……아버지!"

침묵을 지키던 천관이 입을 떼었다.

"외람된 청이오나 소녀는 아버지 어머니를 모시고 여기서 살고 싶습니다. 저마저 이곳을 떠나면 누가 있어서 두 분을 모시겠습니까?"

"그래, 참으로 기특하고 고마운 생각이구나! 두 언니 밑에서 막내로 어리광만 부리던 네가 벌써 이렇게 훌쩍 커버렸으니, 참 세월이 빠르기도 하구나."

소루 왕은 방문 밖의 허공에 눈길을 던진 채 지그시 바라보고 있었다. 굴곡진 영욕의 삶이 짧은 순간 스쳐 지나가고 눈가에 드리워진 검은 그림자는 허무하고 서글픈 인생의 애잔함이 짙게 묻어 있었다. 마야 황후도 천관도 무슨 말을 할 수가 없는 분위기였다. 침묵이 세 사람의 마음을 더욱 무겁게 짓누르고 있었다.

"천관아!"

한동안의 침묵이 흐른 뒤 소루 왕이 천관을 나직이 부른다.

"예."

천관이 머리를 숙이고 나지막한 목소리로 대답한다.

"내가 네 할아버지 진용대왕의 손에 이끌려 이곳 신선산 자락에 들어온 지도 벌써 50년이 지났구나. 6개 가야국 중 마지막 남은 우리 소루 왕족이 신라에 복속당한 때였느니라. 나는 그때 불과 다섯 살의 어린 나이였음에도 말없이 눈물을 감추시는 대왕을 뵈올 때 앞으로 닥쳐올 비극을 어렴풋이 예감할 수 있었단다. ……이별의 순간들이 희뿌연 안개처럼 떠오르는구나. 많은 중신들과 수많은 부족 만민의 눈물어린 시선들을 뒤로하고 수레는 조금씩 앞으로 나아가다가 얼마 지나지 않아서 우리는 초라한 행렬이 되고 말았단다. 계화 할아버지와 부왕 진용대왕의 초라한 행렬이 이곳 신선산 계곡을 향해서 움직이고 있었다. …뒤늦게 소식을 접한 이곳 죽곡촌 촌장이 예우로써 맞이해 주었고 보고를 받은 백제 성왕께서 망국의 군주에게 많은 은혜를 베풀어 주시긴 했지만. ……그리고 3년 후, 내 나이 여덟 살 때 백제 성왕의 다섯째 공주인 네 어머니 마야 공주와 혼례를 치렀다."

"백제의 공주님인 어머니께서 어떻게 이곳으로 시집을 오게 되었지요?"

"백제 조정의 입장에서는 6개 가야국 중 가장 신라와 적대적인 관계에 있고 용맹스럽고 6개 부족장 중 유일하게 신라에 귀화를 거부하고 이곳 신선산에 은거한 진용대왕의 후손과 혼례를 치러 가야부족과 혈맹의 관계를 유지할 의도였다. 그러나 이러한 정략(政略)에 대해 모두가 반대했지만 너의 어머니는 나와의 혼인을 승낙하여 주셨단다. …그리고 아버지 진용대왕께서는 태어날 후손들에 대해 이런 유언을 남기셨다. 딸은 신라에 귀속되어 서라벌에 살고 있는 가야부족과 혼례를 치르도록 하고, 아들들은 이곳 신선산에서 가야의 멸망을 지켜내지 못한 선조들의 죄를 빌며 농사를 짓다가 생을 마치라고 하셨지. 우린 지금껏 그것을 잘 지켜온 셈이었고. …그러니 천관아, 너는 할아버지에 뜻을 따라 서라벌로 가서 훌륭한 배필을 만나 행복하게 살도록 하여라."

"그래도 저는 싫사옵니다. 이곳에서 두 분을 모시고 살고 싶습니다. 허락해 주십시오."

소루 왕이 대답을 하지 못하는 사이 마야 황후가 이야기를 시작했다.

"대감, 천관이만큼은 우리와 함께 살도록 하면 안 될까요? 저렇게 천관이도 원하고 있고…… 저도 그러고 싶고요."

"우리의 행복을 위해 천관이를 이곳에 잡아둘 수는 없습니다. 그리고 부왕의 뜻을 거스를 수도 없고요."

"그렇긴 합니다만… 천관이도 이곳을 떠나기 싫어해서요…."

"처음에는 다들 그러지 않았습니까? 시간이 다 해결해줄 테지요. … 천관이는 그렇게 알고 이만 물러가도록 하여라."

"예, 아버지."

"부인."

"예."

"부인께서 어떻게든 천관이의 마음을 달래고 설득해 보세요. 우린들 천관이가 이곳에 함께 살아준다면 얼마나 고맙고 감사한 일이겠습니까? 다만 우리가 행복하자고 애들의 일생을 그르칠 수는 없는 것 아니겠습니까? 부인, 부인과 나는 이곳에서 평안히 한날한시에 부처님 곁으로 갈 수 있도록 소원이나 빌어봅시다."

"우리 금희가… 여기서 멀지 않은 곳에 있어 준 것만 해도 고마운 일 아니겠소? 금희로서는 정말 안타까운 일이지만……."

"대감께서는 왜… 갑자기 금희 이야기를 꺼내 소첩의 마음을 흔들어 놓으십니까?"

"미안하구려. 내가 미처 그것까지는 깨닫지 못했구려."

마야 부인의 눈에 눈물이 맺혔다.

그때 가사장삼을 걸친 대사가 소루부족장의 집으로 들어선다.

"대왕께서는 안에 계십니까?"

계화가 대사 앞에 나가서 예를 올리며 맞이한다.

"대사님 어서 오십시오."

"나무관세음보살."

"이쪽으로 오십시오."

"대왕마마께 여쭙겠습니다."

"그래 주시겠습니까?"

"대왕마마, 대사님께서 오셨습니다."

계화가 대사의 방문을 고하고 물러난다.

"소첩은 이만 나가보겠습니다."

마야 부인이 자리에 일어서며 방을 나서다 대사에게 인사를 한다.

"대사님, 어서 오십시오. 먼 길 오랜만에 오셨습니다."

"대왕께서도 그간 별고는 없으셨는지요? 그리고 황후 마마께서도?"

"예… 두 분이 말씀 나누십시오. 저는 자리를 비켜드리고 계화에게 차를 준비시켜 보내겠습니다."

"황후마마, 고맙습니다."

마야 부인이 나가고 대사가 방으로 들어와 자리를 잡는다.

"대왕마마, 지난번 서라벌에는 편안히 다녀오셨는지요? 그리고 소루 귀족들과 설상 대상 댁의 소희 낭자는 무탈한지요?"

"예, 대사. 우리 소루족의 설상 대상도, 소희도 변함없었습니다. 소루부족도 신라에 귀화한 지 벌써 50년이 되어가니 이제 어엿한 신라인이 되어 있습디다. 세월이 그렇게 사람을 변화시키나 봅니다. …그러나 옛 가야인의 긍지만큼은 오히려 더 높아진 것 같았습니다. 잘 적응해서 살아가는 것을 보며 한편으론 안도의 한숨을 돌릴 수 있었습니다. 참…대사, 지난번에 보내주신 곡물도 감사히 받았습니다. 매년 추수가 끝나면 그해 먹을거리를 보내주시는 대사님과 신선사 스님들께 감사할 뿐입니다. 고맙다는 말씀 꼭 전해주십시오."

"무슨 말씀을요… 저희 신선사는 소루 왕실의 도움으로 창건된 절입니다. 불교를 숭상했던 소루 왕실과 인연이 되어 비록 백제령에 세워졌을지라도 석가모니 부처님의 계시에 의해 이곳 신선산에 세워졌고 신선사에 모든 것을 베풀어주신 은공에 대해 이제야 그나마 보은하고 보답할 수 있어서 마나 기쁜지 모릅니다. 더구나 그 당시 마련해준 불전(佛田)에서 나오는 식량으로 우리 절에서는 탁발을 하지 않고도 충분한 식량을 확보할 수 있어서 비축하고도 남은 식량을 드릴 수 있는 것입니다. 이 모든 것이 소루 왕실의 은혜이고 인과응보의 법칙입니다."

"고마우신 말씀입니다. 그러나 번번이 신세를 지고 있어 염치없는 처신인 것 같아 미안하기 그지없습니다."

"대왕께서는 그런 생각 마시고 마음을 편안하게 잡수십시오. …그리고 소승이 오늘 대왕마마를 찾아뵌 것은 천관 공주를 서라벌에 보내실 계획이신지 여쭙고자 해서입니다."

"예, 대사. 그렇지 않아도 오늘 천관과 그 일에 대해 의논하고 있었습니다. 지난번 서라벌에 갔을 때 소희에게 언질을 해두어서 조만간 소식이 오면 천관이를 보내려던 참이었습니다. 그런데 대사께서 그 일 때문에 오셨다니 편안히 말씀하십시오."

"예 대왕마마, 서라벌은 음향오행에 의하면 목(木)에 해당된다고 볼 수 있습니다. 나무는 물이 있어야만 자랄 수 있습니다. 물론 대지도 있어야 하겠지만. …그런데 천관 공주는 수(水)에 해당합니다. 천관 공주가 태어난 때가 5월 7일이지 않습니까? 이는 물이 가장 생동하는 시기로서 서라벌로서는 이보다 더한 귀인을 만날 수가 없습니다. …그러나 천관광주는 목(木)에 성장을 돕고 잎을 번성케 할 수는 있으나 자신은 서라벌에 찬란한 영광을 주고 흔적도 없이 사라질 운명입니다. 나무의 성장을 위해 자신을 희생하는 것이 물의 운명이고 윤회하는 자연의 이치입니다. 천관 공주께서 서라벌에 가는 것이 공주 개인으로서는 결코 바람직한 일이 아님을 말씀드리고자 합니다. …그러나 천관 공주가 서라벌로 가야만 하는 것은 필연의 운명입니다. 이는 삼한의 중생을 구원해야 한다는, 대자대비하신 미륵부처님의 뜻이기 때문입니다."

말을 하고 있는 효봉 대사의 자태는 신선산 자락에 걸쳐 있는 석양빛이 드리워진 창문에 투영되어 황금빛으로 비쳐졌고 마치 중생을 구제하기 위해 환생하여 설법하고 계신 미륵부처님의 모습처럼 보였다.

"오, 대자대비하신 부처님…."

소루대왕은 가느다란 신음소리를 내며 미륵부처님을 눈부시게 바라보았다. 효봉 대사는 조용히 말을 이어갔다.

"대왕께서는 믿으실지 모르겠습니다. 그러나 소승은 말씀드리지 않을 수 없었습니다. 천관 공주는 미륵부처님의 수제자 선화낭자로서 삼한의 전쟁을 종식시키는 사명을 띠고 대왕마마의 공주로 환생하게 된 것입니다. 미륵보살께서 이 아름다운 세상에 성불할 때 도솔천에서 인간 세상에 내려와 용화수 아래에서 성도한 뒤 세 번에 걸친 설법으로 중생을 제도한다고 미륵 하생경이라는 경전에도 기록되어 있듯이, 부처님께서 사위국 기수급 고독원에 있을 때 아난존자가 법을 청하는 것에 대해 석가모니 부처님께서 가르침을 펴십니다."

소루대왕은 말없이 효봉 대사의 말에 귀를 기울이고 있었다.

"다음 세상에 인간세계가 욕심, 성냄, 어리석음의 삼독이 없어지고 모든 번뇌가 사라지며 산이나 개울, 강, 벼랑들이 다 없어져 대지가 평평하게 되어 거울처럼 청정해지고 사람들도 많고 보배와 곡식과 과일도 번성하며 질병이 아예 없어지고 전륜성왕이 나타나 천하를 다스리는 지상낙원이 펼쳐지는 시대에 미륵보살은 수범마라는 대신을 아버지로 범마월을 어머니로 하여 세상에 태어나서, 그리고 용화수아래에서 성도하여 첫 번째 집회에서 96억 사람을 두 번째 법회에서 94억 사람을 세 번째 집회에서 92억 사람을 제도한다. …그때에는 인간의 수

명도 8만 4천세에 이르고 5백세가 되면 결혼한다고 하며 한 구절의 게송만으로 계율을 삼을 뿐이라고 합니다. …그만큼 사람들의 마음도 어질고 복스러우며 먹고 입을 것도 나무에서 다 열리고 대소변을 볼 때에는 땅이 열리고 마치면 저절로 닫히며 체격도 크고 화합하여 마치 하늘나라에서 사는 것과 같습니다."

소루대왕의 표정은 지그시 눈을 감은 채 미동도 없었다.

"…그래서 미륵보살께서 이곳 신선산에 금물이 나오게 하는 용화수를 만들고 용수골에 용수샘을 만들라고 지시하고 확인 차 내려오셨습니다. 그리고 이 삼한 땅을 먼저 정토하여 통일 왕조를 이룬 다음, 인간 세상에 태어나서 중생을 제도하고자 하여 먼저 선화낭자로 하여금 대왕마마의 딸로 환생시켜서 보내신 것입니다. 신라 건국 초기부터 미륵부처님의 사상인 자비의 미륵신앙이 크게 성행하고 지금까지 발전된 것도 미륵보살의 계획된 뜻이라고 여기시기 바랍니다. 대왕께 제가 감히 주제넘은 말씀을 드린 것을 용서해주셨으면 합니다."

효봉 대사의 말에 소루대왕은 잠시 눈을 뜨고 대사를 바라보았다.

"허나 대왕이시여, 소승은 부처님을 모시고 있는 불자이옵니다. 제가 선정에 들어가 기도를 드리면서 천관 공주의 전생을 알고자 하였습니다. …이는 금희 공주의 사건 이후 대왕께 입은 은혜에 대한 보답이라고 생각하여 행한 참선이었습니다. 그러나 선정에서는 미륵부처님께서 하시고자 하는 더 깊고 높은 윤회의 실체가 있다는 것을 깨닫게 되었습니다."

소루 왕은 다시 눈을 감은 채 듣고만 있었다.

"천관 공주께서는 미륵보살의 뜻에 의해 태어나셨고, 삼한의 만민을 구원하여 정토로 만드는 주역을 맡으신 다음 다시 하늘의 부름으로 돌아가신다는 사실을, 그리고 이 삼한 땅에 찬란한 불교문화의 자비심을 펼치는 중심에는 人心天心(인심천심) 사상의 토대 위에서 만민을 거느렸던 가야족 중에서 그 초석을 다질 것이라는… 소승의 생각을 덧붙이고저 합니다. …모든 사실은 아주 우연히 진행되는 것처럼 보이지만 수천세상의 윤회법칙은 살아있는 개미 한 마리에 이르기까지 사소하게 비롯된 것은 아무 것도 없다는 사실입니다. 그래서 부처님께서는 입멸하실 때 '이 우주에 존재하는 것은 아무 것도 없고 존재하지 않는 것 또한 아무 것도 없다. 나는 단 한 마디도 설한 바 없다.'고 하셨습니다."

소루 왕은 조용히 미륵보살의 설법을 듣고 있었다. 이미 신선산 자락 소루 왕의 처소에도 어둠이 내려앉고 있었다. 주위의 이름 모를 풀벌레들조차 미륵보살의 설법에 귀를 기울이고 있어 온 세상이 소리가 멈추어진 고요한 상태에서 효봉 대사의 말소리만 들려오고 있었다.

이윽고 효봉 대사의 이야기가 조용히 끝을 맺었다 그때서야 소루 왕의 귀에 신선산 계곡에서 흐르는 물소리와 풀벌레 노래 소리가 어우러져 들리기 시작했다.

천관은 아버지 소루 왕의 말씀을 거역할 수 없었다.
아울러 내심 어머니의 마음도 헤아려 드려야 하는 입장이었다.
"그래 내일은 답답한 마음을 달랠 겸 금희 언니를 만나러 가야지."
금희 언니를 만나면 기쁜 일이 생길 것 같았다. 천관은 금희 언니가 참 불쌍하다고 생각했다. 가문에, 아니 소루가야국에 닥쳐왔던 비극으로 아픔을 겪는 한 사람일 뿐이었다.

금희 언니도 서라벌로 떠나기를 싫어했다고 한다. 그러나 어머니를 못미더워하는 천관과는 달리 금희 언니에게는 사랑하는 연인이 있었다. 부모님의 한을 알고 느끼며 자라왔던 금희 언니는 아버지께 솔직히 말씀드릴 입장이 아니었고 모든 것을 부모님의 뜻에 따르기로 하여 소희 언니가 있는 서라벌 행을 선택했던 것이다.

상대는 이곳 백제령 장흥성의 성주 자제였다. 그것이 비극이었고, 사고는 예기치 않는 곳에서 이루어졌다. 성주의 자제가 무모하게 서라벌로 금희를 찾아갔던 것이다. 그리고 그곳에서 신라군에게 잡혔고 극기야 첩자로 몰리게 되었다.

백제에 인접한 3개의 성을 빼앗긴 신라는 극도로 백제에 대해 적개심을 불태우고 있었고 백제의 첩자들을 색출하기에 혈안이 되어 있을 때였다. 더구나 백제령 장흥성의 성주 아들이었고, 소루 왕과 서라벌 소루가야족의 대신이었던 설상 대상의 내통까지 의심하고 있던 신라 왕실이었다.

그들은 소루가야족이 보란 듯이 성주의 아들을 참살시켜 버렸다. 이로 인해 충격을 받은 금희는 정신에 이상증세를 보이기 시작했고, 결국 서라벌에서 신선산으로 데려올 수밖에 없었다. 그리고 그 후유증은 소루 왕의 신변에도 좋지 않은 영향을 끼쳤다.

장흥성 성주는 노골적으로 소루 왕과 적대적인 관계를 갖게 되었던 것이다. 금희는 시간이 지나면서 조금씩 안정을 찾기는 했지만 완전히 그 사건의 충격에 벗어나지 못했다. 결국 성주의 자제와 추억이 있는 이곳을 떠나는 것이 좋겠다는 효봉 대사의 권고에 따라 대덕촌의 접경 지역으로 백이십여 리 떨어진 효덕사라는 절에서 비구니로 생활하고 있다. 장흥성의 성주가 백제의 수도 웅진으로 돌아가서 그나마 이제 백제와의 사이는 잠잠해지고 있었다.

천관은 내일 금희 언니를 찾아보기로 하고 일찍 잠을 청하였다.

금희 언니는 찾아간 천관을 다정스럽게 맞이해주었다. 옛날처럼 정신이 돌아온 것 같았다. 천관은 그것이 무척 기뻤다.
　"금희 언니."
　"응 천관이 왔구나. 그동안 잘 있었느냐? 아버지 어머니는 강녕하시고?"
　"모두 무고하셔. 자나 깨나 언니 걱정만 하시는데, 이런 언니 모습을 보시면 참 기뻐하시겠다."
　"나는 이렇게 잘 있단다. 집에 가거든 걱정 마시라고 전해드리렴. 그런데 무슨 일이 있는 거야, 갑자기 이 먼 곳까지 찾아오게?"
　"언니, 나 서라벌로 갈 것 같아. 그런데 내가 서라벌로 가면 부모님은 누가 모셔? 나는 부모님을 두고 떠날 수가 없어."
　천관의 말에 금희가 천관의 소매를 끌었다.
　"천관아, 나를 따라오렴. 저기 미륵부처님 앞에 무릎 꿇고 눈을 감은 다음 네가 서라벌로 가야하는지, 이곳에 남아야 하는지 두 손을 모으고 마음속으로 빌어보아라. 그러면 미륵부처님께서 알려주실 거야."
　천관은 금희 언니 말대로 부처님께 무릎을 꿇고 기도를 드리기 시작했다. 한참 기도를 드리던 중 천관은 잠이 들고 말았다. 그때 꿈속에서 미륵부처님의 목소리가 들렸다.
　"천관아… 천관아… 일어나거라."
　천관은 일어나 고개를 들었다. 갑자기 아름다운 풍악소리가 들렸다. 오색구름을 타고 선녀들의 시중을 받으며 햇빛 가리개를 한 미륵부처님께서 나타나셨다. 미륵부처님께서는 천관에게 이리 오라고 손짓을 하셨다. 천관이 미륵부처님에게 다가가자 신기하게도 천관까지 구름 위에 올라서 있었다.

미륵부처님께서 천관을 구름 위에 태우고 잠깐 사이에 어디론가 떠가기 시작했다. 그리고 다다른 곳은 참혹한 전쟁터. 성벽에서 끓는 물을 붓고 돌을 굴리고 화살을 쏘고… 피비린내 나는 아비규환의 살육 현장. 죽은 시체를 밟고 성벽을 기어오르는가 하면 위에서는 창으로 찌르고 칼로 내리쳤다. 성벽에서 창에 찔리고 칼에 베이어 비명을 지르며 피를 흘리고 떨어져 곤두박질하는 병사들… 시체들이 즐비한 가운데 꿈틀거리고 신음소리를 내며 살려달라고 아우성을 치는 아비규환의 지옥이었다. 천관은 손으로 얼굴을 가리고 입을 다물었다.

"천관아 보았느냐? 이것이 네가 살고 있는 세상의 모습이니라. 그런데 너는 너 혼자만의 행복을 위해 살고자 한단 말이냐? 이번에는 다른 곳으로 가보자꾸나."

미륵부처님께서는 천관을 다른 곳으로 데리고 갔다. 이번에 간 곳은 말을 탄 도둑떼들이 한밤중에 집집마다 횃불을 집어던지고 재물을 약탈하고 마을을 돌아다니면서 불을 피해 밖으로 나온 만민들을 도륙내고 있었다. 부모의 시신을 안고 울고 있는 어린 동자들과 여기저기 뒹굴고 있는 시체들… 불에 다 타버린 폐허에서 연기만 나고 있는 마을 사람들의 모습이었다. 천관은 괴한들이 칼로 내리칠 때마다 칼날이 자기를 내려치는 것 같아 비명을 지르고 눈을 감아버렸다.

천관이 감았던 눈을 뜨자 방금 전까지 함께 있었던 미륵부처님도, 선녀님도, 오색구름도 사라지고 없었다.

그때 갑자기 누군가가 천관이 옷자락을 잡아 당겼다. 천관이 깜짝 놀라 발밑을 내려다보니 불에 타서 그슬리고 피투성이가 된 병사가 천관의 옷을 잡고 매달린다.

"살려주십시오. 제발 살려주십시오."

천관이 놀라서 뛰어 도망치다 그만 낭떠러지로 떨어지고 만다.
"으악!"
천관이 소리치며 깨어나 보니 조금 전에 금희 언니가 안내했던 미륵부처님 앞이었다. 천관의 온몸은 땀으로 흠뻑 젖어 있었다. 그리고 꿈이 현실처럼 생생하게 기억되었다. 그런데 조금 전까지 같이 있었던 금희 언니가 온 데 간 데 없어지고 천관 혼자뿐이었다. 미륵부처님은 아무 일도 없었다는 듯이 인자한 미소로 천관을 내려다보고 계셨다.

천관은 온몸이 흠뻑 젖은 채로 일어나서 법당 밖으로 나왔다. 법당 밖으로 나온 천관은 깜짝 놀랐다. 분명 조금 전에 여기 들어올 때만 해도 스님들이 계셨는데 효덕사에는 아무런 인적도 없고 고요하기만 했다.

"금희 언니, 금희 언니…."

천관이 금희 언니를 부르며 이곳저곳을 돌아보았지만 절은 인기척을 찾을 수 없고 안개가 자욱이 드리워져 있었다. 천관은 식은땀을 흘리며 언니를 불러댔다.

"아씨. 아씨."

그때 부르는 소리에 천관은 눈을 떴다. 계화가 웃는 얼굴로 내려다보고 있다.

"뭘 그리 놀라셔요? 그리고 금희 공주님은 또 왜 불러요? 오늘 금희 공주님에게 가기로 했잖아요?"

천관은 식은땀을 닦으며 멍하니 앉아 있었다.

서라벌 행

"계화야!"
"왜요 아씨?"
장난기가 가득한 미소로 계화가 대답한다.
"나 서라벌 소희 언니네로 가련다."
"나랑 가지 않기로 약속했지 않아요?"
계화의 얼굴이 금세 토라진 표정으로 변했다
"아버지 말씀을 거역할 수는 없지 않느냐?"
"그렇긴 하지만… 그럼 아씨, 나는요?"
"계화야…."
"……."
"화났니?"
"누가… 화났다고 그래요?"
"그러면 내가 아버지께 여쭈어볼까?"
"무엇을요?"

"너랑 함께 서라벌에 가고 싶다고…."
"정말이에요?"
금방 계화의 표정이 변했다.
"너는 그렇게도 서라벌에 가고 싶으냐?"
"아씨랑 함께 가면 가고, 그렇지 않으면 싫어요."
"집사 어른께서는 허락하실까?"
"그것은 염려 마세요. 아버지와 어머니는 아씨만 죽을 때까지 뫼시고 따라다니래요. 그러니 그건 염려마시고 대감마님께나 허락 받으세요. 제 걱정은 마시고…."
"서라벌에 가는 게 그렇게 좋아?"
"그럼 나는 아씨만 믿을게요! 서라벌에 가면 정말 멋있다는데… 대궐도 크고 밖에서 봐도 아름답다고 하고요, 사람도 많아서 서로서로 부딪칠 정도라고 하구요, 없는 것 없이 진귀한 물건들이 셀 수 없을 정도라고 하는데… 그리고 매일매일 풍물패와 놀이패들이 만민들을 가득 모아놓고 놀이를 한다고 하던데요? 갖가지 진기한 묘기를 부린대요. …그리고 소희 공주님도 보고 싶고요!"
계화는 마치 서라벌에 당도한 것처럼 하늘을 쳐다보고 떠들어댔다.
"아씨!"
"응."
"그라고요 화랑도 소년들이 정말 잘 생겼대요. 피부도 허옇고 키도 크고 한 번 보면 가슴이 울렁거린대요."
"계화 너는 별것을 다 알고 있구나."
"죽곡촌 상인들이 백제 웅진보다 서라벌로 물건을 구하러 간대요. 진귀한 게 더 많다고요. 거기서 주워들은 이야기들이에요."

그날 저녁 천관은 소루 왕 앞에 가서 무릎을 꿇었다.

"아버지, 소녀 서라벌에 가기로 마음먹었습니다. 아버지 뜻에 따르겠습니다."

"그래 잘 생각했다. 어차피 서라벌에 가야 한다면 하루라도 빨리 출발할 수 있도록 하자. 나나 네 어머니 걱정은 하지 않아도 되느니라."

"그래도 이 소녀는 아버지와 어머니가 걱정이 되옵니다."

"천관아."

"예, 아버지."

"이곳은 걱정 마라. 계화 아버지 황 집사와 계화 어머니가 계시지 않느냐. 그리고 신선사 주지 스님 효봉 대사와 스님들이 모두 도와주고 계시니 염려마라. 그러니 우리 걱정일랑 하지 말거라. …그리고 참, 계화와 함께 가도록 하여라. 이미 계화 아버지 황 집사와는 이야기가 모두 끝났느니라."

"예, 아버지."

"서라벌 소희에게도 이미 서찰을 보내두었으니 계화는 계속 너와 함께 생활할 수 있을 것이다. 이미 소희가 너와 계화가 생활할 처소도 마련해 두었을 터이니 여기 준비만 갖추어지면 출발하도록 해라. 죽곡촌 촌장에게 수레와 마부는 부탁해 두었느니라. 서라벌까지는 황 집사도 함께할 것이다. 그리 알고 이만 물러가도록 해라."

"그럼 소녀 이만 물러가겠습니다."

"천관아 잠깐, 달리 나에게 할 말은 없느냐?"

"예, 아버지. 편안히 쉬십시오."

출발 날짜는 나흘 뒤로 결정되었다.

머지않아 백제와 신라가 큰 전쟁을 치를 것이라는 소문이 퍼지기 시작했다. 이제 곧 두 나라가 첩자들을 색출하느라 경계를 강화하기 때문에 통행도 어려워질 것이라고 했다.

죽곡촌 촌장의 부하 관리가 촌장의 뜻을 전하고 갔다.

"대왕께서 기일을 재촉하여 주셨으면 한다는 전갈이옵니다. 조만간 청년단원들뿐만 아니라 말과 마차까지 신라와의 전쟁에 징발되어야 한답니다. 이미 동원령이 내려져 징집할 인원까지 보고되었다며 서둘러 주십사고 합니다."

촌장의 전갈대로 출발 준비를 서둘렀다.

황 집사와 계화 어머니가 짐 꾸리는 걸 도맡았고, 촌장이 보내온 마부와 젊은 장정 두 명이 하루 종일 짐을 꾸리고 묶어 마차 뒤쪽에 실었다. 계화는 무엇이 그리 좋은지 마차 주위와 짐을 꾸리는 집 안팎을 서성대며 웃으며 참견을 하거나 쫑알거리며 잔소리를 해댔다.

막상 서라벌로 떠날 준비를 하자니 천관은 도무지 아무 것도 할 수가 없었다. 서라벌에 가서 지낼 걱정보다 이곳에 계실 아버지와 어머니에 대한 걱정 때문에 무엇을 어떻게 해야 할지 마음이 심란하였다. 그러나 시간은 어김없이 가고 있었다.

소루 왕은 처소에서 나올 생각도 하지 않았다.

마야 황후 또한 아무런 기척이 없었다.

이런 일들을 여러 번 겪어 왔던 계화 아버지 황 집사의 지시에 따라 작업은 이루어졌다. 소소한 것들은 계화 어머니가 거들고 참견했다. 작업은 오시(午時)가 지나기 전에 일찍 끝났다. 황 집사가 소루 왕 처소의 앞마당에 서서 일이 끝마쳤음을 아뢰었다.

"대왕마마, 모든 출발 준비를 마쳤습니다."

안에서는 아무런 대꾸도 없었다.

"내일 약속대로 묘시(卯時)에 출발하도록 하겠습니다."

안에서는 역시 묵묵부답이었다. 황 집사는 익숙한 행동으로 처소 앞을 떠나 마부에게 몇 잎의 엽전을 쥐어주면서 말했다.

"계획대로 내일 묘시에 출발합니다. 일찍 돌아가서 쉬시고 묘시까지는 말을 달려서 오시기 바랍니다. 수고하셨습니다."

마부와 장정들은 엽전을 받아들고 머리를 조아리며 돌아갔다.

소루 왕은 지그시 눈을 감고 앉아 있었다.

끈질긴 인연과 살아있는 육신의 고통은 어쩔 수 없는 업이라고 생각했다.

설상 대상과 설상 대상이 지명한 대신들에 의해 작성된 친서는 신라의 김승우 대장군에게 전달되었다. 아버지 진용대왕께서는 침소에서 기다리고 계셨다. 망국의 군주로서 피눈물을 흘리는 심정이었다. 미륵부처님은 신라의 손을 들어주었고, 친서의 내용은 이러했다.

대 신라국 황제 폐하.

망국의 군주 신(臣) 진용은 대 신라국 황제 폐하께 소루가야 만민과 소루 문무백관을 대신하여 황제 폐하의 분에 넘치는 복속의 명을 아무런 조건 없이 기꺼이 수락하기로 맹세합니다. 모든 후속 조치들은 황제 폐하의 명에 따라 행하여질 것입니다.

또한 황제 폐하의 친서에서 언급하신, 형님 국으로서 예우에 대한 성은에 감읍할 따름입니다. 그러나 망국의 군주에게 내리신, 고사에도 그 전례가 없는 예우의 말씀은 정중히 사양하고자 합니다.

황제 폐하의 명에 따라 귀화하여 서라벌로 옮아가는 소루족의 대신들을 신라의 진골이나 귀족에 편입하여 주신다는 말씀에 소루의 대신들은 온몸으로 충성을 약속드리겠습니다. 그리고 이곳 소루족의 영토는 당분간 황제의 명을 받은 신망 있는 소루 부족의 인사로 하여금 관리하게 하심이 좋은 방책이라 건의를 드리고자 합니다.

그리고 이 죄인 진용은 모든 죄를 참회하면서 깊은 산속에 혈혈단신 들어가 부처님의 깨달음을 구하고 망국의 군주로서 황제 폐하와 가야 만민에게 용서를 빌며 생을 마치고자 합니다. 생이 얼마 남지 않은 이 신하의 청을 거절하지 마시고 윤허하여 주시옵소서.

하늘을 벗 삼고 구름 속을 거닐며 매 순간 황제 폐하의 무병장수를 빌며 삼가 생을 마칠까 하옵니다.

소루가야 신 진용 서

친서를 받은 신라 대장군 김승우 일행이 서라벌로 출발하고 난 후 중무대장군은 자결하였다. 그리고 도망치듯 진용대왕과 5살 난 소루왕자는 마차에 짐을 싣고 이곳 신선산 계곡으로 들어와서 생활한 지 어언 50년의 세월이 흘렀다.

선친 진용대왕은 이곳에 오신 지 7년 만에 화병[자신의 요구 실현이 저지당하거나 어떠한 일을 강요당했을 때 저항하기 위해 생기는 부정적인 상태] 으로 생을 마치시고 어머니 익선왕후는 대왕마마 3년 상을 치르고 자결하셨다. 어린 나에게 아버지 진용대왕께서는 한 서린 당부의 말씀을 남기셨다.

"석가모니 부처님께서는 카필라 국 태자였느니라. 하루는 동쪽 성문 밖에서 허리가 굽어있는 노인을 만났느니라. 그리고 남문 밖으로 나가서는 몸이 아파 괴로워하는 병자를 만났고, 서쪽 성문 밖을 지나다가 저승으로 떠나는 장례 행렬을 목격하였다. 또 어느 날 북쪽 성문을 지나다가 세속을 떠나 출가하는 수행자를 만나게 되었다. 태자는 큰 자바심이 우러나와 진척이라는 말에서 내려 조용히 거닐며 모든 중생들에게 이런 일이 있음을 생각하고 다시 부르짖어 말했다.

'아~아, 아~아, 세간의 중생들은 극심한 괴로움을 받나니 곧 나고 늙고 병들고 죽음이다. 겸하여 갖가지 고뇌를 받으면서도 그 가운데 전전하여 떠나지 못하는구나. 어찌하여 이 모든 괴로움 버리기를 구하지 않으며 어찌해서 괴로움을 싫어하고 고요한 지혜를 구하지 않으며 어찌해서 나고 늙고 병들고 죽음의 괴로운 원인을 벗어나기를 생각하지 않는가.'

나는 이제 어느 고요하고 한가한 곳을 찾아서 이러한 모든 고뇌에 대해 생각할꼬? 그 때 들에 있던 모든 농부들이 벌거숭이로 몹시 고생하면서 소에 보습을 맺어 밭을 가는데 소가 더디 걸으면 때때로 고삐로 후려쳤다. 해가 길고 날이 뜨거워 헐떡거리고 땀을 흘리며 사람과 소가 다 고달프고 주리고 목말라했다. 사람들은 몸이 수척하여 뼈만 있으며 보습에서 흙이 파 뒤집히자 벌레들이 나왔으며 사람과 보습이 지나간 뒤에는 뭇 새들이 다투어서 날아와 그 벌레들을 쪼아 먹었다.

태자는 보습을 끄는 소가 피로할 대로 피로한데 또 채찍에 얻어맞고 멍에와 고삐에 목이 졸려 피가 흘러내리고 가죽과 살이 터지는 것을 보았다. 또 햇볕에 등이 탄 농부도 발가숭이 몸에 먼지와 흙이 엉겼고 까마귀와 새가 날아와 다투어 벌레를 주어먹는 것을 보았다. 태자는 이것을 보고 크게 걱정하고 근심하기를 마치 사람들이 자기의 친족이 얽매임을 당했을 때 큰 걱정과 근심을 하듯이 했고 태자가 그것들을 불쌓히 여김도 그와 같았다."

"소루야."
"예, 아바마마."
"우리 소루부족은 신라에 의해 멸망하였다. 그리하여 우리 부자는 그 모든 책임을 지고 이곳 신선산 계곡으로 쫓겨 왔다. 내가 부처님의 출가에 대해 말한 것은 부처님께서 중생을 위하여 고행의 길을 선택했듯이 우리 부자 또한 소루가야 부족 만민의 행복을 위해 고난의 길을 갈 각오를 단단히 해야 할 것이라는 뜻이다. 부처님께서는 고행 중에 오직 한 올의 보리만을 먹을 때 몸은 파리해서 마치 야자나무 같았고 살이 없어 갈비대가 드러나서 마치 부수어진 집의 서까래 같았고 등뼈는 잇달아 드러나서 마치 대나무 같았고 눈은 움푹 들어가서 마치 우물 밑의 별 같았고 머리는 바싹 말라서 마치 마른나무 가지 같았고 앉았던 자리는 말굽의 자국 같았고 피부는 주름이 잡혀서 마치 말라비틀어진 육포의 형상 같았고 손을 들어 먼지를 털면 몸의 털이 말라 떨어졌으며 손으로 배를 만지면 등마루가 닿았다고 말씀하셨다. …중생을 구제하기 위한 고통이 이러했거늘 나는 망국의 군주로서 이보다 더한 고난도 참고 인내해야 하느니라. 그 길만이 짐이 가야만민에게 속죄하는 길이 아니겠느냐?"

이미 50년이 지난 세월, 아버지 진용대왕의 한 맺힌 말씀이 전신에 아련히 젖어온다.

다음날 예정보다 한 시각 늦은 진시(辰時)에 마차는 서라벌을 향해 출발했다.

신선산 자락에 안개가 자욱이 가라앉은 아침, 신선산이 어머니 품을 향해 다리를 뻗고 무릎까지 바닷물에 잠겨 있는 득량만 바다 위의 수평선 동쪽 저 끝에 타는 듯 눈부신 태양이 떠오를 때 햇볕 가려진 산자락 계곡에 산새들이 조잘조잘 우짖는 소리로 소루 왕의 처소에서는 분주한 하루가 시작된다.

각기 다른 다짐의 출발은 이 세상에 태어남의 순서의 차이가 처해졌던 현실의 능력 그 인식의 한계에 의해서 설정되어 기억 되어 졌다. 설정되어져 있는 기억들은 인식의 능력 한계 안에서만 살아가는 삶의 범주를 벗어날 수 없다.

가야가 신라에 복속당할 당시의 시대적인 인식의 시간과 50년이 지난 신선산의 아침의 시간은 소루 왕의 아버지 진용대왕이 겪으며 살아왔던 삶의 인식의 범주 안에 진용대왕은 갇혀 살았고, 그의 아들 소루 왕이 겪으며 살아왔던 삶의 인식의 한계 또한 일부 탈피할 수 없는 인연의 질긴 고리였다.

각기 다른 생명의 개체가 겪으며 느꼈던 시대적인 공간의 한계는 수천 년을 자리하고 있는 신선산이 함께하고 있을 때 그들은 순간순간 의 시간대 속에서 태어나서 숨 쉬고 사라져 가는 무위한 존재에 지나지 않는다.

오늘 아침도 예외일 수는 없다.

태어나서 떠날 때가 되니까 떠나가는 무위한 존재인 것이다.

소루 왕이 맞는 아침, 인식의 감정과 천관이 맞이하는 아침에 대한 감정의 인식, 그리고 계화가 느끼는 아침에 대한 공간의 개념은 각기 살아온 연륜의 기복 위에 앞으로 살아가야 할 삶의 방향의 계획으로 설정한 꿈의 몽상이라는 한계 안에서 인식의 능력은 벗어날 수가 없다. 그 편협한 인식의 한계를 이해하지 못하고 자기를 주장함으로써 사소한 충돌에서부터 전쟁이라는 피비린내가 진동하는 살상의 현실이 되풀이되는 것이다.

　소루 왕은 떠나보내는 천관의 장래를 걱정하고 마야왕후의 마지막 순간과 남은 생에 대한 생각의 한계에 머무를 것이며, 천관은 서라벌에서 이어질 삶에 대한 기대와 설렘, 그리고 늙은 부모님을 이곳에 두고 떠나야 하는 걱정과 불안이라는 인식의 범주를 벗어날 수 없는 것이다. 계화는 계획대로 동경의 대상이었던 서라벌에 대한 기대 속에 그 생각이 머물러 있을지도 모른다.

　부처님은 이런 모든 인식과 감각기관의 느낌 모두를 공(空)하다 하셨다. 저마다 그런 아침의 인식은 분주했고 이별의 순간은 다가왔다.

　"대감! 모든 준비는 끝났습니다. 모두 대감님의 말씀만 기다리고 있습니다."

　처소 앞마당에서 황 집사의 목소리가 들렸다.

　"알았네. 금세 가겠네."

　회한의 생각을 접고 소루 왕은 자리에서 일어나 방문을 열고 밖으로 나섰다. 저 아래 길 안쪽으로 마차가 세워져 있고 죽곡촌 사람들이 삼삼오오 소곤거리고 있었다. 내일쯤이면 죽곡촌에 무성한 소문들이 연기를 피울 것이다. 천관이 마차 곁에서 무릎을 꿇고 인사를 드리자 소루 왕과 마야왕후의 표정에 어두운 그림자가 드리워진다. 곁에 서 있던 계화도 재빨리 시늉을 낸다.

　"아버지 어머니, 건강하시옵소서."

　"그래 너도 건강하고… 소희 언니에게 안부 전해라. 설상 대상께도…."

　"예, 아버지."

"잘해야 하느니라."

"예, 아버지."

대답을 마친 천관이 일어서서 마야부인에게 다가가며 가만히 마야부인의 손을 두 손으로 감싼다. 마야부인은 한 손을 슬그머니 빼서 천관의 등을 감싸 안으며 토닥거린다. 천관의 양 어깨가 가느다랗게 떨리기 시작한다. 마야부인이 지그시 입술을 깨물고 마차 쪽으로 시선을 돌린다.

"황 집사, 어서 출발하도록 하게."

소루 왕이 출발을 재촉한다.

"예, 대감. …아씨, 어서 마차에 오르시지요?"

천관은 다시 한 번 어머니께 가벼운 목례를 하고 마차에 오른다.

말 두 마리가 끄는 마차는 앞에 마부와 황 집사가 타고, 천관과 계화는 마차 안에 타고 갈 수 있도록 되어 있었다. 그리고 두 사람이 별도로 각각 말을 타고 일행을 보호할 예정 이었으나 한 사람만 수행하기로 하였다. 백제령을 벗어나면 옛 가야족의 영역인 섬진강[지금의 남해]에서부터 서라벌까지 가야부족이 동행해주기로 되어 있었다.

"이럇!"

마부의 외침이 들렸다.

이윽고 허공을 가르는 채찍소리와 함께 마차는 덜커덩 진동음을 울리며 천관의 삶의 굴곡을 예견하듯이 신선산의 아침을 가르며 움직이기 시작했다. 갑작스런 환경의 변화로 모두들 말을 잃고 마차 바퀴와 대지의 마찰음에 귀 기울이며 침묵하고 있었다.

이제 몸이 변화를 감지할 때쯤 계화가 무거운 침묵을 깨뜨리며 입을 열었다. 계화는 휘장을 젖히고 계속 스치는 바깥 풍경만을 쳐다보다 이따금 천관의 눈치를 살피곤 했다. 무언가 말을 하려 입술을 삐쭉거리다 입을 닫고는 바깥만 내다보더니 드디어 더 이상 못 참겠다는 듯 말문을 연 것이다.

"아씨, 저것 좀 보아요."

이렇게 훌쩍 떠나는 천관의 마음에는 아직도 떠나온 신선산의 광경이 그대로 멈추어져 있었다. 천관은 계화의 말을 못 들은 척 미동도 하지 않는다.

한식경을 마차는 쉬지 않고 달렸다. 한적한 곳에 말들을 쉬게 하고 근처 도랑으로 데려가 물을 먹이고 먹이를 주며 지친 말을 쉬게 한 다음 다시 출발하면서 그렇게 쉬고 가고를 반복한다. 섬진강의 광천나루[지금의 섬진강 휴게소 인근]까지는 오늘 중에 도착해야 하기 때문이었다. 강을 건너면 가야의 본거지로서 소루가야 부족이 서라벌까지의 나머지 여정을 맡아주기로 하였다.

그때 한적한 시골마을 어귀에 웅성거리며 나타난 때 아닌 행렬 때문에 마차는 속도를 줄일 수밖에 없었다. 말을 타고 가는 신랑 뒤에 신부의 가마가 뒤따르는 신혼 행렬이었다. 동네 어귀에는 가득 찬 축하객들과 구경꾼들로 붐비고 있었다. 아마 인근 여러 마을 사람들이 모여 있는 것처럼 보였다.

출발 때부터 휘장을 젖히고 밖을 내다보던 계화가 말을 건넨다.

"아씨, 이것 좀 보셔요. 혼례를 치르는 행렬이에요."

계화는 천관을 쳐다보지도 않고 밖에다 시선을 고정시킨 채 소리쳤다.

"워~워~워."

그때 마부가 마차를 멈추기 위해 고삐를 당기며 말을 세웠다. 말은 가쁜 숨을 몰아쉬고 힝~힝~ 콧바람을 불며 머리를 흔들었다.

"황 집사님, 조금 더 가면 객줏집이긴 한데…기왕에 시간이 다 되었으니 이곳 혼례 잔칫집에 가서 요기를 하면 어떨까요? 이곳은 백제령이고 인심이 후하다고 소문이 자자하니 박대하지 않을 것입니다. 섬진강 줄기의 넓은 농토가 기름진 데다 해산물도 어느 지방보다 풍족하여 살아가기가 넉넉하기 때문인가 봅니다."

마차를 몰고 삼한 땅 구석구석을 돌아다녀본 마부의 말이었다. 황 집사를 비롯한 일행은 따를 수밖에 없었다. 마부는 일행을 잠시 기다리게 한 다음, 잔칫집에 가서 몇 마디 이야기를 나누더니 웃음 가득한 표정으로 황 집사에게 다가왔다.

"모두들 오셔서 마음껏 요기를 하고 가시랍니다. 집사 어르신, 극구 사양하지만 우리 인사는 인사니까 곡식 반말쯤 가지고 갑시다. …한두 입도 아니고 다섯 몫이니 체면치레는 해야지요."

잔칫집은 축하객들로 난리법석이었다. 어린애들은 어린애들대로 신이 나 있었다. 한쪽 방에서는 나이든 부녀자들이 장구와 징을 치면서 춤을 추고 흥타령으로 여흥을 돋우고 있었다. 음식을 먹고 나가는 사람, 새로 들어오는 사람들로 북적대고 음식을 나르는 초동들에 이르기까지 들썩거렸다.

시중드는 사람들이 천관과 계화에게는 아녀자들이 음식을 차려주는 가방(잔치 때 음식을 차려 내주는 임시주방) 옆에 별도로 마련한 자리로 안내했다. 사내들은 남자들이 앉아있는 틈 사이에 자리를 잡아 주었다. 음식은 푸짐하게 차려져 나왔다. 아침부터 부산을 떨었고 이곳까지 덜컹거리는 마차에 시달리느라 한껏 시장했던 일행은 눈치 보지 않고 허기진 배를 든든히 채울 수 있었다.

"도솔천에 미륵보살 만민 중생 구제하랴" ~꿍딱, ~꿍딱, ~꿍따닥
"태양은 동쪽에서 떠서 서쪽으로 기우나니" ~꿍딱, ~꿍딱, ~꿍따닥
"동쪽은 아침인데 서쪽은 저녁이네" ~꿍딱, ~꿍딱, ~꿍따닥

흥타령을 부르던 아낙들이 장구 장단에 맞춰 노랫가락을 구성지게 부르고 있었다.

"웅진은 저녁인데 서라벌은 새벽이네" ~꿍떡, ~꿍떡, ~꿍따닥
"도솔천의 선화낭자 중생 구제 오셨다네" ~꿍떡, ~꿍떡, ~꿍따닥

"아씨, 이제 그만 일어나시죠."
계화가 노랫가락에 취해 있는 천관을 재촉했다. 황 집사 일행이 이쪽으로 걸어오는 모습을 본 것 같았다. 일행은 요깃거리를 한 아름 싸준 보따리를 들고 일어섰다. 한사코 만류하는데도 곡식자루를 안긴 것이 미안했던지 가는 도중에 먹으라고 싸준 음식들이었다.
그때 일행의 앞을 스치듯 비켜가며 허름한 탁발 스님이 잔칫집으로 들어가고 있었다. 천관의 앞을 지나던 노스님이 문득 고개를 돌려 뒤돌아보며 천관을 다시 한 번 쳐다보더니 중얼거렸다.
"괴이한 일일세. 도솔천에 계실 선화낭자께서 이 잔칫집에 어인 일인고? 나무관세음보살… 나무관세음보살."
탁 탁 탁 목탁을 두드리며 중얼거리는 노스님을 뒤로하고 그들은 신시(申時)에 섬진강 광천나루에 닿을 수 있었다. 지금은 신라에 귀속되어 있으나 소루 왕의 아버지 진용대왕께서 소루가야를 지배하던 곳이다.

가야국 중 마지막까지 항거하다 신라에 귀속되고 백제령 장흥성 신선산 계곡에 은거한 지 어언 50년, 함께 소루가야를 다스렸던 왕족과 대신들은 지금 서라벌에서 신라의 귀족 품계를 하사받아 신라 대궐에 출사하고 끝까지 서라벌 행을 거부했던 부족들은 이곳에서 대를 이어가고 있었다.

한 무리의 기병들이 천관 일행의 주위를 에워싸며 말했다.

"공주마마, 이제부터는 저희가 모시겠습니다. 오늘밤은 이곳 소루성에서 머무시고 모레 서라벌로 출발하시도록 하겠습니다. 성주께서 기다리고 계시니, 마차로 저희를 따라오시기 바랍니다."

여기까지 길 안내를 하며 일행을 보호했던 죽곡촌 촌장의 부하는 백제령 신선산으로 되돌아가기로 했다. 천관 일행이 무사히 옛 소루가야 영토에 도착했다는 사실을 소루 왕께 알려드리는 임무가 부여되었다.

그날 밤 조촐한 잔치가 벌어졌다. 서라벌의 위임을 받아 이곳 소루가야를 통치하고 있는 관리는 중무대장군의 아들 진무대장군이었다.

소루가야국의 마지막 어전회의를 하던 날, 중무대장군은 신라 황제의 친서를 가져와 진용대왕의 답신을 기다리고 있던 신라 대장군 김승우를 암살하고 자결할 계획을 세웠으나 그 기미를 눈치 챈 설상대상 이하 진용대왕께 위임받은 대신들에 의해 김승우 대장군이 진용대왕의 친서를 가지고 소루가야국의 대궐을 빠져나가 서라벌로 달아나자 복속을 거부하고 자결하였다.

그때 그의 아들은 신라 접경 지역에 있는 비루성 성주 휘하의 장수였는데, 아버지의 자결소식을 듣고 갑옷을 벗은 채 대궐에 돌아와 아버지의 시신을 거두어 장례를 치렀다. 그런 다음, 아버지 묘소 곁에 초막을 짓고 속세와 인연을 끊은 채 이름도 진용대왕의 '진'자와 아버지 중무대장군의 '무'자를 따서 '진무'라 하며 묘소를 지켰다.

소루부족을 복속시킨 신라는 진용대왕의 뜻을 받아들여 소루가야 지역의 통치를 소루가야 사람에게 맡기도록 하였고, 소루가야 귀족들의 청을 받아들여 진무대장군을 위촉했다. 그러나 진무대장군은 아버지 중무대장군의 3년 상(喪)을 치르지 않았다는 이유로 그 청을 거절하였으나 그것은 핑계에 불과했다. 진짜 이유는 신라왕의 수하로서 동족인 가야인을 부리는 신라의 개가 되고 싶지 않았던 것이었다. 그러다가 설상 대상을 비롯한 소루가야 대신들의 끈질긴 설득으로 가야국 총독이라는 관직을 받고 가야를 위임통치하게 되었던 것이다.

소실되지 않은 옛 소루가야의 궁궐이 총독의 관저로 사용되고 있었다. 그날 밤 소루부족의 옛 신하와 하급 장수들로 신라에 귀화하지 않았거나 나이든 부족 어르신들이 진용대왕의 손녀인 천관 공주를 보기 위해 자리를 지키며 밤이 늦도록 옛 소루가야의 화려하고 번성했던 시절을 이야기했다. 이따금 눈시울을 붉히거나 눈물을 흘리는 옛 신하들도 있어 분위기를 침울하게 만들기도 하였다.

일정을 변경하여 하루를 쉬기로 했기 때문에 다음날은 한가로운 시간을 가질 수가 있었다. 천관은 계화와 함께 아버지 소루 왕이 5살 때까지 살았던 궁궐 이곳저곳을 거닐면서 비감한 생각에 젖어들었다. 패망한 부족의 군주로서 대궐을 떠나야 했던 할아버지 진용대왕과 아버지 소루태자가 백제령 신선산 계곡으로 들어왔을 당시도 그려보면서 침통한 표정으로 걸음을 옮기고 있었다.

그 당시의 비극을 현장에서 보는 듯이 마음이 아파왔고 통곡의 소리가 들려오는 것 같았다. 조반을 마치고 천관은 소루가야국의 왕사였던 황룡사를 보고 싶어서 황 집사에게 부탁을 했다. 황 집사는 진무 총독에게 선대왕들의 위패가 모셔진 황룡사를 가보고 싶다는 천관의 뜻을 알렸다. 그러자 진무 총독은 곧장 주지 스님께 연락을 드렸고, 주지 스님의 흔쾌한 승낙을 받아주었다.

사시 무렵 마부와 황 집사, 천관과 계화 네 사람은 천천히 마차를 몰아 황룡사로 향했다. 후미진 산길을 들어서서 약간 오르막길로 접어들었을 때, 어지러운 말굽소리가 들리면서 한 필의 말이 달려 내려오고 있었다. 마차 한 대가 지나갈 오솔길을 가로막아선 마차에 말은 주춤거렸고 몹시 지쳐보였다. 마부가 일어서서 마차를 세웠고, 어린 화랑이 가까스로 말고삐를 잡고 있었다.

"도와주세요. …괴한들에게 쫓기고 있습니다."

가쁜 숨을 몰아쉬며 고통스런 표정으로 다시 말에 엎드려 버린 화랑은 등에 화살이 꽂혀 있었다. 천관과 계화가 마차 밖으로 고개를 내밀고 놀란 표정을 지었다. 마부와 황 집사는 화랑을 말에서 끌어내려 품에 안았다.

"이쪽으로."

뜻밖에도 천관이 마차 안쪽을 가리키며 소리쳤고 두 사람은 젊은 화랑을 마차 안쪽으로 옮겼다. 마차 안쪽 뒤편의 짐 싣는 공간 뒤로 비스듬히 누이고 등을 짐 보따리로 고여 두었다. 그리고 말을 마차 뒤쪽으로 끌고 와서는 힘껏 채찍으로 내리쳤다.

"이럇!"

화랑이 탔던 말은 채찍을 맞고 쏜살같이 길 아래로 뛰어 달려갔다. 조금 지나자 세 명의 말을 탄 무리가 나타났다. 마차는 황룡사를 향하여 덜커덩거리며 천천히 가고 있었다. 말과 사람들은 거칠게 숨을 몰아쉬면서 다가와 물었다.

"여기 말을 탄 화랑을 보지 못했어요?"

마부는 "워~워~" 하며 마차를 세우고 짐짓 못 들은 듯이 되물었다.

"뭐라고 하셨어요?"

"말을 탄 사람이 지나가는 것을 보지 못했냐고요?"

"한참 전에 화살을 맞은 화랑이 저 산 아래쪽으로 급하게 달려가던데요?"

"그런데 댁들은 어디서 온 분들이오? 보아하니 이곳 사람들은 아닌 것 같은데 말투나 차림새도 그렇고…."

"우리는 소루가야 사람입니다. 나라가 망하자 백제령으로 은거하신 진용대왕과 그 아들 소루 왕을 모시고 살았습니다. 마차 안에 소루 왕의 공주님이 계십니다. …서라벌의 설상 대상 댁으로 가는 길인데 어제 저녁에 진무 총독 관저에서 자고, 공주께서 소루가야의 왕사였던 황룡사로 가시기를 원해서 황룡사에 가는 길입니다. 그곳에 선대왕들의 위패가 모셔져 있기 때문입니다."

그때 천관이 휘장을 제치고 밖을 내다보았다.

"아, 그렇습니까? 소문으로만 듣던 소루 왕의 공주마마를 뵙게 되니 이 또한 영광입니다. 저희도 소루가야의 후손입니다."

천관도 다정하게 미소를 지어 보이며 고개를 숙였다.

"그놈은 가야국 배신자의 자식입니다. 배신자들은 그 씨를 말려야 합니다."

"그놈이 멀리 가지 못했을 터이니 빨리 가자."

"그럼 공주님, 다음에 서라벌의 설상 대상 댁에서 뵙도록 하겠습니다."

그들이 탄 말은 흙먼지를 날리며 저쪽으로 달려갔다.

일행은 황룡사에 도착했다. 천관은 도착하자마자 급히 주지 스님을 찾았다.

"스님, 주지 스님! 소녀는 소루 왕의 여식 천관이라 하옵니다. 우선 화살 맞은 사람을 치료해야겠습니다. 도와주십시오."

"그렇지 않아도 연락을 받고 기다리고 있었습니다. 그런데 화살 맞은 사람이라니요, 무슨 일이라도 있었는지요?"

"예, 소녀가 타고 온 마차에 화살 맞은 사람이 있습니다."

"그럼, 그 사람을 이곳으로 데려오시지요?"

"계화야, 황 집사 어르신께 그 화랑을 이리 모셔오도록 전해라."

"예."

황 집사와 마부는 주지 스님이 안내한 방으로 화랑을 부축하여 데려다 눕혔다. 스님은 우선 화살부터 제거하고 치료를 하기 시작했다. 치료가 어느 정도 끝나자 천관은 선대왕들의 위패에 불공을 마치고, 주지 스님께 이 일을 누구에게도 알리지 말아 달라고 당부했다. 물론 진무 총독에게도 비밀로 해줄 것을 부탁했다.

다음날, 총독 관저에서의 출발은 계획보다 조금 빨랐다.

천관은 서라벌까지 안내하겠다는 진무 총독의 청을 한사코 거절했다.

"그러면 서라벌로 역주마를 보내 설상 대상께 출발을 알려 마중을 나오도록 하지요. 천천히 가시면 중도에서 만날 겁니다."

진무 총독은 한 발 물러섰다.

가까스로 안내를 거절한 일행은 서라벌 쪽으로 가다가 급히 샛길로 접어들어 황룡사로 향했다. 화랑을 데려가기 위해서였다.

"고맙습니다."

주지 스님의 보호 속에 상처를 치료받은 젊은 화랑이 말했다.

"서라벌까지만 태워주시면 이 은혜 잊지 않겠습니다."

마차 안은 천관과 계화가 타고도 짐을 싣는 뒤쪽에 한사람이 기댈 수 있는 공간이 있었다. 넉넉하지는 않아도 서라벌까지 가는 데는 불편함이 없었다. 다만 흔들리는 마차의 덜컹거림 때문에 임시조치로 치료해놓은 화살의 상처에 출혈이 있을까 걱정스러울 뿐이었다.

화랑은 열예닐곱 살쯤으로 보였다. 나이 많은 사람이었다면 상당히 위험할 수도 있겠지만, 워낙 회복이 빠른 젊은이라 생명에 지장을 줄 만큼은 아니라고 여겨졌다.

천관은 처음 당하는 일이었으나 마부와 황 집사는 살아오면서 수없이 겪어온 일이었다. 그러나 두 사람도 놀랄 만큼 천관의 행동은 침착했다. 그 위급한 상황에 도망자를 마차 안으로 안내할 수 있도록 자리를 마련하는 기민함은 천관의 그릇과 인격, 위기대처 능력을 한꺼번에 보여준 셈이었다.

어제 화랑을 구할 때부터 천관은 순간순간 기지를 발휘하는 의연함마저 보였다. 추적자들이 와서 물었을 때는 도망치던 화랑을 마차 안에 두고서도 태연자약했다. 오히려 휘장을 제치며, 무슨 일로 밖이 이리 소란스럽냐는 표정과 행동까지 보여주었다.

황 집사와 죽곡촌 촌장이 보내준 마부는 어느 순간부터인가 천관의 지시에 따라 움직이고 있는 자신들을 발견하고 소름끼치게 놀랐다. 등에서 식은땀이 주르륵 흐르는 느낌을 받으며 왠지 모를 두려움을 느꼈다. 오늘 아침만 해도 그랬다. 그들은 황룡사에 있는 화랑에 대해 미처 생각하지 못하고 있었다. 그런데 진무 총독 앞에서 갑자기 서라벌까지의 호위를 거절하지 않았던가?

아무리 신라의 통치를 받는 신라령이라고는 하지만, 전쟁으로 날이 새고 지는 혼란의 시대라 언제 어떠한 위험이 발생할지 알 수 없었다. 그런데도 담대하게 진무 총통의 호의를 거절하고, 어제 황룡사에 두고 온 젊은 화랑을 배려하여 마지막까지 안전하게 보호하고 자비를 베풀려고 했던 것이다.

천관 자신에게 닥칠 위험 따위는 안중에도 두지 않는 처신이었다. 황 집사와 마부는 다른 어떤 위험한 상황보다도 천관의 당당하고 정의로운 행동에 더 두려움을 느끼고 있었다. 단순한 두려움이라기보다는 존경심이 더해진 경외감이었다.

그에 비하면 계화는 출발부터 마치 봄놀이라도 가듯 마냥 철없이 기뻐하고 까부는 표정과 행동이었다. 황 집사는 그게 또 못마땅했다. 어떻게 키워온 자식이었던가. 부모를 떠나 백제령이 아닌 이국 땅 신라의 수도 서라벌로 떠나는데도 도대체 헤어짐에 대한 슬픔이나 부모에 대한 걱정은 추호도 없는 것 같았다. 마냥 들떠서 쫑알쫑알 말을 걸어댔다. 자연히 그런 계화를 큰언니처럼 빙긋이 미소 지으며 감싸주는 천관의 언행과 비교가 되었다.

황 집사는 달리는 말의 뒷모습을 물끄러미 바라보면서 자신이 쉼 없이 수레를 끌고 달리는 말의 신세 같다고 느꼈다. 황 집사는 진용대왕을 모시고 떠나는 아버지의 손에 이끌려 5살짜리 소루 왕자의 말동무가 되었다. 5살인 소루 왕자보다 1살 많은 6살 때의 일이었다. 아버지는 진용대왕과 동갑내기로 어려서부터 진용대왕의 호위무사였다. 언제나 진용대왕을 그림자처럼 모셨던 분이다.

소루가야국의 왕사였던 황룡사 주지 자장 대사는 은혜를 입은 옛 왕실의 공주에게 깍듯이 예의를 갖추었다. 비록 패망한 나라의 공주였지만 은혜로 치면 세월의 무상함을 덮을 만큼 훨씬 두터웠기 때문에 정성이 내비쳤다.

　이 가야 지역을 통치하고 있는 총독 또한 가야국의 장군이었다. 그 총독도 예를 다한다. 그것은 천관이 소루가야의 정신적 지주이고 절개와 지조를 지켰던 진용대왕의 손녀라는 이유 때문이기도 했다.

　더구나 가야는 미륵불의 환생을 믿고 숭상하여 불교를 국교로 삼아 부흥하였다. 북방의 흉노 왕족이 가야국을 이루었고, 흉노는 인도불교의 열렬한 추종자이자 협력자였다. 그런 불교를 숭상했던 왕실의 공주임에 왕실로부터 받았던 보시를 저버릴 수는 없었다. 복락을 바라지 않고 자비를 베풀기도 할 텐데, 은혜를 입은 후손에게야 일러 무엇 할 것인가.

　황 집사는 융숭한 환송을 받으며 황룡사를 떠나 지금 힘차게 내딛는 말의 정강이를 말없이 바라보았다. 진용대왕을 호위했던 자신의 아버지 역시 꼭 이 말과 같다고 생각됐다. 진용대왕을 모셨던 아버지의 정강이와 팔의 근육이 서라벌을 향해 힘차게 내달리는 말의 정강이와 똑같다고 느껴졌다.

　말의 눈도 그랬다. 맑은 눈동자에 애정 어린 눈빛으로 진용대왕을 바라보는 아버지. 그러나 언제나 번뜩이는 예리함으로 진용대왕 주위의 구석구석을 한 점의 허점도 놓치지 않고 감시하는… 어쩌면 자기의 주인인 마부에게 애정의 눈빛을 보내면서도 주위에 대한 경계를 게을리 하지 않는 눈. 마부를 따르는 이 말이나 황 집사 자신과 아버지가 모두 같은 처지라는 생각이 들었다. 말은 뽀얀 먼지를 날리며 서라벌을 향해 힘차게 내닫고 있었다.

　서라벌에 도착한 것은 자시가 다 되어서였다.

　사흘, 당초 계획은 사흘 동안의 여정이었다. 그러나 이틀로 일정을 변경한 것 또한 천관의 지시였다. 그녀는 초행의 여정을 능란하게 통솔하였다. 말의 휴식과 시간 계획을 그때그때 적절하게 활용했다. 마중 나온 설상 가문의 호위무사에게도 계획을 설명하여 동의를 구했다. 그들에게도 마차 안의 화랑의 신변에 대해서는 함구하도록 당부했다.

천관은 모든 일을 일사불란하게 처리하면서 부상 입은 화랑의 신변에도 최대한 신경을 썼다. 수레를 끄는 말을 수시로 교체하여 말이 지치지 않도록 해결하는 데까지 그녀의 의견이 반영되었다.

드디어 서라벌 성문 앞에 멈추었을 때 성문은 굳게 닫혀 있었다. 그러나 이미 설상 가문의 연락을 받은 당직 장수는 개문장을 접수받고 바로 성문을 열어주었다. 성문을 들어서자 자정을 알리는 인경소리가 울리기 시작했다. 잠시 후 설상 댁에 이르렀을 때 소희 언니와 가솔(家率)들이 등불을 밝힌 채 기다리고 있었다.

밤이 늦었기 때문에 임무를 마친 호위무사들이 서둘러 철수하고 천관은 오랜만에 소희 언니와 오붓하게 만날 수 있었.

"천관아!"

"언니!"

"아버지 어머니는… 무고하시고?"

"응, 언니."

"오느라고 고생 많았다. 무사히 도착하여 다행이구나."

"황 집사 어르신 덕분에… 그리고 언니가 보낸 호위무사들이 보호해 주어서 걱정하지 않고 편안히 올 수 있었어."

그때 황 집사가 다가와서 인사를 드린다.

"공주마마, 황 집사 인사드립니다. 그간 평안하셨는지요?"

"예, 집사 어르신께서도 고생하셨습니다. 유모께서도 별고 없으신지요?"

"저희야 대감님께서 늘 베풀어주셔서 편안히 잘 지내고 있습니다. 대감마님과 황후 마마께서 공주마마께 안부 전하라고 하셨습니다."

"항상 아버지와 어머니를 잘 모셔주어서 고맙게 생각하고 있습니다. ……너는 계화가 아니냐? 오, 많이 컸구나. 이제 완연한 처녀티가 나네."

"뭘요, 공주마마! 공주마마를 뵈오니 정말 반가워요!"

"그래 나도 계화를 보니 신선산에서 살던 때가 생각나는구나."

두서없이 반갑게 인사를 나누느라고 한동안 들썩거렸다.

"언니."

그 와중에서 천관이 가만히 소희의 소매를 잡아당기며 소희를 불렀다.

"마차에 다친 사람이 있는데 도와줘야겠어. …급해!"

"뭐라고, 무슨 일이 있었는데?"

"자세한 이야기는 나중에 할게. 우선은 사람부터 옮겨놓고."

"어떻게 하려고?"

"아무도 모르게 부축해서 방으로 옮기려고. 마차에서 데리고 와야 해."

천관이 앞서 마차로 총총히 걸어가고 소희가 뒤따른다. 그리고 천관이 마차에 올라 휘장을 젖히고 마차 안을 살펴보니 마차 안에 누워 있던 젊은 화랑은 온 데 간 데 없다. 사라져버렸던 것이다. 뒤따라 마차에 오르던 소희가 의아하게 묻는다.

"이게 무슨 일이야? 아무도 없잖아. 도대체 무슨 일인데…?"

"그건 방에 들어가서 이야기하기로 하고… 우선 여기 있는 짐부터 옮기도록 해야겠어. 하인들을 이쪽으로 불러줘."

"알았다. …춘화야, 모두들 와서 마차의 짐을 옮기라고 해라. …천관아, 너는 이제 안으로 들어가서 자초지종을 말해보아라. 자, 안으로 들어가자. 너무 늦었다."

"계화야, 오늘은 늦었으니 춘화를 따라가도록 해라."

그리고 황 집사에게도 마부를 눈짓으로 가리키며 이야기한다.

"황 집사 어르신과 두 분은 아래채에 자리를 마련해 두었어요. 춘화를 따라가면 알려 드릴 테니 가서 편히 쉬도록 하세요. ……참 요기들은 하셨는지?"

"예! 오면서 객줏집에서 배부르게 먹었습니다. 그러니 걱정 마십시오."

황 집사가 서둘러 대답했다.

"그래도 입가심은 하셔야 하니까… 춘화야, 다과를 내다 드리도록 해라."

잠자리에 대해 정리가 되자 천관은 소희의 뒤를 따라갔다.

서라벌의 생활

이른 아침부터 묏새들이 창문 밖에서 지지배배 합창을 한다. 어제 축시(丑時) 끝날 무렵에야 잠을 청했으나 천관은 쉬이 잠을 이룰 수가 없었다.

모든 것이 꿈결에 일어난 일 마냥 도저히 실감이 나지 않았다. 뒤척거리다 어느 순간 깊은 잠에 빠지고 말았다. 곱디고운 꽃봉오리 같은 16살 소녀의 모습은 아름다웠다. 홍조를 띤 얼굴은 뽀얀 피부와 어울려 눈부시게 빛났다. 헐거운 적삼 속에 드러난 허연 속살에 볼록 솟아오른 젖무덤은 손만 대면 터질 것처럼 팽팽했다.

잘록한 허리 아래 둔부는 잘 익은 복숭아의 갈래처럼 이제 막 벌어지기 시작하여 신비의 계곡을 아직은 부끄러운 듯 살포시 감추고 있었다. 보일 듯 말 듯 감추어진 숫처녀 계곡은 뭇 사내의 열정을 빨아들일 것처럼 색기를 풍기고 있었다.

잠결에 몸을 뒤척이면서 헐거운 적삼 자락이 젖혀지면서 천관의 아랫도리는 거의 드러나 있었다. 갓 돋아나기 시작한 숲속의 계곡은 그림자에 가려져 있었다. 어제 저녁의 성숙하고 요염하던 천관이 맞이하는 아침은 앳된 소녀의 모습이었다.

창문 밖에서 노고지리의 합창소리가 들려오기 전에 자리에서 일어나 옷매무새를 단정히 하고 조용히 앉아 소희 언니가 오기만을 기다리고 있었다. 발자국 소리가 들리고 창문 앞에서 소희의 부르는 소리가 들렸다.

"천관아, 일어났느냐?"

"응, 언니."

"준비하고 설상 대상께 인사드리러 가야지?"

"응, 언니 준비 다 됐어."

"그래 그러면 내가 대상께서 기침하셨는지 여쭈어 보고 올 테니 조금만 기다려라."

잠시 후 하녀가 문밖에서 천관을 부른다.

"아씨. 마님께서 건너오시라고 합니다."

천관은 설상 대상에게 절을 하며 인사를 올렸다.

"대상 어르신, 그간 강녕하셨습니까?"

"오, 공주 잘 오셨습니다. 오는 길이 얼마나 힘이 드셨습니까? 그래도 이렇게 무사히 도착하셨으니 고마운 일입니다. 백제령 장흥성에 계신 대왕께서는 무탈하시고, 황후마마께서도 평안하신지… 안부 여쭈옵니다."

"예. 아버지께서는 대상 어르신께 항상 고마움을 느끼신다는 말씀을 꼭 전해 올리라고 분부하셨습니다. 덧붙여 소루가야 부족을 위하여 애쓰고 계시는 데 대해 늘 감사하게 생각하신다는 말씀도 하셨습니다."

"오… 너무나도 과분한 말씀을…. 오늘날 우리 부족이 서라벌에서 이렇게 평안한 생활을 할 수 있도록 해주신 분은 대왕이십니다. 모든 영화를 버리시고 곧은 절개를 신라 왕실에 보여주심으로써 소루가야의 긍지와 용맹함을 온 천하에 드높인 결과이옵니다. 그런데 오히려 우리들을 걱정하시다니 참으로 과분한 말씀이지요."

설상 대상은 허공을 지긋이 응시한다. 그리고 나직이 소희를 부른다.

"아가야."

"예, 아버님."

"천관 공주께서 편히 지낼 수 있도록 해 드려라. 그리고 오늘은 서라벌 시내를 구경시켜 드리렴. 이것저것 볼거리들이 많을 거다. 앞으로 이곳에서 살아가려면 알아두어야 할 터이니… 그럼 모시고 물러가도록 하여라. …공주마마께서도 편안히 지내시기 바랍니다."

"예, 아버님."

"예, 대상 어르신. 고맙습니다."

소희와 천관은 설상 대상의 처소를 나왔다.

천관은 소희를 따라 걸으면서 앞으로 서라벌에서 살아갈 일에 대한 생각에 잠겼다. 그러면서 자꾸만 화살을 맞고 쫓기던 화랑의 영상이 머릿속에서 지워지지 않았다. 그 몸으로 어디 갔을까? 잊으려고 하면 할수록 자꾸만 더 궁금해지는 일이었다. 미소년 화랑의 모습이 눈앞에 어른거리는 듯하였다.

그날 미시(未時) 경에 소희와 천관 자매와 계화, 그리고 소희 몸종까지 함께 서라벌 구경에 나섰다. 서라벌의 봄은 일국의 수도답게 활기차고 향기로웠다. 서라벌은 수많은 사람들이 붐벼서 복잡하였다. 살림

서라벌의 생활 97

집들은 촘촘히 들어서 있고, 상점들은 다닥다닥 붙어 있었다.
　어물전, 비단전, 목기류전 등으로 나뉘어져 있는 상점들은 어물전이 끝나면 곡식전, 비단전, 떡전이 이어지고 목기류전이 끝나면 국밥집 등 요깃거리를 파는 집으로 끝이 없었다. 옹기는 안전을 위해서인지 한적한 곳에 진열되어 있었다.
　어디서 왔는지 사람들은 꼬리에 꼬리를 물고 오갔다. 주막촌은 술추렴하는 사내들로 들끓었고 계속 펄펄 끓는 가마솥에서는 구수한 냄새가 사방으로 퍼져 나가고 있었다. 거렁뱅이 차림의 어린 아이들이 삼삼오오 지나가는 부녀자들에게 손을 내밀고 구걸하는 모습도 서라벌에서 볼 수 있는 한 풍경이었다.
　이따금 급한 용무가 있는 장수들이 말을 타고 채찍을 휘두르며 쏜살같이 지나갔다. 딸그락딸그락 말발굽 소리가 들리거나 말 울음소리가 들리기 시작하면 큰길에 있던 사람들은 재빨리 알아채고 골목길로 잽싸게 피해 들어갔다. 그런 다음 언제 그랬냐는 듯 금세 평온을 되찾고 열심히들 움직였다.
　신선산 자락에서 볼 수 없는 생동감 넘치는 풍경이었다. 천관과 계화의 눈에 비치는 서라벌의 사람 살아가는 모든 생활 방식들은 신선산 자락에서 노루, 토끼, 이름 모를 산새와 동무하며 살아왔던 두 산골 처자에게는 갑작스럽고 생소하기 그지없는 모습으로 모든 것이 새롭고 신기하기만 하였다.
　시가지 외곽의 빈터 한쪽에 많은 인파가 빼곡히 둘러싸고 있었다. 그리고 그 안에서는 악기소리가 들리고 구성진 가락이 들려왔다. 둘러선 사람들이 몇 겹으로 겹쳐 있어서 안을 들여다볼 수가 없었다.
　"남사당 패거리들이 왔나 봐요."

소희의 몸종이 천관과 계화가 들으라는 듯이 시선을 그쪽으로 돌리며 말했다. 천관과 계화는 가는 곳마다 발길을 돌릴 줄 모르고 있었다.

첩첩산중에서 16년을 살아오면서 보았던 것은 주위의 산야와 산짐승들뿐 다람쥐 찾아와 방문을 두드릴 만큼의 산골이 아니던가! 죽곡촌에서는 정월대보름과 팔월 한가위 명절 때 동네 아낙들이 달맞이 놀이와 지신밟기 놀이를 하는 것이 고작이었다. 놀이패는 1년에 한 차례쯤 들르는 것이 고작이고, 비교할 수 없을 정도로 규모가 큰 서라벌의 놀이패를 보고는 놀라지 않을 수가 없었다.

신라의 수도인 서라벌에는 섬나라 왜(倭)와 당나라의 문물까지 들어와서 진귀한 물건들도 많이 진열되어 있었다.

그때 계화가 천관의의 소매 깃을 잡아당겼다. 천관이 계화 쪽으로 얼굴을 돌렸다가 계화가 눈짓한 쪽을 바라보니 이상한 복장을 한 사내 둘이서 무슨 말인가 주고받는 중이었다. 계화는 신기하다는 듯 호기심이 가득한 눈으로 바라보고 있었다.

천관은 당나라 사람들이라는 생각이 들었다. 신라에는 유독 당나라 사람들이 많이 왕래하고 있다는 말을 익히 들어왔기 때문이다.

"천관아, 뭐하니? 빨리 가자."

소희의 부름에 천관과 계화는 대답을 하고 곧바로 소희 뒤를 따랐다. 소희는 어각전에 들러서 신선산에 계신 부모님께 드릴 선물 몇 가지를 구입했다. 따로 황 집사와 마부, 계화 어머니 유모에게도 각각 선물을 마련했다.

이튿날 아침, 황 집사와 마부는 신선산으로 떠날 준비를 서둘렀다.
소희는 어제 서라벌 난전에서 구입한 선물과 함께 서신을 써서 황

서라벌의 생활 99

집사에게 드렸다. 계화는 천관의 옆에 따로 거처를 마련해주었다. 그러나 계화는 거의 천관이 방에서 시간을 보내다시피 했다.

황 집사가 신선산을 향해 출발한 다음, 천관과 계화는 서라벌에서의 생활에 대해 도란도란 이야기를 나누었다. 그때 하인이 부르는 소리가 들렸다.

"신선산에서 오신 아씨 안에 계세요?"

"예."

계화가 대답하고 일어서서 문을 열고 밖을 내다본다.

"손님이 찾아오셨는데요?"

계화는 방안에 있는 천관을 쳐다보았다. 천관도 영문을 모르겠다는 표정으로 계화를 마주 쳐다본다. 서라벌에 온 지 이틀밖에 되지 않았는데 누가 찾아왔단 말인가? 천관이 일어서서 하인에게 물었다.

"분명 나를 찾는다고 하였소?"

"예, 분명 신선산에서 오신 아씨를 찾아오셨다고 했습니다. 나가보면 아실 것입니다. 지금 대문 밖에서 기다리고 있습니다."

"계화야 나가보자꾸나!"

천관이 앞장서서 걸어 나간다. 설상 대상 댁의 대문 입구에 건장한 남자가 서서 기다리고 있었다. 천관이 걸어오는 것을 보고 허리를 굽혀 인사하며 물었다.

"신선산에서 오신 아가씨가 맞습니까?"

계화가 천관의 앞을 막아서며 대거리를 한다.

"그런데요?"

"맞구만요. 저는 김서현 장군 댁에서 집안일을 거들고 있는 종놈입니다요! 우리 집 마님께서 신선산에서 오신 아씨께서 저희 댁 도련님을 구해주셨다고 감사 인사를 드리겠다며 뵙자고 하시어 모시러 왔습니다. 저기 가마를 대령했습니다."

하인이 하고 가리키는 쪽을 바라보니 정말 후미진 곳에 가마가 한 채 있었다.

"이곳에서 멀지 않은 곳이니 잠깐이면 된다고 말씀 아뢰라 했습니다."

천관은 그때서야 사태를 파악할 수 있었다.

사흘 전에 사라졌던 화랑은 김서현이라는 분의 자제이고 상처 입은 몸으로 자기 집으로 갔다는 것을. 그리고 고맙다는 인사를 하겠다고 화랑의 어머니가 뵙기를 청하는 것이라고. 천관은 잠깐 기다리게 하고 집안으로 들어가 소희를 찾았다.

"언니!"

"왜 그렇게 놀란 표정으로 나를 부르는 것이냐?"

"언니, 그게 아니고 사흘 전에 사라졌던 화랑의 어머니께서 화랑을 구해주어서 고맙다는 인사를 하겠다고 가마를 보내왔어. 김서현 장군 댁이라는데, 언니 혹시 아는 사람이야?"

"아니, 모르겠다. 하여튼 고맙다는 인사를 한다니 별일이야 있겠냐? 다녀오는 것이야 괜찮지만 네 생각이 어떠한지? 참, 그 화랑이 화살을 맞고 쫓기던 중이라고 했지?"

"응, 언니."

"참 이상하구나. 젊은 도령이 무엇 때문에 쫓기는 신세가 되었을까? 신라의 화랑이, 더구나 신라 땅에서…."

소희는 말끝을 흐리고 고개를 갸웃거렸다.

"그럼 언니, 다녀올게."

"천관아, 계화를 데려가도록 해라. 그리고 우리 집 하인도 한 사람 데려가도록 해라. 만약을 위해서 하는 말이다."

"응 언니, 그러면 그렇게 할게."

가마는 한참을 가서야 어느 커다란 집 대문에 당도했다.

"마님, 뫼시고 왔습니다요."

"그래 수고했다. 안으로 모시도록 해라."

"아씨 안으로 들어가시어요."

"잠깐 아씨만이요."

"계화야, 너는 여기서 잠깐 기다리고 있어라."

"알았어요."

계화가 퉁명스럽게 대답하고 입술을 삐죽거린다.

"오시라고 해서 죄송합니다."

"우리 쪽에서 찾아가야 도리이나 다친 사람 때문에 함께 갈수도 없는 일이고… 결례를 용서하여 주십시오."

입구에서 천관을 맞이하는 중년 마님이 말을 이었다.

"이쪽으로 앉으시지요. 미리 다과를 준비해 두었습니다."

아랫목으로 고개를 돌리며 말을 건넨다. 아랫목에 화살을 맞고 쫓기던 젊은 화랑이 누워 있다가 상체를 일으킨다.

"고맙습니다. 제 목숨을 구해주셨는데 말도 없이 와 버려서 죄송합니다. 그러나 어떤 상황이 일어날지 알 수 없는 일이라 그럴 수밖에 없었습니다. 아씨야 믿을 수 있지만, 혹여 그 댁의 다른 사람들을 만나서 무슨 일이 생길까 봐서 그랬습니다. 그리고 어차피 집으로 와야 할 처지라 인사도 못 드리고 와 버렸던 것입니다. 물론 아씨가 누구인 줄 알고 있었기 때문에 다음에 인사드리기로 하고 우선 치료부터 해야 했기에 이제야 고맙다는 인사를 드리게 되었습니다. 다시 한 번 감사드립니다."

"낭자, 제 자식을 구해주셔서 정말 무어라 감사를 드려야 할지 모르겠습니다. 이 은혜는 앞으로 두고두고 갚아나가겠습니다."

"무슨 말씀을요? 당연히 해야 할 사람의 도리를 했을 뿐입니다. 은혜라고 할 것도 없고, 고마워하실 일도 아닙니다. 누구라도 그런 상황에 처하면 마찬가지일 것입니다. 제가 그런 급박한 사정이었더라면 화랑께서도 당연히 그러하셨을 것입니다. 빨리 몸이나 쾌차하시길 바랄 뿐입니다."

"정말 고맙고 훌륭한 낭자이시옵니다. …참 그리고 낭자께서는 백제령 신선산에서 오셨다는데 머무시는 설상 대상 가문과는 어떤 관계이신지 여쭈어 봐도 괜찮겠는지요?"

"괜찮고말고요. …저는 소루가야의 후손입니다. 설상 대상 댁에서 신세를 지고자 이곳에 왔습니다. 말씀하신 대로 이곳에 오기 전까지는 백제령 장흥부 신선산 계곡에서 부모님과 함께 살았고요."

"듣자니 보통 가문이 아니신 것 같은데 자세히 말씀해 주실 수 없겠습니까? 저희도 같은 가야 후손입니다."

"소녀는 망해버린 소루가야국 진용대왕의 손녀 천관이라고 하옵니다."

"오… 망국의 한을 품고 백제령으로 은거하신…?"

"예."

"진용대왕께서는 서거하셨다고 알고 있습니다만…?"

"예, 제가 태어나기도 전이었다고 들었습니다."

"나야 신라의 성골입니다만, 유신의 아버지는 금관가야 마지막 왕이었던 구형왕의 손자입니다. 김서현 장군이라고… 그러니까 유신이는 구형왕의 증손자가 되는 셈입니다. 같은 가야인을 이런 이상한 인연으로 뵙게 되다니 신기하기도 합니다. 정말 좋은 인연으로, 미륵부처님의 은혜가 아닐 수 없습니다. 이제 집도 알았으니 우리 집에도 자주 오셨으면 합니다. 그곳 백제 땅에서의 세상 살아가는 이야기도 듣고 싶고요."

"소녀는 산 속에서만 살아서 세상살이는 잘 모르고 지냈습니다. 촌락이라야 죽곡촌이라는 자그마한 마을이 있을 뿐입니다."

"아무튼 말벗으로 자주 만났으면 합니다."

그러나 천관의 마음속에 있는 의문은 풀리지 않았다.

왜 어린 화랑이 화살을 맞고 쫓기어야 했을까? 백제령이라면 적국 신라의 첩자로 여겨져 공격받을 수도 있겠지만, 그곳은 엄연한 신라 땅이 아니던가!

여기까지 생각이 미치자 천관의 머리에 번뜩 섬광처럼 떠오르는 것이 있었다. 괴한들이 '저희도 소루가야 후손입니다.', '배신자는 죽여야 한다.'고 했던 말이나, 조금 전에 금관가야의 마지막 왕 구형왕의 증손자라고 했던 말이었다. 소루가야 후손이 같은 가야계의 금관가야 출신을 죽이려고 했다는 사실에 천관은 희미하게나마 사건의 윤곽이 떠올랐다.

소루가야 사람들은 신라에 복속된 여러 가야족 중에서도 용맹하기로는 단연 으뜸이라고 할 수 있었다. 신라인에 대한 적개심은 그만큼 강했고 종족에 대한 자부심과 긍지 또한 매우 높았다. 복속된 가야계 중에서는 유일하게 소루가야의 왕이 신라에 귀화하지 않고 백제령에 은거한 것도 또한 이들의 단결을 굳건히 하는 계기라고 할 수 있었다. 그래서 신라 궁궐에서도 소루가야만큼은 소루가야 사람에게 통치를 맡겨 그들의 반감을 잠재우고 있었다. 여기까지 천관의 생각이 이르렀다.

"아, 그런 연유였던가?"

서라벌의 입장에서 볼 때 소루부족은 정말 다루기 힘든 골칫덩어리였다. 소루부족을 점령하기 이전에는 눈엣가시처럼 번번이 항거하여 늘 지척에 적을 둔 입장이었기 때문에 마음대로 고구려나 백제와 전쟁을 치르기도 힘들었다. 법흥왕의 친서에도 형님 국으로 예우를 다한다고 기록했던 사실이 이를 입증하기에 충분한 셈이다.

소루부족은 복속된 다음에도 갖은 핑계를 대며 군사들의 징집을 거부하고 징집 인원수를 줄여서 보내곤 했다. 그렇다고 그들을 무시하거나 쳐낼 수도 없는 노릇이었다. 고구려나 백제와의 전쟁에 나섰다 하면 언제나 선봉에 섰고 그 용맹함으로 반드시 승리를 이끌어냈기 때문이다. 더구나 소루부족은 신라에 귀화한 가야족의 후손 중에 변절자라고 느끼는 사람은 서슴없이 암살하여 왔다.

여기까지 생각이 미치자 천관은 모든 것을 깨달았다. 비록 백제령 신선산 계곡에 살고 있어도 수시로 서라벌에서 소루족의 옛 신하들이 소루 왕을 친견하고 다녀가는 것을 보아왔고, 소루 왕에게 소루가야의 역사에 대해 듣고 자라왔던 천관이었다.

"낭자, 무슨 생각을 그리 골똘히 하세요?"

"아, 예… 잠깐….”

"왜 괴한들에게 습격을 당해 화살에 맞았느냐고 얼굴에 씌어 있는데 맞습니까?"

"아니, 그것이… 아니고….”

"얼굴에 그렇게 씌어 있는데요? 대답도 그리 말하고 있고요. 그럼 기왕에 말이 나왔으니 그 연유를 말씀드리지요. …조금 전에 말씀드렸듯이 나는 신라의 성골로서 가문의 반대를 무릅쓰고 유신의 아버지 김서현 화랑과 사랑에 빠지고 말았습니다."

천관은 이야기를 하는 만명 부인을 쳐다보았다.

"부모님을 비롯하여 신라 성골들의 집요한 반대로 몇 번의 어려운 고비를 맞은 끝에 결국 우리의 사랑은 맺어졌으나 이번에는 유신의 아버지 김서현 화랑이 가야인의 변절자로 낙인이 찍혔습니다. 그래서 가야족의 일부 강경 세력이 수없이 암살을 시도하여 생명의 위협을 받았습니다. 그러나 다행히 그때마다 미륵부처님의 자비로 생명을 구할 수 있었지요."

천관은 말없이 만명 부인을 쳐다보며 이야기에 귀를 기울였다.

"그런데 이번에 금관가야 옛 땅에 모셔져 있는 선대왕의 묘소 일부가 훼손되었다는 전갈을 받고 확인하여 복구하기 위해 유신이 가솔들을 데리고 가던 길에 변을 당했습니다. 유신은 나이가 어리고 또 직접 당사자가 아니기 때문에 아무런 대비를 하지 않아서 큰 화를 당할 뻔했던 것입니다. 다행히 낭자의 도움으로 목숨을 구하게 되었습니다만, 그들은 이번 기회를 노리고 일부러 사고를 일으켰던 것으로 보입니다."

천관은 화살 맞은 화랑을 쫓아왔던 괴한들이 변절자 운운하던 말을 떠올렸다.

"그들은 우리 가문을 변절자로 여길 테니까요. 함께 갔던 가솔들 셋은 모두 죽었는지 소식이 없습니다. 유신이 말로는 공격해오는 그들을 가솔들이 막아주면서 도망을 치게 하여 살아날 수 있었다고 합니다. 그때 마침 낭자를 만나서 목숨을 구할 수 있었지, 그렇지 않았다면 거기서 영락없이 목숨을 잃었을지도 모르지요. 이제 사고의 경위를 아시겠습니까?"

"아, 예… 정말 다행입니다."

"그렇습니다. 정말 다행이고말고요. 공주님이 아니었다면 유신은 이 세상에 없는 사람일지도 모르지요. 거듭 말씀드렸지만 어떻게 감사의 말씀을 드려야 할지, 이 은혜 꼭 갚아갈 것입니다. 믿어주세요, 공주."

천관이 말을 이었다

"다 미륵부처님의 은덕이옵니다."

"그럼요. 미륵부처님께서 공주님으로 환생하셔서 우리 아이를 구해주셨습니다."

달팽이의 뿔 위에 나라를 세운 촉씨 만씨

천관은 돌아오는 가마에서 지금까지 벌어졌던 일련의 사건들을 곰곰이 생각해 보았다.

나는 과연 어떠한 운명을 타고났단 말인가? 신선산에서부터 겪었던 꿈의 실체는, 그래서 이곳 서라벌까지 오게 만든 인연은 무엇을 의미하는 것일까? 부처님의 자비심이 나를 통해 무엇을 바라고자 함일까?

미륵보살님께서 보여주신 전쟁의 살육 현장은 무엇을 깨우치기 위함일까? 천하 만민은 전쟁의 살상으로 인한 죽음이 아닐지라도 고작 육십의 수명을 다할 뿐이다. 그런데 그 천수도 다 누리지 못하고 병들어 죽어가는 수많은 생명들이 어찌하여 육십의 수명도 다하지 못하도록 살육을 일삼고 죽고 죽이는 전쟁터로 내몰고 있는가? 신라, 백제, 고구려는 무엇 때문에 뺏고 빼앗는 전쟁을 되풀이 한단 말인가?

다음과 같은 고사가 떠올랐다.

양나라 현인 대진인이 위나라 왕을 만났다.

당시는 춘추전국시대인데 작은 나라들끼리 끝없이 물고 물리는 일진일퇴의 참혹한 살상을 자행하며 영토 확장에만 혈안이 되어 만민의 목숨은 그야말로 파리 목숨에 지나지 않을 때였다. 그가 위왕에게 물었다.

"달팽이라는 것이 있습니다, 아시는지요?"

"알지."

"그 달팽이의 오른쪽 뿔 위에 나라를 세운이가 있는데 촉씨라 하고, 왼쪽 뿔 위에 나라를 세운이가 있는데 만씨라 합니다. 그들은 가끔 땅을 빼앗기 위해 싸움을 일으켜서 사상자가 수만 명이나 됩니다. 혹 도망자가 있으면 보름동안 추격하여 죽일 정도로 치열합니다."

대진인의 말을 듣고 있던 왕이 웃으며 물었다.

"어허, 그런 거짓말을 어찌 믿는단 말이오?"

대진인이 정색을 하며 말을 이었다.

"이는 분명한 사실입니다. 왕께서는 저 사방과 상하의 우주가 다함이 있다고 생각하십니까?"

"다함이 없을 것이네."

"다함이 없는 우주에 노닐던 사람이 돌아와 인간세계의 여러 나라를 돌아본다고 생각해 보십시오. 그의 눈에는 이 모든 것을 극히 작아 보일 것입니다. 심지어 있는 것 같기도 하고 없는 것 같기도 하겠지요. 그렇지 않겠습니까?"

"그야 그렇겠지."

"사람이 살고 있는 여러 나라들 가운데 위나라가 있고 위나라 가운데 서울인 양이 있고 양 가운데 왕인 당신이 계십니다. 그러면 왕께서 저 달팽이의 촉씨나 만씨와 다를 것이 있겠습니까?"

"다를 것이 없겠군."

여기서 대진인은 대화를 마치고 물러갔다.

그러나 왕은 그 자리에서 일어날 줄 모르고 정신이 나간 사람처럼 멍하니 앉아 있었다.

이윽고 천관의 생각이 미쳤다.

전쟁은 과연 누구를 위한 전쟁이란 말인가? 그 참혹한 전쟁을 없애고 서로 함께 살아갈 수 있는 방법은 과연 없단 말인가? 이미 망해서 사라진 나라에 무슨 미련이 있으며 없어진 나라에 계속된 원한의 질긴 인연은 무엇을 의미한단 말인가?

이미 소루가야는 50년 전에 나라를 빼앗겼다. 그러나 아직도 신라와의 전쟁은 계속되고 있는 것이다. 그들은 무엇 때문에 누구를 위하여 계속 살육을 저지르고 있는가? 신선산에 살고 있는 아버지 소루 왕을 위해서인가, 아니면 그들 자신의 탐욕을 위해서인가?

천관의 아버지 소루 왕은 이제 평범한 노인에 지나지 않는다. 소루가야국은 지상에서 사라진 지 50년이나 지났다. 지금은 신라의 만인으로 살아가고 있으면서도 신라인이기를 거부하고 소루가야 사람으로 살아가기를 원하며 그것이 절개를 지키는 인간의 도리를 다하고 흔적 없는 소루가야에 대한 충성을 다하는 것으로 여기는 소루가야인의 긍지와 자부심은 과연 옳은 행동이란 말인가?

신라가 봤을 때 가야인은 그야말로 신라에 반역만 일삼는 부족들이다. 그러나 가야부족의 입장에서 신라는 평화스런 자신들의 나라를 멸망시킨 원수다. 50년이나 지난 지금도 그렇게 살아가고 있었다. 그래서 어린 화랑을 죽이려 했고 수많은 목숨을 변절자로 몰아 참혹하게 살

해해 왔던 것이다. 변절자는 누구이며, 충신은 누구란 말인가?

밤은 깊어 삼경인데
온 세상은 어둠에 묻혀 있고
삼독의 미혹도 잠들어 있구나.

천관은 이런 시를 읊는다.
천관 공주는 어려서부터 지척에 신선사란 절을 두고 자라왔다. 신선사는 백제령에 있었고, 소루가야족의 왕사는 가야 지역에 있는 황룡사였다. 그러나 신선사는 소루가야 왕실에 의해 세워진 절이다. 유독 미륵불교를 숭상했던 가야는 신선산에 세워진 신선사 불사에 재원을 아끼지 않았고, 당시로서는 엄청난 불전(佛田)도 마련 해주었다. 그래서 천관 공주는 미륵불교사상에 심취할 수가 있었다.

한반도는 불교가 전래되었던 삼국시대 초창기부터 미륵신앙이 크게 성하여 많은 기록과 유적을 남기고 있다. 특히 신라에는 동화사상이 화랑도와 밀접한 연관을 가지고 발전했던 것으로 보인다. 신라 시대에 화랑을 중심으로 한 청년 전사들이 전쟁터에서 그토록 용감하게 몸을 내던졌던 것은 바로 이 미륵신앙에 철저했기 때문이다.
위로는 왕으로부터 아래로는 천민에 이르기까지 모두가 죽어서 도솔천에 태어나기를 원했다. 죽어서 도솔천 극락세계로 가고자 하는 열렬한 믿음이 국토 통일의 원동력이 되었던 것이다. 나중에 미륵신앙은 상층부에서는 차츰 망각되고 일반 백성들 사이에서 뿌리 깊은 민간신앙으로 발전하게 되는데 돌미륵이나 화순 천불동 유적 같은 각종 미륵설화가 이를 뒷받침하고 있다. 숭유억불 정책으로 불교가 쇠퇴해 가는 조선시대에도 미륵신앙이 무성했던 것은 '미륵불하생'이라는 아주 구체적인 현실의 가르침 때문이었다.

미래불인 미륵불이 이 세상에 다시 내려와 고통과 가난으로 신음하는 이 땅에 용화세계를 열어 가엾은 우리 중생을 구해주시기를 대중들은 빌고 또 빌었다. 천관 공주가 살았던 장흥성의 신선산과 화순 천불동의 미륵부처의 유적이 지척의 거리에 자리하고 있다는 사실 또한 유념해두고 보아야 할 역사적인 이유일 것이다.

할아버지 진용대왕이나 아버지 소루 왕은 망국(亡國) 군주의 한을 부처님의 가르침으로 위안을 갖고자 하였고 미륵부처님의 환생을 믿고 괴로움을 달래 왔다.

부처님께서도 마가타국 태자의 신분으로서 부친 정반왕의 완곡한 청을 뿌리치고 아쇼다라왕비의 통곡을 뒤로한 채 '생로병사'의 실체를 찾아 태자의 자리를 버리고 고행의 길을 선택하여 중생을 구제하고자 하지 않았던가?

하물며 삼한의 조그마한 부족국가의 부족장 자리에 집착하는 자신들의 어리석음을 깨닫고자 했고, 또 깨달았던 것이다. 이런 주위의 영향으로 천관 공주는 어려서부터 미륵부처를 추앙하며 자라왔다.

미륵부처님께서는 무엇을 이루고자 하시는가?

천관 공주는 이런 점을 깊이 생각하게 되었다.

신라 불교의 미륵신앙은 왕실에서부터 비롯되었다. 승만 부인이 설한 승만경은 신라 지증왕 37년[576년] 안홍 법사가 신라에 전했다. 선덕여왕과 진덕여왕은 이 경의 설법 주체인 승만의 이름을 자신들의 이름으로 삼을 정도로 신라 왕실에 엄청난 영향을 끼쳤다. 또 원효대사는 승만경에 나오는 여래장 사상을 매우 중시하여 자신의 글 속에 20회나 인용했다.

승만 부인은 인도 파시닉 왕과 말리 왕비의 딸로 아유사 국왕에게 시집갔다. 그녀의 부모는 편지로 그녀에게 불교에 귀의할 것을 권했고, 그 편지를 받은 승만 부인이 부처님을 찬양하자 곧 부처님이 나타나서 그녀가 미래에 보광여래가 되리라는 수기를 주었다고 한다. 이에 승만 부인은 10가지의 맹세를 한다.

1. 계를 범하지 않겠습니다.
2. 어른들을 업신여기지 않겠습니다.
3. 모든 중생에게 성내지 않겠습니다.
4. 사람의 얼굴이나 재산 때문에 질투하지 않겠습니다.
5. 인색한 마음을 버리겠습니다.
6. 자신만을 위해 재물을 모으지 않겠습니다.
7. 모든 중생에게 베풀고 착한 말로 대하며 그들에게 이익이 되게 하고 그들과 처지를 같이 하겠습니다.
8. 고독한 자, 감옥에 갇혀 있는 자, 병이나 재난으로 고통 받은 이를 보면 끝까지 돌보겠습니다.
9. 계를 범하는 자를 보면 힘이 닿는 대로 응징할 자는 응징하고 타이를 자는 타일러서 사람들이 악행을 그치게 하겠습니다.
10. 정법을 결코 잊지 않겠습니다.

이 열 가지 서원을 십대수라 한다.

승만 부인은 십대수를 세운다음 이렇게 말했다.

"세존이시여, 아무쪼록 증험을 내려주시옵소서. 세존이 바로 눈앞에서 증험을 보여 주시더라도 중생들은 선근이 얕아 이 십대수를 지키기 어렵거나 또는 의심을 일으켜 사도에 빠져 참된 안락을 얻지 못할 것입니다. 저는 이러한 중생들을 평안하게 하기 위하여 이렇게 맹세를 하는 것이니 이 맹세에 거짓이 없고 제가 그 맹세를 지킬 수 있다고 생각하신다면 천상의 꽃을 뿌려주시고 하늘의 음악을 연주해 주시기 바랍니다."

그러자 하늘에서 꽃이 비처럼 쏟아지며 소리가 들려왔다.

"그대가 말하는 바는 모두 진실하니 서원이 이루어질 것이다."

계속해서 승만 부인은 삼대원을 말했다.

"첫째. 저는 참된 원으로 모든 중생을 안온하게 하겠습니다. 그래서 이 선근으로 어떠한 생을 빌더라도 정법의 지혜를 얻으렵니다. 둘째. 정법의 지혜를 얻으면 싫증내는 일 없이 중생들에게 설법을 하겠습니다. 셋째, 정법은 비록 목숨과 재산을 버리는 한이 있더라도 지키겠습니다."

그리고 나서 승만 부인은 부처님의 허락을 받고서 중생을 구제하는 부처님의 가르침은 하나뿐이라는 설법을 한다. 승만 부인은 말한다.

"세존이시여, 생사는 여래장에 의존하는 것입니다. 여래장을 가지고 있기 때문에 본재를 알 수 없다고 합니다. 세존이시여, 여래장이 있기 때문에 생사가 있는 것입니다. 이것을 선설(善設)이라고 합니다. 세존이시여, 생사란 이법(二法)을 말하며 이것이 여래장입니다. 세상에 말이 있기 때문에 생이 있고 사가 있는 것입니다. 사란 감각기관이 붕

괴되는 일이고 생은 새로이 감각기관이 생겨나는 일입니다. 여래장에 생사가 있는 것은 아닙니다. 여래장은 유위(有爲)의 상을 벗어나 있습니다. 여래장은 상주 불변입니다. 그렇기 때문에 여래장은 의지하고 유지하고 건립되는 것입니다. 세존이시여, 여래장이란 법계장이며 법신장이며 출세간의 상상장이며 자성청정장입니다. 이 자성청정장인 여래장은 그럼에도 불구하고 객진번뇌와 상번뇌로 오염되기도 하는 불가사의한 경계입니다."

그러한 불가사의한 경계는 오직 부처님만이 알 수 있는 영역이라고 승만 부인은 설하고 있다(대장경 발췌).

천관 공주는 미륵부처님이 구하고자 하는 바를 깨달아야만 했다.
그러나 손에 잡힐 것 같으면서도 어렴풋이 떠오르는 깨달음의 실체를 붙잡지 못하고 고민에 빠졌다.

정분

김유신은 방에 누워서 천관 공주를 떠올렸다.

마차 뒷좌석에 누워 황룡사에서 출발하여 서라벌에 도착할 때까지 천관 공주에 대한 믿음과 신뢰는 생명의 은인에 대해 감사를 표시하는 느낌만은 아니었다.

풍기는 외모는 물론 태연하면서 자연스럽고 기품 있는 행동 하나하나에서 유신은 천관을 신뢰하게 되었다. 그리고 그것은 자연스럽게 연정으로 이어졌다. 통증을 견디면서도 천관 공주의 방문을 기다리며 머리를 다듬고 옷매무새를 단정하게 했다.

천관이 방에 들어섰을 때 호흡이 멈추어지는 것 같았다. 그리고 갑자기 숨이 가빠지기 시작했다. 온몸의 피가 끓어오르는 것 같았고 얼굴은 열기로 후끈 달아올랐다. 천관 공주의 얼굴을 쳐다본 유신은 백옥 같은 피부에 갸름한 목선, 눈부시게 광채를 발하는 얼굴에 넋을 잃었다. 정말 아름다웠다. 그날은 생사의 고비에 처해 있어서 천관 공주를 제대로 느낄 수 없었지만, 다시 보니 그게 아니었다.

그러나 천관 공주는 무심했다. 유신을 의식하고 있는 것 같지 않았다. 침착한 행동과 조리 있는 말로 어머니를 만나고는 의연하게 자리를 떴다. 유신은 천관 공주가 떠나자 형언할 수 없는 허전함이 밀려왔다. 달려가서 붙잡아 끌어안고 싶었다.

솟아오른 젖 봉우리에 얼굴을 묻고 싶었다. 걷잡을 수 없는 욕정에 온몸이 불타올랐다. 마음도 몸도 천관 공주에게 빠져 있었다. 그러나 천관 공주는 너무 멀리 있는 것처럼 느껴졌다. 감히 접근할 수조차 없는…. 그럴수록 유신의 마음은 안타까움으로 시커멓게 타들어 가는 것 같았다. 어머니 만명 부인의 말은 윙윙거리는 소리만 들릴 뿐 무슨 말인지 하나도 알아들을 수가 없었다.

사랑이었다. 불타는 사랑, 주체할 수 없는 사랑, 끓어오르는 사랑, 활화산처럼 뿜어져 나오는 사랑, 용솟음치는 젊음의 사랑이었다.

유신은 눈앞에 아른거리는 천관 공주의 환영을 잡을 수가 없었다. 지워지지가 않았다. 유신은 날이 새도록 천관 공주의 환영에 시달리다 축시가 지나서야 잠에 빠져들었다. 그리고 꿈속에서조차 천관 공주는 유신의 마음을 사로잡았다.

천관 공주의 뒤를 따라 어느 이름 모를 산길로 돌아섰다. 천관 공주는 따라오라는 말도 손짓도 없이 가끔씩 뒤돌아보며 미소만 지었다. 유신은 있는 힘을 다해 쫓아갔으나 잡힐 듯하면 어느새 천관 공주는 저만큼에서 미소 짓고 있었다. 가까스로 천관을 잡은 유신은 힘을 다해 끌어안았다. 힘껏 끌어안았던 천관 공주가 미륵부처님으로 변해 있었다.

유신은 잠에서 깨었다. 온몸이 식은땀으로 흠뻑 젖어 있었다. 그러나 상처 부위와 온몸은 한결 가볍고 상쾌하였다. 상쾌함조차도 천관 공주가 꿈에 나타나 미륵부처님으로 변모하여 치료해주니 상처가 이렇게 다 나은 것처럼 느껴졌다. 짹~ 짹짹~~짹짹짹~~~창문 밖에서 이름 모를 새가 지저귀고 있었다.

"일어났느냐?"

"예, 어머니."

"들어가도 되겠니?"

"예, 들어오세요."

"여기 약 달여 왔다, 마셔라. 빨리 완쾌가 되어야지. 이만하길 다행이다. 부엌에 잣죽을 쑤라고 했다. 끓은 대로 네 누이 문희에게 갖다 주라고 할 테니 우선 약을 마시고 누워 있도록 하여라."

"예, 어머니 감사합니다."

"원 별소리를 다하는구나."

유신은 약그릇을 받아 마시고 다시 자리에 누웠다. 상처는 한결 수월해졌다. 식은땀을 흘리고 나니 몸이 한결 가벼워졌다. 자리에 눕자 천정에 온통 천관 공주의 모습뿐이었다.

"유신 형님, 유신 형님!"

부르는 기척에 눈을 떴다. 어느새 다시 깜박 잠이 들었나보다. 김춘추의 목소리 같았다.

"춘추냐?"

"예, 형님."

"그래, 안으로 들어와. 아침 일찍부터 무슨 일이냐, 훈련장에는 가지 않고?"

춘추가 근심어린 표정으로 방문을 열고 들어선다.

"형님, 도대체 어떻게 된 일입니까? 들어오다 알았습니다. 정말 큰

일 날 뻔하지 않았습니까? 훈련장에 나오시지 않기에 궁금해서 찾아와 봤더니 이런 큰일이 벌어졌군요. 이만하기 정말 다행입니다. …그러나 저러나 자초지종부터 들어봅시다."

춘추는 숨 쉴 틈도 없이 들이댔다.

"글쎄… 나도 꼭 꿈을 꾼 것 같구나."

유신은 그런 춘추를 바라보며 어이없다는 표정으로 대꾸했다.

"그러니까 무슨 일인지 속 시원히 들어보자는 것입니다."

"너도 내가 선대왕들의 묘소가 훼손되었다고 해서 가야 땅에 다녀오기로 했던 일은 알고 있지?"

"예 그것은 형이 말해주셨지요."

"그래서 가솔들을 데리고 묘소를 알아보러 갔는데 괴한들에게 습격을 당한 거지."

"그래서요?"

춘추는 무릎걸음으로 누워있는 유신의 곁에 바짝 다가갔다.

유신도 상체를 약간 일으키고 말을 계속했다.

"갑자기 괴한 세 명이 칼을 뽑아들고 공격을 해오니까 가솔들이 '도련님 피하세요. 저희가 막겠습니다!' 해서 나는 그대로 도망쳐 나오다 뒤에서 쏜 화살을 어깨 죽지에 맞은 거야. 그대로 말을 달려 도망쳤지. 하늘이 노래지며 어지럽고 온몸에 힘이 쭉 빠져 이제 죽었구나 하는 순간 웬 마차가 나타나는 거야. 길이 비좁아 말도 주춤하는 사이, 마차에서 어떤 낭자와 함께 타고 있던 사람들이 나를 마차 안으로 숨겨주었지. 말은 엉덩이를 때려 달아나게 하고 태연스럽게 마차를 몰고 가는데 괴한들이 와서 물으니까 '저 아래로 달려갔다'고 하고는 나를 황룡사 절에 데려가서 치료받게 하고 다음날 서라벌로 데려온 거야."

"유신 형, 그런데 어떻게 그놈들이 형이 그곳으로 갈 줄 알고 있었을까? 그것이 좀 이상하지 않아?"

"그게 나도 이상하긴 해. 그놈들이 계획적으로 선대왕의 묘를 훼손하여 아버지를 유인하려고 했지 않았을까 하는 생각이 들긴 해. 그리고 그놈들이 낭자와 대화하는 것을 보니 가야족이라고 하더군. 아버지를 변절자로 여기는…."

"그럼 그 낭자는 어디로 갔어?"

"설상 대상이라고… 소루가야 대아찬 출신인데, 그 댁에서 마차가 멈추는 걸 보고 나는 몰래 마차에서 도망쳤지. 호위무사들이 집으로 들어가자 곧바로…."

"그럼 고맙다는 말도 하지 않고 도망쳐 버린 거야?"

"그렇다니까. 그때는 어쩔 수 없는 상황이었는데, 나라고 별수 있냐?"

"그 사람들 욕 많이 했겠다."

"아니야. 어머니께서 어제 가마를 보내 낭자를 모셔와 감사인사를 드렸어. 그리고 이 방에까지 와서 한참동안 이야기를 하고 갔지."

"이 방에까지 온 거야?"

"그렇다니까. 그런데 나를 구해준 그 낭자는 소루가야의 공주였어."

"뭐, 공주? 낭자가 소루가야 공주였다고? 신기한 인연일세."

"그렇지? 나도 참 신기한 일도 다 있구나 하고 생각했어."

"형님, 그럼 그 공주 예뻐?"

"예쁘고말고. 아니 예쁜 정도가 아니고 그렇게 아름다운 낭자는 처음이야. 이 서라벌을 통틀어서도 그렇게 곱고 아름다운 낭자는 없을 거야."

"정말?"

"정말이라니까… 너도 보면 깜짝 놀랄 거야."
"이름은 뭔데, 이름이라도 알아뒀어?"
"응, 천관이라고 하더군. 천관 공주… 이름도 예쁘지 않니?"
"문희보다 예뻐? 나는 형님 동생 문희가 제일 미인이던데…."
"야, 천관 공주는 문희와 비교가 안 돼."
"이거 유신 형님이 정분이 나도 단단히 났네. 이거 질투 나서 살겠는가, 어디? 그런데 유신 형님."

갑자기 춘추가 정색을 하고 유신을 부른다.

"왜?"
"그 공주가 소루가야 공주라고 했지요?"
"그런데…?"
"소루가야 망한 지가 언제인데 아직까지 공주란 말이오? 정분이 났다고 하더라도 혼례를 치를 입장까지는 될 수 없지 않습니까?"
"야 춘추야, 너 지금 우물에서 숭늉 달라고 하고 있구나. 누가 혼례를 치른다고 했냐? 떡 줄 사람은 생각도 않는데 김칫국부터 마시고 있어."
"아니 그거야… 형님이 천관 공주인가 하는 낭자에게 혼이 나가도 단단히 나가 있어서 하는 말이우."

그때 밖에서 부르는 소리가 유신과 춘추의 말을 끊었다.

"오라버니 일어나셨어요?"
"응, 문희냐?"
"예, 들어가도 돼요?"
"그래, 들어오너라."

대답을 하고 유신은 의아한 표정으로 춘추를 쳐다본다. 춘추는 억울하다는 표정으로 울상을 짓는다. 문을 열고 들어서는 문희의 손에 나무 쟁반이 들려 있고 그 쟁반 위에 죽 그릇과 반찬 세 가지가 놓여 있었다.

"어머니께서 오라버니에게 죽을 갖다 주라고 해서 가져왔는데… 아까는 오라버니가 자고 있어서 그냥 갔다가 데워서 다시 온 거예요. 그렇게 도둑고양이 같은 눈초리로 쳐다보지 마세요."

"아이고 내가 어쨌다고 문희 너까지 핀잔이냐? 도둑이 제 발 저린다고 너희들 무슨 꿍꿍이 속셈이 있기는 있나 보구나."

"뭐라고요?"

"뭐라고요?"

춘추와 문희가 동시에 정색을 하고 반문한다.

"허허 저렇게 둘이서 쌍심지를 켜고 달려드는 것을 보니 틀림없이 무슨 일이 있긴 있나 보구나. 그렇지 않고서야 저렇게 두 눈을 시퍼렇게 뜨고 달려들 리 만무하지…."

이렇게 말하고 유신이 허공을 쳐다보며 시침을 뗀다.

문희가 쟁반을 유신의 앞에 내려놓으며 억울하다는 표정을 지으며 종알거린다.

"몰라! 나는 어머니께서 갖다 주라고 하여 조금 전에 왔다가 오라버니가 잠들어 있기에 죽이 식어서 다시 데워왔는데 고작 놀리기나 하고… 이제 다시는 심부름 안 해! 상처고 뭐고 건너와서 먹든지 말든지 난 그냥 갈 터이니 쟁반도 오라버니가 갖다 놓아!"

문희는 유신에게 눈을 흘기며 문을 열고 밖으로 나가 버린다.

유신은 멋쩍은 듯 웃고 춘추는 얼굴을 붉힌 채 어리둥절한 표정을 짓는다.

"참 춘추야, 며칠 훈련에 빠졌는데… 요즘 훈련은 잘하고 있냐?"

"모두들 열심히 하고 있지요. 머지않아 백제와 큰 전쟁이 있다고 합니다. 지난번에 빼앗겼던 성을 어떻게 해서든지 되찾아야 한다며 조정에서 논의하였다고 합니다. 그리고 이번에는 조정에서도 소루가야 쪽에 큰 기대를 하고 있습니다."

"소루가야 쪽에?"

"지난번 싸움의 패인은 소루가야를 비롯하여 신라에 복속된 부족들이 마지못한 듯이 참전했기 때문이라고 장군들이 한 결 같이 주장하는 모양입니다. 전쟁에 동원되어 승리를 해도 논공행상(論功行賞)은 모두 신라 장수들이 차지하고 그들은 소외시켜 왔던 거지요. 그러니 패인이라 할 만하지요. 목숨을 걸고 신라를 위해 싸워서 승리를 거두면 노획물이나 공신의 작위는 모두 신라의 장군들만 독차지하여 왔으니 배신감을 느끼지 않겠습니까? 그러니 싸울 의욕을 잃어버릴 수밖에요. 피 흘려 얻은 승리의 대가만큼 어떤 식으로든 보상을 했어야지요. 그래서 신라의 가야 만민에 대한 회유책은 말로만 떠들어대는 감언이설에다 허장성세에 불과할 뿐이라 결국 실패를 거듭하며 오늘에 이른 것입니다."

"그래, 이번에는 달라질 것 같은가?"

"조정에서도 이번에는 그 점에 대해 특단의 대책을 세우고 있는 중이라고 들었습니다. 그리고 소루가야에게 선봉장을 맡기고 각 부족 연합군을 편성할 모양입니다. 그러니 우리 화랑들도 이번에 큰 공을 세우자면 훈련을 게을리 해서는 안 되겠지요. 유신 형님도 몸이 회복되는 대로 함께해서 이번에는 꼭 화랑의 기개를 보여줍시다. 조정에서도 화랑에게 거는 기대가 매우 큰 모양입디다."

한참 후 다시 밖에서 문희가 부르는 소리가 들렸다.

"오빠, 문희야. 들어가도 돼?"

"이번에는 무슨 일이냐, 문희야?"

"다과 좀 가져왔어."

"그럼 가지고 들어오지 않고…?"

"아니 마루에 두고 가려고."

"그러면 손님에 대한 예의가 아니지 않느냐! 나는 몸이 아파서 나갈 수도 없고 그렇다고 손님 보고 가져오라고 할 수도 없으니… 별수 있느냐, 네가 가지고 들어올 수밖에."

"알았어. 그럼 놀리지 않는다고 약속하면 들어갈게."

"약속하고말고! 절대 놀리지 않기로 약속하지."

"이 다과는 춘추 화랑이 왔다고 어머니께서 가져가라고 해서서 가져온 것이야. 마루에 두고 가려고 했는데 오라버니 말처럼 인정상 아파 누워 있는 사람에게 가져가라고 할 수도 없는 노릇이고, 그렇다고 손님에게 가져가게 할 수도 없고, 그래서 미륵부처님의 자비심으로 가져온 것이니 오라버니는 나를 놀리지 마세요. 놀리면 미륵부처님이 경을 칠 테니…."

"아이고야, 이거 큰일 나게 생겼네. 이제는 미륵부처님까지 동원하여 나를 꼼짝 못하게 하는구나. 문희야, 내가 잘못했으니 제발 미륵부처님께는 이 어리석은 중생을 용서해 달라고 네가 잘 말씀드려 다오. 그래도 미우나 고우나 나는 네 오라버니가 아니냐?"

"알았으니 앞으로 나에게 잘하라고. 앞으로 누이를 놀리면 미륵부처님께서 오라버니에게 베풀었던 자비심을 거두실 테니까!"

"예, 명심하지요. 앞으로 누이는 미륵부처님의 은덕을 입으실 귀하고 귀하신 몸이시니 소인 명심, 또 명심하겠습니다!"

"또, 또! 저렇다니까. 맨날 나를 이렇게 어린애 취급하고 놀린다니까. 나도 이제 어엿한 처녀인데….”

그러고 보니 문희도 이미 새 새끼들이 자라서 솜털을 벗고 퍼덕 퍼덕 날갯짓을 하면서 둥지를 떠날 준비를 하고 있는 것처럼 앙증맞은 모습이었다. 문희의 말처럼 감추어진 몸매는 이성을 찾아 날개 짓을 하고 있었다. 자연의 법칙은 누가 가르쳐주지 않아도 저절로 깨우쳐 가는 모양이었다.

봄, 여름, 가을, 겨울로 순환하는 이 자연… 더러 누가 손짓을 했나 부르기를 했나? 저절로, 저절로 스스로, 스스로 찾아오고 흘러간다. 누구에게 불평 한 마디 없는 자연의 오묘한 섭리가 이 방에 함께하고 있는 문희의 몸에서도 징후를 보이고 있는 것이다. 발그레 홍조 띤 얼굴에서, 탱탱하게 솟아난 봉우리에서, 감추어도 육감적으로 움직이는 둔부의 교태에서 이미 뭇 남정네의 눈길을 옭아매는 기운을 발하고 있었다.

“맞다, 맞아. 문희 네 말이…. 이 오라버니가 언제까지나 너를 어린아이로만 생각했구나. 이러니 내가 맨날 문희 너에게 핀잔만 받지. 그래, 나보다 문희 네가 먼저 혼례를 치러야겠구나. …그래 이제 이 오라버니가 오늘부터 누이의 신랑감을 구하기 위해 화랑무예훈련장에 신랑 구한다고 벽보라도 붙여야 되겠구나. 참 춘추야, 너는 우리 문희 어떻게 생각하느냐? 조금 전에 너는 문희가 서라벌에서 제일 가는 미인이라고 했으니 문희 신랑감으로 한 번 응모해볼 의향은 없느냐? …너도 방금 들었지? 문희는 이제 어엿한 처녀이니 빨리 신랑감을 찾아주어야지, 그렇지 않으면 이 오라버니가 문희 구박에 살아갈 수가 없겠구나.”

“형님!”

“오라버니!”

“아, 이것 참… 둘이서 왜 그러느냐, 내가 틀린 말 했냐? 한 사람씩 불러야지, 이거 원 한꺼번에 불러대니 정신을 차릴 수가 없구나. 어디 춘추 말부터 들어보자."

"제가 언제 그런 말을 했다고 그러세요? 저는 단지 천관 공주가 예쁘다고 형님께서 입술이 닳도록 자랑을 하기에 단지 형님의 기를 좀 죽여주려는 의도에서 그냥…."

"그래서 그냥 어쨌다는 말이냐? 그러면 문희가 미인이 아니란 말이냐?"

"형님 그런 말뜻이 아니라니까는 뭐…."

"뭐가 어쨌단 말이냐? 그럼 문희가 미인인지 아닌지 말을 확실하게 하여라."

춘추는 머리를 긁적이며 문희를 힐끔 쳐다보고 대답한다. 멋쩍은 듯이 조그마한 소리로.

"문희 낭자야말로 서라벌의 최고 미인입니다."

"아하하하하. 춘추가 이제야 이실직고하는구나. 하하하하. 문희, 너도 들었지?"

"몰라요! 난 나갈래요. 놀리지 않기로 해 놓고선…."

문희가 얼굴이 홍당무가 되어 밖으로 나가버렸다. 그러나 결코 싫어하는 표정은 아니다.

"하하하하."

뒤에서 터지는 유신의 호쾌한 웃음소리를 들으면서 문희는 걸음을 옮긴다. 뒤이어 춘추의 말소리가 여운을 남긴다.

"형님도 농담이 지나치십니다. 문희 낭자가 단단히 화가 나서 나가버렸습니다."

"아니 내가 보기에 화난 것 같지는 않는데…?"

화랑

유신의 상처는 생각보다 빠르게 완치되어 갔다.

나흘 후 유신은 화랑도에 무예 훈련장을 찾았다. 상처 때문에 방에만 누워 있었더니 온몸이 으쓱으쓱 아리고 팔다리가 근질거렸다. 어찌 유신의 젊은 육체뿐이겠는가. 온 천지에 살아 숨 쉬는 생명체들은 새로운 탄생을 잉태하기 위하여 짝을 찾아 암컷은 음기를, 수컷은 양기를 발산한다.

아름다운 꽃송이들은 꽃가루를 묻혀온 나비를 유혹하여 씨앗을 남기기 위해 가지각색으로 단장하고 진한 향기로 나비의 후각과 시각을 마비시켜 사랑의 포로로 눈을 멀게 한다. 산양과 노루는 강인한 육체로 경쟁자를 제압하며 교태부리는 암컷의 온몸에 정액의 분비물로 자신의 소유임을 과시하는 번식의 계절이었다.

"형님, 훈련하실 수 있겠습니까? 허긴 얼굴은 좋아 보입니다만 다친 곳은 괜찮습니까?"

"응, 괜찮다. 온몸이 근질거리고 쑤셔서 집에 누워만 있을 수가 있어야지."

유신이 오른쪽 어깨를 휙 돌려 보이면서 춘추에게 말을 걸었다.

"끙!"

어깨를 움직이던 유신이 신음소리를 낸다.

"보세요, 아직 훈련하기엔 무리라고요?"

"유신아, 몸은 좀 나아졌느냐? 이번에 큰일 날 뻔했다며?"

풍월주 김근창이 유신에게 말을 걸었다.

"훈련은 할 수 있겠느냐?"

"아직은 무리일 것 같습니다."

"한 사나흘 후부터나 훈련에 참가해야 할 것 같습니다."

"그러면 그렇게 하도록 하여라."

"그리고 춘추야."

"예."

"오늘은 마상훈련 겸 야외훈련을 가려고 한다. 모두 창·검술 훈련을 중지하고 말에 오르도록 전달해. 훈련장 입구에 집결하여 남천강 상류 월정사 계곡까지 말달리기로 겨룰 것이니라. 그 다음 월정사 계곡 물에서 수중 기마훈련을 한 다음 하산하도록 할 것이다. 유신이는 집에 가서 쉬도록 하고…."

"근창 형님, 저도 가겠습니다. 창검 훈련을 하기에는 아직 무리지만 마상훈련은 할 수가 있습니다. 저도 함께 월정사 계곡으로 가겠습니다."

"그래도 괜찮겠니?"

"예, 염려 없습니다."

"그러면 참석하도록 하여라. 무리는 말고…."

"예, 알겠습니다."

"자, 춘추야 가자."

"예, 제가 먼저 출발하겠습니다. 유신 형님은 천천히 내 뒤를 따르십시오."

생기 넘치는 젊은 화랑들은 온갖 괴성을 지르며 출발하기 시작했다. "야호", "으라차", "가자", "끼랴"…

짝, 짝, 짝, 짝…여기저기 허공을 향해 휘두르는 채찍소리에 "히히힝", "히히힝" 말울음소리와 딸가닥딸가닥 말발굽소리까지 뒤엉켜서 화랑 훈련장은 어수선 하였다

"아ㅎㅎㅎㅎ" "아ㅎㅎㅎㅎ" "아ㅎㅎㅎㅎ"

먼저 출발한 화랑들이 괴성을 지르며 쏜살같이 뛰쳐나가고 연달아 뒤를 잇는다.

"아ㅎㅎㅎㅎ" "아ㅎㅎㅎㅎ" "아ㅎㅎㅎㅎ"

생기발랄한 젊음!

젊음은 아름다운 것이다 젊음은 그 자체만으로 생동감이 넘쳐난다. 젊음은 두려움이 없다. 젊음은 실패를 해도 두렵지 않다. 젊음은 사랑에도 의욕이 넘친다. 뜨겁게 타오르는 젊음이 산야를 가르며 전력 질주하여 젊음의 욕구를 분출한다. 어느 누가 이들의 앞을 가로막을 것이며 어느 누가 이들을 두려워하지 않을 것이냐? 하늘의 태양도 이들을 축복하며 따뜻한 봄볕을 온 누리에 비추고, 산야는 울긋불긋 꽃송이들로 이들을 반긴다.

"야호호호" "야ㅎㅎㅎ"

말갈기를 흩날리며 바람을 가르는 용솟음치는 젊음! 그 젊음이 있기에 이들은 흥겹다. 싱그러운 봄바람을 맞으며 월정사 아래 남천 계곡 옆 널따란 공터에 젊은 화랑들이 가쁜 숨을 몰아쉬며 도착하기 시작한

다. 말도 가쁜 숨을 몰아쉰다. 이윽고 화랑들은 월정사 아래 남천계곡에 모두 도착했다.

"자 모두 도착하였습니까?"

"예!" "예!" "예!" "예!" "모두 도착했습니다."

"그러면 공격 명령을 하달하겠습니다. 용추 화랑은 왼쪽 계곡으로 해서 능선을 공격해 오시고, 지두 화랑은 오른쪽 계곡으로 해서 능선을 공격해 오시기 바라오. 우리는 능선에 매복해 있다 올라오는 적을 섬멸하겠습니다. 화랑들은 3개부대로 나누어서 공격에 동참하시기 바랍니다. …춘추와 유신은 나를 따라 능선으로 올라가서 매복해 있다가 올라오는 적을 섬멸하도록 하자!"

근창 풍월주가 말을 마치고 말을 달려서 매복 장소로 올라갔다.

"와~" "와~" "와~"

함성을 지르면서 오른쪽과 왼쪽 계곡에서 함성이 울리면서 아군들이 공격해 오기 시작했다. 먼저 도주하기 시작한 것은 날짐승들이었다. 꿩을 비롯해서 비둘기들이 날아오르기 시작했다. 춘추가 활시위를 당겼다.

"씨~잉"

처음 한 발은 보기 좋게 허공을 향해 날아오르고 말았다. 그때 또 다른 화살이 "씨~잉" 날아올랐다. 빗나간 춘추의 화살을 비웃듯 푸드득 소리를 내며 화살 한 발이 장끼를 정통으로 명중시켰다. 풍월주 근창이 쏘아올린 화살이었다.

"앗!"

춘추는 놀라서 화살이 올라온 방향으로 머리를 돌렸다. 근창은 춘추가 바라보자 멋쩍은 듯 미소를 짓고 있었다. 그때 왼쪽 계곡 쪽에서 후

다닥 노루 한 마리가 왼쪽 능선 쪽으로 냅다 뛰어오르고 있었다. 그러나 화살의 과녁거리 밖이었다.

"춘추야, 이번에는 네가 쏘아라! …앗! 지금이다. 사정거리 안에 들어왔으니 활시위를 당겨라!"

그때 왼쪽 계곡 쪽에서 "와~" "와~" 하는 함성소리에 노루는 순간 멈칫했다. 동시에 "씨~잉" 춘추의 활을 떠난 화살은 허공을 가르며 보기 좋게 노루의 옆구리를 관통했다.

"명중했다."

근창이 춘추를 격려했다. 춘추는 어깨를 으쓱했다. 그런 그를 유신은 빙그레 미소 지으며 바라보고 있었다.

그 정도로 더 이상의 살생은 자제했다. 북소리에 맞추어 모두 모였다. 그리고 즉석에서 요리가 시작되었다. 요리라고 해봐야 불을 피워 고기를 굽는 일이었다.

"모두들 고기가 구워지는 동안 땀을 씻을 겸 옷을 벗고 물속으로 들어간다. 물속에 들어가서 양 팀으로 나눠 기마훈련을 하기로 한다. 최후까지 살아남는 자가 승리자다!"

"야호" "으라챠" "으하하" 모두들 벌거숭이가 되어 물속으로 뛰어 들어간다. 아직은 차가운 계곡물이지만 화랑들은 서로 물장구를 치다 3인 1조가 되어 기마훈련을 한다. 무차별적인 공격이다. 자기 조를 제외한 나머지는 모두 적이다.

"좌측으로" "앞으로" "뒤로" "첨벙" "이얏" "어이쿠" 벌거벗은 화랑들이 3인 1조가 되어 서라벌의 월성을 끼고 유유히 흐르고 있는 남천강의 상류 월정사 계곡 아래에서 수중 기마훈련을 하고 있다.

아군과 적군의 구별은 없다. 물속에 곤두박질 당하지 않고 상대를 물속에 넣으면 승자가 된다. 최후까지 남은 조가 승자일 뿐이다. 화랑들은 이런 훈련으로 강인한 체력을 만들고 끈질긴 지구력과 정신력을 기른다.

계곡 위쪽에서는 사냥해온 장끼, 노루, 토끼가 구수한 냄새를 풍기며 숯불에 지글지글 맛있게 구워지고 있다. 최후의 승자는 역시 근창 화랑이 속한 조였다. 근창은 태산처럼 버티고 물러서지 않았다. 덤벼드는 적을 우뚝 서서 가볍게 물속으로 눌러 처박아 버린다.

"꽥" "꽥" "어푸" "첨벙" "첨벙" 물속에 빠진 화랑들은 물속에서 허우적거린다. 유신은 한쪽에서 이를 구경하면서 땀 흘린 몸만을 씻고 있을 뿐이다. 아직 상처가 완전히 아물지 않아 훈련을 함께 할 수 없었기 때문이다.

수중 기마훈련이나 지상 기마훈련 때에는 유신이 근창과 맨 나중에 만나는 적수였다. 그러나 한두 합을 버티지 못하고 매번 무너지고 말았다. 유신마저 없는 지금 근창의 상대는 아무도 없었다. 덤비는 족족 물속에 빠져서 코와 입으로 물이 들어간 모양이다. 그런 경험을 한 적이 여러 번 있는 유신은 슬그머니 미소를 짓는다.

유신은 온몸의 기운이 꿈틀거리며 싸워보고 싶은 욕망이 넘쳐흐른다. 근창 형님을 기필코 무너뜨려야지 하고 늘 도전하지만 한두 합에서 매번 무너지고 만다. 그렇다고 유신의 체격이 근창 화랑에 못 미치는 것은 아니다. 나이에 비해 모든 신체 조건이 조숙한 편에 속한 유신이었다. 그러나 근창 형님의 위엄 앞에선 변변히 제 실력을 발휘할 수가 없었다.

근창 형님의 노련한 솜씨는 창술, 검술, 궁술 등에서도 단연 으뜸이었다. 체격이나 실력 면에서나 시합에 임하는 노련미와 두려움을 모르는 배짱 등 유신은 물론 모든 화랑의 우상 이었다. 유신은 근창 형님을 닮고 싶은 한편 근창 형님을 이겨보고 싶은 열정 또한 젊은이들만이 가질 수 있는 도전 욕구였다.

그때 풍월주 근창 화랑의 컬컬한 목소리가 울렸다.

"자 고기가 먹기 좋게 구워졌을 것이다. 모두 올라가서 허기진 배를 채우자. 먹는 것도 훈련의 일부다. 우리는 고구려와 백제 양쪽의 적과 대치하고 있다. 화랑의 정신으로 적을 쳐부수자. 지(智)·인(忍)·용(勇) 삼덕일체의 화랑정신을 마음깊이 간직하자! 출발! …유신아, 올라가자."

"예, 근창 형님."

"춘추야 너도 가자."

물에서 나온 벌거숭이 젊은 화랑들이 우르르 뭍으로 올라가 고기가 구워지는 모닥불 주위에 둘러앉는다. 항상 몸에 지니고 다니는 단검은 좋은 요리 칼이 된다. 저마다 노릇노릇 잘 구워진 고기를 싹둑싹둑 잘라서 허기를 달랜다.

"형님, 이것 좀 드세요."

춘추가 노릇노릇 구워진 꿩 다리 하나를 쭉 찢어서 유신에게 건네준다.

"형님은 흥이 나지 않는 것 같습니다. 무슨 일이라도 있습니까?"

"아니, 일은 무슨 일….".

"그런데 처음 올 때부터 기분이 언짢은 표정이라… 아무 일 없다면 다행이고…."

"춘추야, 오늘 훈련 끝내고 주막집에서 한 잔 하자. 내가 한 잔 살 테니까! 알았지?"

"웬일이야? 유신 형님이 술을 사겠다니 부처님께서 기절하실 일이네.

화랑 133

하여튼 사신다니 먹어는 주겠소. 공술을 거절할 이유는 없으니까…."

"유신아."

"예."

"너희 둘이 훈련 끝나고 주막에 갈 모양인데 나도 한 자리 끼면 안 되겠냐?"

"형님이 원하신다면 저야 대환영입니다."

"저도 찬성이오."

춘추가 나선다.

"정말이냐?"

"그렇다니까요."

"그렇다면 훈련 끝나고 한 잔 하세. 장소는 어디로 정할 거냐? 기방? 주막?"

"당연히 주막이지요."

"유신이 너, 주머니 사정이 좋지 않는가 보구나."

"그게 아닙니다. 오늘 할 이야기가 있어서 사정상 그런 장소로…."

"주막이라도 감지덕지죠. 구두쇠 샌님께서 사겠다는데 싸구려 주막이면 어때요?"

"장소는?"

"장소는… 월정교 다리 옆에 있는 주막집 어떻습니까?"

"합천댁 주막집 말이냐?"

"예."

"그럼 훈련 끝나고 함께 가도록 하자!"

근창은 그렇게 말하고 성큼성큼 걸어가서 훌쩍 말 위에 올랐다. 그리고 말위에서 큰소리로 외쳤다.

"신라의 자랑스러운 화랑 여러분! 오늘 훈련은 여기서 마치도록 하겠습니다. 무르익어가는 봄의 정취를 즐기면서 훈련장까지 천천히 하산하여 훈련장의 장비들을 다시 제대로 정리해놓고 귀가하세요. 그럼 모두 해산!"

 "둥" "둥" "둥" "둥" 북소리가 울리고 "해산!" "해산"구호소리가 월정사 계곡에 우렁차게 울려 퍼지면서 삼삼오오 말 탄 화랑들이 딸그락딸그락 말발굽 소리를 내며 화랑훈련장 쪽으로 내닫는다.

 출발할 때와는 달리 서로 이야기를 주고받으며 봄날 저녁의 싱그러움에 취해 말을 달리는 화랑들은 마냥 즐겁기만 하다.

 월정교 옆 주막집에 도착한 근창 일행은 말고삐를 마대에 걸치고 주막에 들어섰다.

 "근창 풍월주께서 오랜만에 오셨습니다. 근래 못 뵙는 사이에 안색이 훤해지셨습니다."

 합천댁 서방이 허리를 굽혀 해죽이 웃으며 말을 건넨다.

 "빈자리 있어요?"

 "있고말고요! 없으면 안방이라도 내드려야지요. …마침 저쪽에 자리가 비었습니다. 저쪽으로 앉으십시오."

 "어이구 무슨 손님이 이리도 많아? 합천댁 시절 만났구먼."

 "요즘 전쟁준비로 징집되어 오는 장병들이 많아서 배웅 온 가족들이 서라벌까지 함께 오는 경우가 많습니다. 그래서 제법 장사가 되는구먼요. 안 된 이야기지만 우리는 전쟁이 나든지 좌우간 서라벌에 사람들의 왕래가 많아야 장사가 잘 되지요. 미륵부처님께 죄받을 말이긴 하지만서도…."

"그나저나 무얼 드릴까요?"

"시래기 국밥 세 그릇하고 탁주 1되하고 닭볶음 한 사발 주시오."

근창 형님이 알아서 먹거리를 시켰다.

"그런데 유신이는 무슨 사연이 있어서 춘추를 청한 거냐? 정분난 낭자라도 생겼어?"

근창의 굵고 털털한 음성이 울려퍼졌다. 그 울림에 유신이 흠칫한다.

"어~허! 유신이 이놈 봐라. 분명 정분난 낭자가 생긴 게 틀림없구나. 저리 놀라는 표정하며…허허! 그만 놀라고 술이나 한잔 받아라!"

"근창 형님, 제가 먼저 한 잔 따르겠습니다."

"놔두어라. 오늘은 내가 너희들에게 살 테니 유신이 네가 먼저 잔을 받아라. 자… 그리고 옜다 춘추도…."

"예, 형님."

"이번에는 제가 술을 따르겠습니다. 형님, 제가 금관가야 선대왕들의 묘소에 갔다가 죽을 고비를 당한 것은 형님도 아시지 않습니까?"

"그런데?"

"저를 구해준 소루가야 국왕의 딸 천관 공주를 사모하는 연정이 시간이 지날수록 짙어져 가고만 있습니다. 그래서 오늘 춘추와 곡주를 나누며 신세타령이나 할까 했던 것입니다."

"허~ 그것 참, 천하의 유신이가 답지 않게 샌님이 되어 버렸네. 연정을 품게 되면 바보가 된다는 말이 너를 두고 하는 말이로구나. 그냥 무릎 꿇고 용서를 구하면서 데려오면 되지, 무얼 그리 너답지 않게 움츠리는 것이냐?"

"그런데 그게…강직하기로 삼한 땅에 소문이 자자한 소루가야왕의 공주이옵니다."

"공주면 대수냐? 50년 전에 망한 나라의 공주가 무엇이 그리 대단하냐? 일단 낭자를 내 품에 안고 보아야 하는 것… 그 다음은 다음이렷다. 일단 공주와 하룻밤이라도 정분을 만들도록 하여라. 그리고 그 다음은 그 다음대로 해결해 나가도록 하는 거야. 자~ 자, 바보 같은 소리 그만하고 잔이나 받아라!"

몇 잔을 들이킨 근창 화랑이 조용히 운을 띄운다.

"유신아, 너는 아직 어려서 그러겠지만 나는 너의 연정이 염려스럽다. …먼저 나는 너를 이해하고 너를 도와줄 참이다. 어떤 어려움이 있더라도…. 그러나 소루가야국은 신라 왕실에서도 함부로 할 수 없는 부족이다. 그 모든 중심에 이곳 설상 대상 가문이 자리 잡고 있다. 백제령에 계신 소루국왕은 소루가야족의 실질적인 어른이자 이들의 정신적인 지주라고 볼 수 있다. 지난번 백제와의 전투에서 3개성을 빼앗긴 원인도 이들이 논공행상에 대한 불만 때문에 형식적으로 싸웠기 때문이다. 유신이 네가 이번에는 구사일생으로 살아났지만 그들은 자네 춘부장 김서현 장군의 암살도 수차 행했던 것으로 알고 있다. 이런 일은 앞으로도 계속될 것이다. 아마도 설상 대상의 은밀한 묵인 아래 이런 일들이 이루어졌다고 볼 만한 정황들이 많이 노출되어 있다. 그리고 천관의 언니가 설상 대상 댁 둘째 며느리다. 장남이 고구려와의 전투에서 사망하여 둘째 아들이 후계자 위치를 굳히고 있다. 그런 설상 대상 가문과 너의 가문이 혼인을 호락호락 승낙할 것 같지는 않구나."

"거기까지는 미처…."

"그러나 나는 신라와 소루가야의 화합만이 우리가 백제와 고구려를 전쟁에서 이겨낼 수 있는 수단이기 때문에 나는 너와 천관 공주의 연정을 기회로 삼고 싶다. 천관 공주의 부친 소루 왕의 협조만 얻는다면

야 여타 가야족은 물론 신라에 귀속되어 있는 모든 귀화 부족들의 마음을 얻고 신라군을 강군으로 만들 수 있겠지. 신라로서는 좋은 방책의 하나인 셈이다. 네가 그 점을 알고 천관 공주와의 연분에 각별히 유념해야 할 것이다. 이런 연유로 나는 너를 지지하고 도와줄 것이다, 나는 신라와 소루부족의 화합에 밑거름이 되려고 한다. …자네의 건투를 빌며 축배를 들자! 자, 한 잔씩 받아라."

"건배! 잔을 들자! 화랑도 만세!"

춘추가 잽싸게 끼어들었다.

"화랑도 만세!"

유신도 춘추를 따랐다.

"자~ 쭉 들이키자."

그때 저쪽에서 술을 마시고 있던 장정 다섯이 눈살을 찌푸리며 이들을 바라보고 있었다. 그리고 화랑도 만세 소리에 자리에서 벌떡 일어나 유신의 일행 쪽으로 걸어오고 있었다.

"귀하디귀하신 화랑들이시구먼?"

"지체 높으신 화랑 도령들께서 천민들이나 찾는 이 주막집은 어인 행차십니까?"

"아리따운 기생 품에 안겨서 젖무덤이나 만지고 엉덩이짝이나 주무르시지 불쌍한 천민들 노는 모습을 구경하러 오셨남?"

"그러면 조용히 구경이나 하고 가시지 소란은 웬 소란입니까?"

"어디 귀하신 분들 술이나 한 잔 얻어 마십시다."

"이 다음에 높으신 나리님이 되실 터이니 미리 술잔 받는 영광을 주시옵소서."

"자~ 여기 술 한 잔 대령이오!"

저마다 한 마디씩 주절거리면서 술잔을 들고 이들의 자리에 걸터앉는다.

"귀하신 분들이 따라주는 술맛은 어떨는지?"

근창이 술병을 들어 술을 따라준다.

"자 한 잔 드십시오."

"고맙군! 잘 마시겠소."

벌컥벌컥 단숨에 술잔을 비우고 다시 빈 잔을 내민다.

"기왕이면 한 잔 더 주시구려."

그래도 근창은 아무 말 없이 또 따른다. 두 잔을 단숨에 비운 장정은 잔을 상 위에 "탁" 소리가 나게 내려놓으며 이죽거렸다.

"역시 귀하신 화랑께서 따라준 술이라 맛이 다르긴 다르군!"

"아주 역겨운 냄새가 나서 토할 것 같아. 귀화부족 백성들을 전쟁에 내몰고 공은 가로채 부귀영화를 누리는 귀족 자제분들의 상 판때기를 안주삼아 마시는 술이라 속이 더 뒤틀리는구먼."

"더구나 그런 놈들의 간에 붙었다 쓸개에 붙었다 하면서 부족을 배신하고 신라의 개가 되어 살아가는 놈들 때문에 도대체 세상사는 재미가 없어. 이런 세상이니 당연히 마시는 곡차부터 심사가 뒤틀려 있을 수밖에… 아니 그렇소, 귀하신 화랑 도령님들?"

이때 춘추가 기어이 한 마디 내뱉는다.

"여보시오, 술이 많이 취했구려. 우리도 할 이야기가 있으니 자리 좀 비켜주면 고맙겠소!"

"왜 내 말이 틀렸소?"

"신라 화랑들이 전쟁에 나가서 제대로 싸워 이겨본 적이나 있소?"

"장난감 같은 칼 장난이나 하고 있는 겁쟁이들이니 뭐…."

"뭐라고요, 겁쟁이라고?"

"그렇소. 왜 한 번 겨루어 보겠다는 거요?"

"보아하니 아직 솜털도 벗어지지 않는 풋내기 주제에…."

춘추가 씩씩거리며 옆에 둔 검을 집어 들었다.

"어~허, 어린 화랑께서 단단히 화가 나셨군. 그래 솜씨 한 번 보여주고 싶었는데 잘 되었군. 그렇지 않아도 몸이 근질근질하던 참인데 밖으로 나가실까? 내 칼은 신라인의 피 맛을 유별나게 좋아하거든. 부족을 버린 배신자들까지… 잘 알아서 처리해 주기도 하고."

"우리는 손님과 아무런 감정도 없소. 혹여 우리가 손님의 기분을 상하게 했다면 용서해 주시구려. 정중히 사과드리겠습니다. 그럼 우린 이만 실례하겠소. …유신아, 그만 일어서도록 하자."

"예, 근창 형님. …춘추야, 그만 일어 서거라."

"하하하, 칼도 뽑을 수 없는 겁쟁이들이 신라를 지키니 연전연패를 당하고 있지. 잘 가시오, 겁쟁이 화랑 양반들!"

저 쪽에 있던 일행들까지 비웃음을 보내서 가세한다.

근창의 눈짓으로 세 사람은 주막집을 나왔다.

유신은 울컥 치밀어 오르는 비애를 느꼈다.

근창이나 춘추는 신라인이다. 배신자란 결국 금관가야 왕손인 자기를 가리키는 말이 아닌가. 근창이 서둘러 주막에서 나가자고 한 것도 유신의 그런 기미를 눈치 챘기 때문이리라.

연정

잠자리에 든 천관은 도무지 잠을 이룰 수가 없었다.

젊은 화랑의 얼굴이 자꾸 아른거린다. 화랑을 처음 만났을 때부터 어디선가 인연이 있었던 사이처럼 느껴졌다. 그리고 지금까지 막연히 그려왔던 이상형의 이성(異性)으로 다가왔다. 아니라고 머리를 흔들어 부정해 보지만 그럴수록 화랑의 모습이 눈앞에 아른거렸다.

이런 마음이 남녀 간의 연정이란 말인가. 처음 느껴보는 감정을 천관 스스로 부인해 보기도 했다. 단지 유신 화랑과의 만남은 위험에 빠진 사람을 구해주는 우연한 관계일 뿐, 연정이라고 말할 수 있는 사이는 아니라고 애써 무심히 흘려보내려 해본다. 그러나 그러면 그럴수록 눈에 밟히는 유신의 모습에 천관 자신도 놀랄 뿐이었다.

밤새 뒤척이다 천관은 마음을 진정시키려 불경을 외우기 시작했다. 마음이 울적하거나 심란할 때면 외던 미륵부처님의 불경을 입속으로 조용히 속삭이며 염주를 굴리기 시작했다.

"아제 아제 바라아제…."

마음은 고요하면서도 야릇한 감회에 젖어들었다. 갑자기 신선산에 계실 부모님 생각이 떠올랐다. 그리고 거기서 계화와 함께 자랐던 어린 시절이 그리웠다. 갑자기 외롭다고 느꼈다. 그리고 허전함이 전신에 쫙 퍼졌다. 누군가의 품에 안기고 싶어졌다. 어머니의 품도 되고 언니들의 가슴도 되었다. 천관은 마음을 다잡고 염주를 굴리며 힘주어 불경을 속삭였다.

"아제 아제 바라아제…."

밤새 뒤척이다 아침을 맞는 천관의 몸은 유쾌하지가 않았다.

답답한 마음에 소희 언니의 방을 찾았다.

"어쩐 일이야, 네가 내 방을 다 찾아오다니?"

"왠지 마음이 심란해서…."

"무슨 할 말이 있는가 보구나? 말해보렴. 너와 나 사이에 못할 말이 뭐 있겠니? 이리 앉아서 말해 보아라."

"언니 그게 사실은…."

천관이 소희 곁에 앉으며 멈칫거린다.

"무슨 일인데 이리 뜸을 들이냐?"

"지난번에 구해주었던 화랑 말인데…."

"그래서?"

"…머릿속에서 지워지지 않고 자꾸만 떠올라. 이상한 일이야."

"이상한 일은 그게 무슨 이상한 일이라고… 천관이 너 이제 보니 그 사람을 사모하고 있나 보구나?"

"나는 그게 아닌데… 자꾸 그 화랑이 생각나고 떠올라서 그래. 마음이 왠지 허전하고, 신선산에 계신 부모님 생각도 나고… 이런 감정 처음이거든."

"천관아, 그것이 이성에 대한 연정이라고 하는 거야. 아마 모르긴 해도 그 화랑 도령도 너를 애타게 사모하고 있을 거야."

"언니, 그것을 어떻게 알 수 있어?"

"너도 나처럼 그런 시절을 지나치면 알게 될 거야. 처음에는 그것이 아니다 부정을 하지만 시간이 지나면 서로 연모하고 있다는 것을 알 수가 있지. …조만간 그 화랑에게서 연락이 오겠다. 같은 가야부족이니 굳이 말릴 필요는 없겠지만 잘못되면 상처 받는 쪽은 항상 여자라는 것을 염두에 두도록 하여라. 그 화랑의 어머니 이야기는 들어봤니?"

"얼핏 듣긴 했는데…."

"그 화랑의 어머니가 신라의 성골 출신임에도 가야족인 그의 아버지와 사랑을 이루었다고 하니 무슨 일이 생기더라도 반대하거나 방해할 것 같지는 않다만… 하여튼 몸가짐에 각별히 조심하고 항상 계화와 함께 다니도록 하여라."

"알았어. 고마워 언니."

천관은 소희 언니 방을 나오면서도 마음은 완전히 풀리지 않았다.

천관은 다시 불경을 외우기 시작했다.

"아씨, 아씨!"

그때 호들갑스럽게 천관을 부르는 계화의 목소리가 들렸다.

"무슨 일인데?"

천관의 대답과 동시에 계화가 방문을 열었다.

"서찰이 왔구먼요."

천관은 계화의 호들갑을 멍하니 바라보고 있었다.

"지난번에 구해주었던 도령 댁의 하인이 아씨께 서찰을 드리라고 가져왔어요!"

순간 천관은 이상야릇한 기분을 느끼며 마음이 일렁이기 시작했다. 계화가 교태를 보이며 내민 서찰을 애서 태연한 표정으로 받아 펼쳐보았다. 얼굴은 화끈 달아오르고 가슴은 울렁거렸다. 내용은 간단했다. 유시에 월정교 다리에서 만나고 싶다는 전갈이었다.
　천관은 서신을 품에 안고 콧노래를 부르고 싶었다. 이제까지의 허전함과 공허함이 일순간 하늘로 날아가 버릴 것 같은 기분에 가슴은 방망이질 하고 있었다. 그러나 천관은 계화 앞에서 애써 표정을 감추고 서신을 화장대 서랍에 집어넣었다.
　"아씨 무슨 내용이에요?"
　계화가 천관의 턱밑에 얼굴을 들이밀고 궁금해 죽겠다는 표정으로 천관을 쳐다본다.
　"아무 일도 아니야. 싱거운 도령님이셔."
　"아씨, 만나자고 쓰여 있어요? 나오라는 곳이 어디예요? 저도 데려가요. 함께 가고 싶어요! 그 도령 정말 수려하게 생겼지 않아요?"
　계화는 지레짐작해서 수다를 부리고 있었다.
　"얘는?"
　천관은 그런 계화를 쳐다보며 은근한 미소를 보냈다.
　"그래 함께 가보도록 하자!"
　"정말이지요? 내 말이 맞지요? 도령이 서찰을 낭자에게 보낼 때는 만나자는 이야기 말고 무슨 이야기겠어요? 사모하고 있으니 보고 싶다, 만나고 싶다… 그런 말 아니겠어요?"
　천관은 내심 뛸 듯이 기뻤으나 겉으로는 태연한 표정을 지었다. 그리고 계화의 재빠른 눈치에 혀를 휘둘렀다.
　시간은 거북이처럼 더디게 지나간다.

천관은 경대를 보며 매무새를 챙겼다. 유시가 가까워 올수록 가슴은 콩닥거렸다. 해가 뉘엿뉘엿 저녁노을을 남기고 월정산 너머로 훌쩍 숨어버렸다. 어둠이 가파르게 달려왔다. 천관과 계화는 장옷으로 머리까지 둘러쓰고 대문을 나섰다. 지척에서야 사람의 형체를 알아볼 수 있었다. 아직은 낯선 서라벌이었다.

천관은 서찰을 받자 계화를 시켜 이집 하녀와 함께 월정교 다리 앞까지 길을 자세히 알아두라고 일렀다. 계화는 다녀와서 그 길을 소상히 몇 차례 반복해서 설명을 했다. 가보지 않고도 가는 길의 윤곽이 떠오를 정도였다. 들떠 있는 사람은 천관 당사자보다 오히려 계화였다. 월정교가 저 멀리 보이자 천관도 얼굴이 굳어지고 온몸이 떨려왔다. 얼굴은 발갛게 달아올랐다. 저쪽에 희끄무레한 물체가 보이고 가까이 다가갈수록 사람의 형체를 띠었다. 그쪽에서 먼저 알아보았다.

"천관 공주님."

낮으면서도 둔탁한 목소리가 흥분으로 떨려오면서 남자의 성색(聲色)을 발했다. 남자 목소리의 울림은 곧바로 천관의 청각을 울리고 온몸에 전율을 느끼며 들려왔다.

"예…."

"못 오시나 했습니다. 이렇게 나와 주셔서 고맙습니다. 단둘이 조용히 말씀 드리고 싶으니 저쪽으로 가시지요"

"여기서 이야기하면 안 되겠습니까?"

"이곳은 궁궐로 가는 길이라 지나다니는 행인들도 많고 해서요…. 잠깐이면 됩니다. 꼭 여쭈어 볼 이야기가 있습니다."

유신의 말에 천관이 유신의 뒤를 따르려 한다. 그때 계화가 당황한 듯 나섰다.

연정 145

"저~ 저… 저기요! 큰아씨께서 저에게 작은아씨를 모시라고 했어요! 이야기가 있으면 여기서 하시면 되지 않아요? 저는 돌아서서 저만큼 있을 테니까요."

"그게… 여기서 조금만 기다려 주세요. 조금만…조금만이요."

"그럼 잠깐이에요. 잘못하면 큰아씨에게 제가 야단을 맞아요!"

"알겠습니다."

"아씨, 빨리 오세요! 늦으면 저 혼자 집에 갈 테니까요."

"응, 알았어! 조금만 기다리고 있어."

유신은 서둘러 걸음을 옮기고 천관은 천천히 유신의 뒤를 따른다.

월정교 다리 난간에서 조금 떨어진 길을 돌아 약간 후미진 곳의 수양버들 나무에 한 필의 말이 메어져 있었다. 유신은 그 말을 향해 성큼성큼 걸어갔다. 말 앞에 멈춰선 유신이 뒤로 돌아서서 천관이 가까이 오기를 기다렸다.

"낭자 이 말에 타시지요. 제가 올려드리겠습니다. 다녀올 곳이 있어서입니다. 가서 말씀드리겠습니다."

말을 마치자 유신은 천관을 번쩍 들어 말 위에 앉힌다. 순식간에 일어난 일이라 천관은 어찌 할 수가 없었다. 그리고 힘차게 말에 오른 유신은 천관의 손을 가져다 자신의 허리를 부여잡게 한다.

"꽉 잡으셔야 합니다. 자 출발합니다. …이럇!"

말은 천천히 또박또박 걸음을 옮긴다. 가옥들이 다닥다닥 붙어 있는 시가지를 벗어나자 집은 띄엄띄엄 들어서 있었다. 유신의 말은 남천의 상류를 따라 오르기 시작했다.

어느덧 띄엄띄엄 한 채씩 있던 집들마저 어느 샌가 자취를 감추고 남천 양쪽으로 빽빽하게 우거진 삼림이 이어졌다. 어느덧 짙게 우거진 녹음에서 풍기는 비릿한 숲의 내음이 쏟아져 내리는 남천의 계곡물과 어울려 유신과 천관의 얼굴에 뿌연 안개의 장막을 드리운다.

침묵이 흐른다.

들리는 것은 계곡을 때리는 물소리와 밤에 우는 산새 소리와 풀벌레 소리뿐.

그러나 말발굽 소리에 물소리와 산새소리와 풀벌레소리는 잠시 노래를 멈춘다. 소리의 연주를 방해하는 불청객에게 예민한 촉각을 곤추 세우며 눈치를 살피다가 이윽고 안심했다는 듯 다시 합창을 한다.

"찌르르르" "부엉" "찌르르르" "부엉"

천관은 유신이 무슨 말인가를 해주어 이 무거운 침묵을 깨뜨려주기를 기다렸다. 그러나 유신은 아무 말이 없었다.

천관은 유신에게 들리지 않도록 참았던 마른침을 꿀꺽 삼켰다. 완만했던 남천 줄기는 상류로 갈수록 괄괄 물소리가 세차게 울렸다. 물소리를 기회로 고요한 침묵이 깨뜨려졌고 천관은 심호흡을 할 수 있었다. 마른침을 꿀꺽 삼킬 수도 있었다. 흐르는 물소리가 천관이 어색하게 이어온 침묵의 시간을 시원스레 씻어가 버렸다.

그렇게 상류로 거슬러 올라가 호젓한 산기슭에 말을 세운 유신은 말에서 내려 손을 뻗으며 천관이 말에서 내려올 수 있도록 양팔을 벌렸다.

유신의 손이 닿는 순간 천관은 온몸에 짜릿한 전율을 느꼈다. 현기증을 느끼며 유신의 두 팔에 몸을 내맡김으로써 자연스럽게 유신에게 기댄 천관은 남정네의 기운 넘치는 사향 냄새에 정신이 몽롱해지며 유신의 품에 그대로 안겨버렸다.

그 순간 유신의 억센 팔이 온몸에 느껴졌다. 그리고 천관의 솟아오른 젖무덤은 유신의 가슴에 묻혀 팔딱거리고 있었다.

　유신은 품에 안았던 천관 공주를 땅위에 내려놓았다. 그리고 천천히 걸음을 옮기며 나지막한 목소리로 천관 공주에게 중얼거렸다.

　"공주, 나는 처음 만났던 그날부터 공주를 잊을 수가 없었소. 오래 전에 만났던 사이처럼 친근감을 느끼고 그날 이후로 머릿속은 온통 공주의 생각뿐이었소. 그리고 이렇게 공주와 단 둘이 있는 것이 꿈만 같습니다. …저의 연정을 받아주십시오. 우리는 다 같은 가야의 후손입니다. 이런 인연은 하늘에서 맺혀준 천생연분이 아니고 무엇이겠습니까?"

　천관은 입술이 떨리며 아무 말도 할 수가 없었다.

　"나는 공주를 만날 수 있게 해주신 부처님께 감사를 드립니다. 공주가 나의 목숨을 구한 것부터가 하늘이 맺어준 인연이 아니겠습니까? 나의 청을 물리치지 마십시오."

　"도령님, 소녀도 처음 화랑님을 보고 처음 뵙는 분 같지 않은 친숙함을 느꼈습니다. 자꾸만 도령님이 그립고 마음은 종잡을 수 없으면서도 언젠가 도령님께서 저를 찾을 것만 같은 기분이었습니다. 오늘 도령님을 뵙고 보니 소녀의 마음도 도령님과 같사옵니다. 다만 부모님의 허락이 두려울 뿐입니다."

　"어찌 그리 나약하신 말을 하십니까? 저의 부모님은 제가 말씀드리겠습니다. 지난번에 어머니도 공주께 고마운 말씀과 함께 자주 만나기를 원하지 않았습니까? 그런 걱정이라면 추호도 염려하지 마십시오."

　어느새 초승달이 떠오른다.

　달은 다정히 속삭이는 두 남녀를 포근히 비추어준다. 유신이 가만히 천관의 손을 잡고 숲길 한쪽에 앉으며 잡은 손을 끌어당긴다.

천관은 살포시 머리를 유신의 어깨에 기대며 묻는다.

"도령께서 어떠한 일이 있더라도 소녀를 버리지 않겠다고 약조해주실 수 있겠습니까?"

"나는 이미 공주와 일생을 함께하기로 굳게 맹세하였습니다. 처음 만난 이후 공주를 잊어본 적이 없이 마음으로 그리워하였습니다. 오로지 공주 생각으로 마음과 머릿속이 가득 차 있습니다. 공주가 제 옆에 있어준다면 이 세상 모든 것을 버리고 함께 화전이라도 일구며 살고 싶습니다. 공주가 없는 부귀영화가 무슨 필요가 있겠습니까?"

"저는 도령님께 따로 부탁할 말씀이 있습니다. 도령님은 끊임없는 살육현장을 보았지 않습니까? 수백 년을 이어온 전쟁의 참화로 삼한의 만민들은 무간지옥 같은 처절한 삶을 살아가고 있습니다. 도령께서는 삼한 통일을 이룩하여 피비린내 나는 전쟁을 종식시켜야 하는 사명감을 가지셔야 합니다. 그것이 소녀를 아껴주시는 마음이기도 합니다."

"공주의 뜻이 그렇다면 그렇게 하고말고요."

"오래전부터 미륵 부처님께서는 용화 도령이 나타나서 삼한의 만민을 구원하실 거라 예언하셨습니다. 이제 도령께서는 미륵부처님이 환생하신 용화 도령이십니다. 그러니 만민의 숙원인 삼한 통일의 대업을 이루셔야 합니다."

"공주, 나는 공주가 있고서야 만민도 있고 신라도 있습니다. 공주가 함께 있다면 무슨 일이든지 해낼 수 있겠지만, 공주가 내 곁에 없다면 그 어떤 부귀도 저에게는 아무 필요가 없습니다. 공주…!"

유신은 말을 마치고 천관을 와락 끌어안는다.

두 젊은 남녀는 깊은 포옹을 한다. 달빛은 주위에 사뿐히 내려앉는다. 어디선가 산짐승의 울음소리가 들려온다. 주인을 부르는 유신의 애마가 발굽을 덜커덕거린다.

그러나 서로를 탐닉하는 불같은 연모의 끈은 떨어질 줄 모르고 가쁜 숨소리는 봄의 차가운 저녁 공기를 후끈 달아오르게 한다. 바스락거리는 소리는 두 젊은 남녀의 뜨거운 열정의 흔적인지 아니면 불같은 사랑의 열기에 혼비백산 달아나는 산짐승의 놀람인지 분간할 수 없으나 한창 무르익은 이팔청춘의 남녀는 지칠 줄 모르는 열기를 뿜어낸다.

밤하늘에 달빛은 이들의 사랑 놀음을 시샘하고 어둠에 감추어졌던 허연 속살들이 달빛과 어울려 눈부시게 빛난다. 달빛에 드러난 하얀 곱디고운 빛나는 나신들이 잃어버린 반쪽을 채우기 위해 꿈틀거리며 거친 호흡을 뿜는다.

천관의 입술을 유신의 입술이 덮친다. 유신의 손은 천관의 16년간 고이 간직한 젖 봉우리를 파고든다. 누가 먼저랄 것도 없이 둘은 서로를 탐한다. 누가 주체할 수 없이 불타오르는 육체의 욕망을 잠재울 수 있겠는가? 난생처음 느껴보는 이성에 대한 신비감은 이들을 더욱 들뜨게 한다. 완전한 하나를 이루기 위하여 서로를 탐닉한다.

유신은 풀숲에 화랑도의 요대를 풀고 겉옷을 벗어 천관의 등 뒤에 깔고 팔은 천관을 안아 가만히 누인다. 그리고 눈을 마주하고 바라보다 천관의 목을 끌어당겨 다시 입술을 찾는다.

천관은 지그시 눈을 감고 유신의 입술을 기다린다. 뜨거운 열기와 함께 유신의 입술이 천관의 입술을 덮치고 달콤함이 입안을 가득 채운다. 육체의 허기짐을 질경질경 빨아댄다.

"으음, 으……."

가느다란 신음소리가 열기를 더한다. 유신은 천관의 겉옷을 풀어

헤친다. 뭉실뭉실한 젖가슴이 손만 대도 터질 것처럼 부풀어 오르며 가쁘게 진동을 울린다. 입과 입술이 포개져 콧속에서 뜨거운 열기가 뿜어져 나온다. 천관은 몸을 비틀며 아…아… 가녀린 신음을 참으려는 듯 입술을 다문다. 그 입술 사이로 멈추어진 신음이 이상한 파열음을 낸다.

유신은 어깨를 감쌌던 오른손을 가만히 빼내 천천히 천관의 등에서부터 밑으로 내려간다. 유신의 손은 탱탱한 둔부의 계곡에 멈추어 둔부를 감싸 안는다.

천관은 가만히 둔부를 들어 올려준다. 유신은 젖가슴을 탐닉했던 얼굴을 들어 다시 천관의 입술에 포갠다. 뭉클한 혀의 짜릿함이 온몸으로 전달될 때쯤 도저히 참을 수 없는 유신의 오른손이 천관의 둔부에서 몸의 중심을 행해 다가오고 천관이 발을 꼬면서 본능적으로 저항한다.

유신의 오른손이 천천히 천관의 중심부를 향하고 천관은 모든 것을 체념한 듯 비비꼰 다리를 슬며시 풀어주고 온몸으로 유신을 받아들인다. 유신의 오른손이 드디어 최후의 계곡에 이르고 촉촉이 젖은 그곳을 감싸 안는다. 천관은 신음을 내며 유신을 와락 껴안는다.

입술에서 젖가슴으로, 젖가슴에서 입술로 두 남녀는 잃어버린 서로의 반쪽을 찾아 가쁜 숨을 몰아쉬며 입술을 악물고 신음을 참는다. 이윽고 유신이 하의를 벗기 시작한다. 그리고 천관의 하얀 속살위에 유신의 나신이 덮친다.

"음… 음…."

천관이 신음을 남긴다. 유신이 젖어있는 천관의 중심을 확인한다. 이미 젖을 대로 젖어 열려 있는 천관의 중심에 지금까지 찾고 있었던 천관의 반쪽을 유신이 가만히 채워 넣는다. 천관이 이를 악물고 안았던 유신의 온몸을 더 힘껏 끌어안는다.

드디어 부족한 반쪽의 육신을 찾아 하나로 채우는 순간이었다.

16년의 인연을 찾은 천관을 향해 유신은 온힘을 다해서 몸을 움직인다. 탱탱하게 갈라져 있는 유신의 둔부가 꿈틀거리고 달빛이 그 움직임을 밝혀준다. 지칠 줄 모르는 이들의 사랑놀이는 깊어만 간다.

서라벌의 봄밤을 뜨겁게 달구는 유신과 천관의 사랑은 나이 어린 낭자와 도령의 순수한 열정이었다.

백일치성을 위해 산사에 마련한 천관의 거처에서 유신이 함께 생활하게 되었다.

옷 몇 가지가 전부일지라도 그들의 처소는 어느 궁궐의 호사스러움보다 아름다운 둘만의 보금자리였다. 완연히 초여름으로 접어들었다고는 하나 산사의 저녁 기온은 차가웠다. 하늘에는 무수한 별들이 반짝이고 이따금 별똥별이 하늘을 가로질러 어디론가 떨어져가고 은하수 바닷길은 별들로 수놓아져 있었다.

천관과 유신은 툇마루에 나란히 앉아 하늘의 별들을 바라보며 다정히 사랑을 속삭였다. 그리움의 목마름은 두 사람을 한시라도 떨어질 수 없게 하고, 이 산사의 처소로 불러들이기에 이르렀다. 사랑의 안식처에서 저 하늘의 모든 별들을 가슴에 안은 것처럼 사랑을 한 아름 안고 영원을 꿈꾸었다.

사랑이 식어 미움으로 변화시켜 버리기도 하지만 이제 막 불붙기 시작한 사람의 열병을 누가 멈추게 하고 갈라서게 할 수 있단 말인가. 서로가 서로를 온몸으로 사랑하기 때문에 주위의 물리적인 방해는 더욱 서로를 그리워하는 촉매제 역할을 할 뿐이었다.

  동서고금을 막론하고 영웅의 주변에서 사랑을 불태웠던 수많은 여인들이 있었고 때로는 행복한 사랑으로, 때로는 비극적인 사랑으로 끝을 맺었다. 그러한 사랑의 열병에서 유신과 천관 공주도 예외일 수는 없었다.

천관산 갈대숲을 거닐며

잠깐 머리를 식힌 다음 다시 역사의 현실 속으로 들어가 보자.

김유신에게 삼한 통일에 대한 동기를 부여하여 전쟁을 종식시키고 만민 구원의 계기를 만들었던 천관 공주의 위대한 행적을 애틋한 사랑 이야기로만 기억되고 그려질 전설이라고 말할 수 있을까.

천관 공주가 미륵부처님의 자비심으로 전쟁의 종식과 삼한 통일의 원대한 이상에 대해 동기 부여를 하기 이전, 신라와 백제와 고구려는 서로의 영토를 빼앗고 빼앗기는 악순환을 거듭하고 있었을 뿐 통일이라는 이상을 그려보지는 못했다. 전쟁의 목적은 단순히 성을 빼앗고 빼앗기는 살육의 현실만 있었을 뿐이다.

천관은 김유신을 미륵부처님의 용화 도령으로 거듭나도록 만들었다. 환생이라고 해도 지나친 말이 아닐 정도로. 조그마한 땅 덩어리에서 세 나라가 서로 살육을 일삼는 참혹한 전쟁이 600년을 이어져 왔던 것은 엄연한 역사적인 사실이다. 때로는 여제(麗濟)동맹으로, 때로는 나제(羅濟)동맹으로 아비규환의 전쟁을 이어왔던 것이다.

그러한 때 감히 생각조차 할 수 없었던 전쟁 종식과 삼한 통일의 기치를 내걸고 그 정신을 김유신에게 불어넣어준 천관 공주의 사랑 이야기야말로 황폐한 살육의 민족사에 한민족이라는 통일된 단일국가의 이념을 최초로 세운 이정표였던 것이다. 삼국시대의 짧은 분쟁 기간을 제외하곤 단일민족이라는 외교 노선으로 고려, 조선, 대한민국으로 이어지는 한반도 단일국가 형성의 정통성을 부여하는 단초가 되는 사건이라고 할 수 있을 것이다. 이후 우리는 단일민족의 정신으로 외세의 침략에 대항하는 한민족의 정신을 지켜왔다.

그럼에도 불구하고 오늘의 현실은 각 정당의 당리당략에 급급하여 1500년 전에 있었던 신라와 백제, 고구려의 지역적인 분할을 현실 정치에 끌어들이는 병폐를 답습하고 있는 것이다. 1500년 전에 만민 구제를 꿈꾸었던 자비심의 여인 천관 공주의 사상을 오늘날 달나라와 화성을 정복하고 컴퓨터와 휴대전화를 개발하는 두뇌로도 대신할 수 없음은 심히 안타까운 일이다. 정치의 수준이 한 여인의 치마폭에서 나온 생각에도 미치지 못한다는 뜻이다.

통일 이후 백제와 고구려 유민이 신라와 합심하여 당나라의 침탈을 물리쳤으며 그러한 정신이 임진왜란, 병자호란, 삼일 독립운동으로 이어져 왔고, IMF의 금 모으기 운동 등 한민족의 정통을 지키기 위해 부단히 힘을 합쳐왔다.

1500년 전에 있었던 천관 공주와 김유신의 사랑은 두 남녀의 비극적 사랑 이야기이기 이전에 우리 민족의 통일국가가 지향할 바를 제시하는 대사건이라고 이야기해도 지나치지는 않을 것이다.

성모 마리아에게서 태어난 예수님의 탄생이 이 지구의 역사를 바꾸었다. 전능하신 구원의 말씀이 온 세상에 전파되었기 때문이다. 신라가 나라를 세운 지 57년 후 탄생하신 예수님께서 인간이 구원을 받을 수 있도록 대속(代贖)하여 십자가에 못 박혀 피를 흘려 죽으시고 전능하신 하느님의 주관하심으로 이방인에게 전파되기 시작한 구원의 말씀이 동방으로, 동방으로 전파되어 오고 있을 때 중생 구제를 위해 45년 동안 8만 4천여 법문을 설하신 부처님의 말씀 또한 동방으로 전래되어 신라에서 그 빛을 발하였다.

 천관 공주가 사랑의 힘으로 김유신에게 전파하여 만민을 전쟁에서 구원하고자 했던 그 위대한 주관자들의 섭리에 무릎을 꿇고 경건한 마음으로 감사의 기도를 드린다.

 저자가 이 역사적 사실을 기록하게 된 계기는 그런 전능자들의 주관하심이라 믿었기 때문이다. 그러나 아직도 마음 한 구석에 허전함과 두려움이 남는다. 천관 공주의 역사적 사실에 접근하여 진실을 찾기에는 너무 많은 세월이 방치되었다는 현실 때문이다. 따라서 전능자의 뜻과 다른 방향으로, 또는 천관 공주의 넋을 위로하는 내용이 아니라 그의 1500년의 염원에 반하는 왜곡된 내용이 그려진다면 그 업보를 이 소인배가 감당할 수 있을까 하는 염려스러움과 머리끝이 쭈뼛거리는 두려움으로 소름이 돋는다.

 아울러 조용히 잠들어 있는 천관 공주의 넋이 정말 나의 마음과 같은 마음으로 나에게 힘을 주고 나를 일깨워 준다면 나의 두려움도 가시지 않을까 하는 바람이다.

 서라벌과 천관산에 떠돌고 있을 천관 공주의 혼이 동해에서 아침 햇살로 떠오른 태양처럼 득량만 앞바다와 천관산 구룡봉을 비추며 활짝 웃는 미소로 나에게 다가올 때 나는 1500년 전 역사와 전설을 이 세상에 알리는 보람을 느끼며 천관 공주의 넋이 서려 있는 천관산 갈대숲을 거닐고 있을 것이다.

함께 별을 바라보다

툇마루에 나란히 앉은 유신과 천관 공주.
"공주."
나직이 유신이 속삭인다.
"예."
천관이 조용히 대답한다.
"기쁘오."
유신이 자신의 마음을 표현한다.
"예."

천관이 대답한다. 천관은 당연히 유신이 자기에게 하는 말이라고 생각하며 응대한 말이다. 얼마나 서로를 갈망하고 소유하고 싶었던 심정이었던가.

와락 천관을 끌어안는다. 천관은 유신의 가슴에 안긴다.

팔딱거리는 두 남녀의 심장소리가 느껴진다.

행복에 겨운 천관의 눈시울이 붉어진다.

천리 먼 길을 떠나와 부모님의 보살핌과 사랑을 받을 수 없는 소녀의 마음은 외롭기만 했다. 짝을 찾은 소희 언니와 달리 천관은 외로운 밤을 혼자 보내야 했다. 그 외로움을 감싸 안아줄 낭군이 찾아왔다. 이 마음을 어떻게 표현할까? 그냥 유신의 품에 안겨 있는 것만으로도 정신이 몽롱해져 있었다. 몸은 붕붕 떠다니는 구름 위를 거니는 것 같았다.

"저 하늘의 별을 보시오. 우리를 위해 저리도 빛나고 있소. 공주의 곱디고운 눈망울처럼 아름답게 반짝거리고 있소."

"저기 크게 반짝거리는 큰 별이 도련님 별, 그 곁에 조그마한 별이 제 별이에요."

"아니오. 저기 크고 반짝이는 별이 공주의 별이고 그 곁에 조그마한 별이 내 별이오. 내 별이 낭자의 반짝이는 별을 찾아가는 중이라오, 공주."

다시 유신이 천관을 안은 팔에 힘을 주며 하늘의 별을 쳐다보고 안도의 한숨을 내쉰다. 천관을 만날 수 없을 것 같아 불안했던 시간들에 대한 안도의 한숨이었다.

사랑의 속삭임으로 짧은 여름밤이 지났다. 이른 아침 천관 공주의 손에 아침상이 들려 있다. 낭군을 위한 사랑의 정성이었으리라. 아침상을 마주한 두 사람은 서로 수줍은 듯 쳐다보며 어색한 미소를 짓는다. 마주 바라보는 얼굴에 다정스런 애정이 넘쳐흐른다.

유신이 화랑 복장을 갖추고 처소를 나서서 말 위에 오른다.

"공주, 화랑무예훈련장에 다녀올까 합니다. 적적하더라도 조금만 기다려 주오."

"예… 소녀, 부처님께 치성을 드리고 있겠습니다. 편안히 다녀오세요."

유신이 날아갈 것 같은 마음으로 말을 달려 화랑무예훈련장에 도착했을 때 춘추는 이미 훈련장에 도착해 있었다.

"춘추야, 일찍 나오는구나?"

"나야 맨날 이 시각에 나왔지만 형님이야말로 웬일이유? 해가 서라벌 서쪽에서 뜨겠소. 더군다나 오늘 웬일로 얼굴이 훤하고 싱글벙글하시는데, 기분 좋은 일이라도 있어요?"

"그래 좋은 일이 있다."

"천관 공주 때문이오?"

"그래."

"무슨 일인데…?"

"훈련 끝나고 이야기해 줄 터이니 이따 함께 가보도록 하자."

"알았소, 형님."

두 사람은 그 정도로 이야기를 나누고는 훈련을 시작한다. 젊은 화랑들이 구슬땀을 흘리며 훈련에 여념이 없다. 웃옷을 벗어젖힌 화랑들이 땀을 흘리며 창술, 검술, 택견 등 훈련에 열중이다.

어느덧 훈련이 끝나고 유신과 춘추는 말머리를 나란히 하여 천천히 움직이고 있다. 두 사람은 천관 공주의 백일기도 처소인 황은사로 향하고 있다. 유신과 춘추가 처소에 도착하자 천관 공주가 반갑게 맞이한다.

춘추는 갑작스런 사태에 말에서 내려 예를 갖춘다. 태양은 서산에 걸려 있고, 지는 해를 배경으로 붉은 빛이 드리워진 천관의 얼굴은 부끄러움이 더해져 홍조를 띠고 있었다. 유신이 춘추를 방안으로 안내했다. 뒤따라 천관이 들어오자 세 사람은 자리에 앉았다.

"내 아우 춘추라고 하오."

"예…."

천관은 알았다는 듯 여운을 남기며 대답한다.

천관이 유신과 춘추의 앞에 다과를 내놓는다.

"춘추야."

"예, 형님."

"나는 천관 공주를 만나기 전까지 입신양명과 개인의 영달이 삶의 목표였다. 그러기 위해 백제와 고구려의 침략으로부터 신라의 영토를 지키고, 그들의 영토를 빼앗아 공을 세우는 것이 최선이라고 생각했다. 그런데 천관 공주를 만나고 나서 내 삶의 의미를 새롭게 깨달았다. 공주는 그런 면에서 나의 스승이고 참된 삶의 목표를 깨우쳐주신 은인인 셈이지."

유신은 말을 마치고 춘추에게 보냈던 시선을 천관 공주에게 옮기면서 천관 공주의 손을 감싸 잡는다. 춘추는 유신과 천관 공주를 번갈아 쳐다보며 궁금한 표정으로 입을 열었다.

"그럼 천관 공주께서 유신 형님을 일깨워주신 참된 삶이란 무엇입니까?"

"춘추야."

"예, 형님 말씀하십시오."

"우리가 많은 사람을 죽이면서 백제나 고구려와 참혹한 전쟁을 치르는 목적이 뭐라고 생각하느냐?"

"그야 신라 영토를 지켜 폐하와 조정을 보호하고 만민을 구하는 일이 아니겠습니까?"

"물론이지. 나도 예전에는 아니 천관 공주를 만나기 전까지는 그리 생각하였다. 신라인이라면 그것은 당연한 일이겠지. 그것이 우리 화랑도의 정신이자 화랑도 창설의 기본 이념이기도 하고. 원광법사님의 세속오계에도 그런 뜻이 잘 나타나 있는 셈이지."

유신의 엄숙한 태도에 춘추도 예의 그 웃음기가 싹 가신 표정이다. 춘추는 무릎을 당기며 유신의 이야기에 조금 더 집중한다.

"춘추야, 전쟁이 나면 신라의 만민이건 백제나 고구려의 만민이건 모두가 희생이 되기는 마찬가지가 아니겠느냐?"

춘추가 고개를 주억거리며 수긍하는 뜻을 나타냈다.

"우리 신라가 개국 이래 백제나 고구려와 600년간 전쟁을 치르면서 얼마나 많은 사람들이 처참하게 죽고 그 가족들이 비참한 생활을 해왔겠느냐? 이제 그 전쟁을 종식시키고 천하 만민이 더 이상 전쟁의 참혹함에 희생되지 않도록 해야 한다는 사명감을 나에게 일깨워 주신 분이 천관 공주이시다. 천관 공주께서는 삼한의 통일을 이루어야만 천하 만민을 구원할 수 있다는 목표를 깨닫게 해주셨지. 이제 삼한 통일은 삶의 목표이고 만민 구제는 나의 사명이 되었다고 해야겠지."

춘추가 새삼스럽게 눈길을 돌려 천관 공주를 바라보았다. 천관은 조용히 입을 다물고 춘추의 눈길을 받는다.

"춘추야, 이제까지 우리는 오직 신라의 영토를 지키고 신라인만의 안위를 위해 훈련을 받아왔다. 세속오계에서 보듯이 화랑도의 창설 이념 또한 크게 벗어나지 않는다. 그런데 천관 공주께서 이야기하는 만민구제는 깊고 심오할 뿐 아니라 세상 이치와 닿아 있다. 천관 공주는 하늘의 깊은 뜻을 깨닫게 해주려고 하늘에서 내려온 선녀님 같다는 생각이 들 때도 있단다. 옥황상제의 명을 받아 도솔천에서 내려오신 선녀님…."

"형님, 아우는 처음 듣는 이야기라 어리둥절합니다만, 백번 타당한 말씀이라는 생각은 듭니다."

"이제 내 가슴에 뛰고 있는 심장이 멈추는 시각까지 천관 공주께서 깨우쳐주신 대로 만민 구제와 전쟁 종식을 위해 삼한 통일을 이루는 데 나의 전부를 바칠 각오다."

춘추는 유신의 진지한 이야기에 압도되어 아무 말도 못하고 조용히 듣고만 있다.

삼한 통일의 주역인 유신과 춘추가 황은사 곁에 마련된 천관의 거처에서 처음으로 뜻을 모아 삼한 통일의 목표와 의지를 태동시킨 날이었다.

세상사는 이렇게 아주 조그마한 일을 계기로 대사건을 이루고 대역사로 진행되어 왔던 것이다. 천관 공주의 자비의 씨앗이 삼한 통일의 목표를 잉태한 계기였던 셈이다.

한동안의 침묵이 흐른 뒤 유신이 엄숙하게 춘추를 부른다.

"춘추야."

"예, 형님."

"너와 나, 우리가 피를 나눈 형제처럼 힘을 합쳐서 화랑들과 함께 기필코 삼한 통일을 이루어 만민을 구원해 보자."

"좋습니다. 이런 웅대한 뜻을 가진 형님이라 정말 존경스럽습니다. 아울러 천관 공주께서 이렇게 훌륭하신 분이시라니 고개가 숙여집니다. 형님이 그런 훌륭한 뜻을 펴시겠다면 제가 당연히 형님을 도와 드려야지요. 우리 화랑들도 새로운 마음가짐으로 삼한 통일을 목표로 삼고 훈련과 전술에 임해야 할 것으로 생각합니다."

"춘추야 고맙다."

유신과 춘추가 두 손을 맞잡고 굳게 다짐한다.

천관이 그 모습을 흐뭇한 표정으로 바라본다.

"형님 내일 훈련장에서 뵙기로 하고 이만 돌아가겠습니다. 오늘의 좋은 말씀 마음속에 깊이 새기겠습니다."

"그래, 나도 어머니 뵈러 집으로 가야 하니 함께 나가자."

춘추가 먼저 밖으로 나가고 유신이 천관에게 말한다.

"공주, 어머니를 뵈러 다녀오려고 합니다. 양해해 주시구려."

천관이 웃음을 머금은 채 고개를 숙이며 목례로 화답한다.

유신을 따라 나온 천관이 말에 오른 춘추와 유신을 향해 고개를 숙여 인사를 건넨다. 유신과 춘추도 목례로 답하며 말머리를 나란히 하여 서라벌 시내를 향해 천천히 걸어간다.

신라가 개국한 지 어언 600백년, 옛것은 사라지고 새로운 것이 나타나는 변화의 시간 속에서 만민의 삶은 발전되고 풍족해져 있었다. 이제 한 단계 더 나아가 통일 국가를 이루어 민족의 동질성을 회복하는 순리가 꽃피우기 시작하고 있었다.

유신의 머릿속에 삼한 통일의 밑그림이 하나둘 새겨지고, 그것은 행동이라는 주춧돌로 놓이기 시작했던 것이다. 유신에게 잠재되어 있는 이러한 생각들은 애당초 계획된 것은 아니었다. 통일을 이루겠다는 막연한 생각과 이 피비린내 나는 전쟁을 종식시키겠다는, 그래서 만민을 구제하고 태평한 시대를 만들어보겠다는 목표는 천관녀의 제안으로부터 시작되어, 막연한 목표에서 점차 체계화되고 구체적으로 충족되어 가는 과정이었다.

보잘 것 없고 불가능해 보였던 꿈들이 이루어지는 과정 또한 인간만이 가질 수 있는 잠재능력 때문일 것이다. 유신의 골똘한 생각을 일깨운 것은 춘추였다.

"형님, 집에 다 왔습니다."

어느새 말은 유신의 집 대문 앞에 멈추어 서 있고, 유신의 애마는 주인에게 내리라고 신호를 보내듯 큰 눈망울을 껌벅거렸다.

"집에 들렀다 가렴."

"형님, 전 그냥 갈 테니 공주 너무 오래 기다리게 하지 말고 빨리 황은사로 가보세요. 그럼 내일 봅시다."

춘추를 보내고 집안으로 들어간 유신은 하인들의 인사를 받으며 제 방으로 들어서서 주위를 둘러본다. 왠지 방안이 낯설고 허전하게 느껴진다. 사물을 바라보는 마음의 변화에 따라 사물의 가치 척도가 달라보이는 현상에 유신은 방안에 앉고 싶은 마음조차 사라져 버렸다.

잠시 서성이다 다시 밖으로 나와서 어머니 만명 부인의 방으로 발길을 옮긴다.

"어머니, 소자 유신이옵니다. 들어가도 될는지요?"

"그래 들어오렴. 유신 화랑께서 어인 일이신가?"

"어머니, 소자 며칠간 황은사에 머무를까 합니다."

"화랑께서 갑자기 어인 일이신데, 부처님을 다 찾아뵈려고 하시는고?"

"소자 삶에 대한 깊은 고뇌를 성찰해 보고 진정 소자가 이루려고 하는 꿈과 미래에 대한 깨달음의 실체를 부처님의 자비하심으로 구하려는 뜻입니다."

"그래 이제 어엿한 성년이니 남아의 이루고자 하는 뜻을 세우고 한 가정을 이루어야 할 시기가 되었지. 그렇게 하렴. 아버지께서 오시면 그렇게 말씀드리도록 하겠다. 아버지께서도 무척 대견스러워 하실 것이다."

"예, 그리 말씀드려 주십시오. 고맙습니다. 어머니, 그럼 며칠간 문안인사를 못할 터이니 한꺼번에 인사 올리겠습니다. …못 뵙는 동안 평안히 계십시오."

"그래 조심히 잘 다녀오고 주지 스님께 꼭 안부 전하도록 하여라."

집을 나서는 유신의 발걸음은 가쁜하다. 말에 올라탄 유신은 말고삐를 오른쪽으로 당겨 말머리를 돌리고 천천히 말을 몰았다.

초여름으로 접어든 들판은 짙은 녹색으로 단장하였고, 오가는 행인들의 옷차림은 화사한 색깔로 바뀌었다. 말이 서라벌 시내를 벗어나자 개울가에서는 아녀자들이 한가로이 빨래를 하고 있었다.

개울을 따라 이어진 계곡 산길을 유신의 애마가 천천히 올라간다. 바람을 타는 갈댓잎처럼 가냘프기 만한 천관 공주의 사랑이 용트림하는 유신의 심장을 요동치게 하고 있었다.

황은사 처소에 도착한 말울음소리를 듣고 천관 공주가 방문을 열고 나온다. 황은사 서쪽 산등성에 일몰하는 태양이 발갛게 저녁하늘을 물들이고 있었다.

전쟁

　609년, 천관과 유신의 사랑이 날로 깊어갈 때쯤 신라는 고구려 정벌을 계획하고 있었다. 2년 전에 빼앗겼던 한강이남 지역의 영토를 되찾기 위하여 이미 총동원령을 내리고 준비에 박차를 가해왔던 것이다.

　성을 빼앗겼던 그 해 가을부터 추수했던 곡물 등을 각 지역에 분산해서 비축해 두었다가 이미 전방으로 이동시켰고, 거병(擧兵)에 앞서 모내기 등 모든 농사일도 일찌감치 마무리한 상태였다.

　온 들판에 개구리 울음소리가 그칠 줄 모르고 산과 들은 온통 푸른 색깔로 새롭게 단장하는 음력 5월. 며칠 전부터 서라벌 시내는 각지에서 집결한 병졸들과 서라벌까지 따라온 병사들의 가족들로 들썩거렸다.

　가는 곳마다 인파들로 넘쳐 북새통을 이루었다. 특히 주막집과 잠자리를 제공하는 여관은 이미 꽉꽉 차 있었다. 일부 병졸들의 가족들은 민가의 담벼락 밑이나 이슬을 피할 수 있는 곳이면 잠을 청하고 밤을 지새우기도 했다.

화랑이 있는 집안의 송별연도 이어졌다. 출전 화랑들은 돌아가면서 자기 집으로 다른 화랑들을 초대하여 음식을 대접하였다. 기약할 수 없는 출전이라 떠나보내는 부모 형제의 심정은 화랑들에게 좋아하는 음식이라도 먹여 보내고 싶었으리라. 조정에서는 이번 전쟁에 나라의 명운이 걸렸다고 하며 승전이 아니면 신라의 미래도 없다는 식으로 배수의 진을 쳤다고 볼 수 있었다.

김유신과 김춘추도 출전하는 대열에서 예외는 아니었다.

조정에서 출전하는 화랑들에게 거는 기대도 대단했다. 이런 분위기는 서민들에게도 알려져 뒤숭숭한 소문까지 퍼졌다. 이번 전쟁에 나가면 살아 돌아올 수 없을지도 모른다는 소문이었다. 그런 안타까움 때문에 가족들은 정성을 다해 음식을 장만하여 대접한 것이다.

신라의 화랑은 살상만을 위해 무예훈련을 받은 살육집단이 아니었다. 원광법사의 세속오계(世俗五戒)가 화랑도 정신으로 화랑의 기본 이념이었다. 신라 진평왕 때의 고승인 원광법사가 지은 세속오계는 임금께 충성하는 사군이충(事君以忠), 부모에게 효도하는 사친이효(事親以孝), 믿음으로 벗을 사귄다는 교우이신(交友以信), 싸움에서는 물러서지 않는다는 임전무퇴(臨戰無退), 살생은 가려서 한다는 살생유택(殺生有擇)의 다섯 가지 가르침이었다.

화랑의 세속오계에서도 볼 수 있듯이 화랑들은 무예 수련에 앞서 정신 수양을 중요하게 여겼다. 먼저 국가에 대한 충성심과 전쟁에 임하는 당위성, 부모님에 대한 효심, 벗들에 대한 믿음, 일상생활에서 지켜야 할 예의, 학문에 대한 열정, 만민에 대한 선덕 등을 가르치는 화랑도는 신라의 미래 지도자들을 양성하는 과정이었다.

화랑의 출전은 다른 병사들에게도 사기 충천하는 효과를 가져왔고,

이미 승전의 분위기마저 조성하고 있었다. 그만큼 화랑의 존재와 세속오계의 정신은 삼한 통일의 밑거름이 되기에 충분했다. 세속오계의 내용을 살펴보면 당시까지 신라에 알려졌던 유불선(儒佛仙)의 가르침을 두루 수용하고 있는 셈이었다.

화랑정신의 이면에는 신라 초기에 전래된 불교에 영향이 컸다. 특히 불교의 가르침 중에서도 미륵신앙의 영향이 눈에 띈다. 죽어서 도솔천에 다시 태어난다는 미륵신앙은 국왕과 귀족은 물론 일반 백성들과 천민들까지 폭넓게 믿고 있었던 것이다.

특히 임전무퇴라는 세속오계의 정신은 죽어서 도솔천에 간다는 믿음에 근거하여 죽음을 두려워하지 않고 참전하여 승리를 쟁취하는 바탕이 되었고, 그러한 정신과 행동이 삼한 통일의 대업을 이룰 수 있는 초석이 되었다.

화랑도의 기본이념인 세속오계를 지은 원광법사는 진평왕 22년인 608년 김유신이 열세 살 때 수나라 황제에게 걸사표(乞師表)를 지어 받쳐 수나라가 30만 대군으로 고구려를 침략하게 만든 문장가였다. 불교의 미륵신앙과 원광법사의 세속오계의 정신은 민간에도 크게 영향을 끼쳐 민간신앙의 수준으로 발전한다.

이러한 불교의 미륵신앙과 용화사상은 천관 공주가 김유신을 용화도령이라 부르는 계기가 되기도 했다. 미륵신앙은 '미륵불(彌勒佛)의 하생(下生)'이라고 하여, 미륵설화가 현실에서 실현가능하다는 신앙이다. 미래 부처인 미륵불이 이 세상에 다시 내려와 고통과 가난과 탐욕으로 살아가는 중생들을 위해 용화 세계를 열어 만민을 구제해준다고 믿는다.

이러한 불교의 융성은 신라시대에 인왕백고좌회 또는 인왕법회라고 부르는 법회를 자주 열어 일백 명의 스님과 수천 명의 신도들이 모여 일백 개의 불상과 일백 개의 보살상을 모셔놓고 일백 명의 법사를 초청하여 반야바라밀을 강설하는 국태민안(國泰民安)의 법회를 열어 불경을 독송하게 하고 나라를 부강하게 하며 백성을 풍요롭고 편안하게 지켜나가려는 호국불교를 이어왔다.

서라벌은 전쟁준비로 소란스러웠다. 어느 곳이건 어수선하고 바쁘게 돌아갔다.

동서고금을 막론하고 난세에 영웅이 난다. 위기일 때 나타나 삶의 질을 변화시킨다. 어떤 획기적인 동기 부여에 의해 영웅이 나타날 때, 새로운 직업을 탄생시키고 급격한 부의 이동이 이루어지고 새로운 사랑의 방식이나 새로운 예술의 창작도 이루어진다.

대장장이들은 무기 제작에 한몫을 하고, 주막집은 빈번하게 왕래하는 손님들로 문전성시를 이룬다. 어물전, 어각전, 푸줏간 등도 바쁘기는 마찬가지, 난전 한 귀퉁이에는 수개월째 놀이패들의 공연이 이어지고 있다. 신이 난 거지들도 시절을 만났다. 왁자지껄한 가운데서도 출전 준비는 하나하나 마무리되어 가고 있었다.

신라 조정이 이번 전쟁에서 화랑도들에게 거는 기대는 컸다. 화랑들이 집단으로 실전에 출전하는 것은 처음 있는 일이었다. 그만큼 별동부대인 제3대를 조직하여 출전하는 화랑들에게 거는 기대 또한 특별했다.

또 한 가지 특징은 신라에 복속된 부족들의 단일부대 결성이었다. 이들을 신라군과는 별도의 정예부대로 편성하여 출전하게 하였다. 특히 소루가야 부족에게 거는 기대로 신라 조정은 한껏 고무되었다.

드디어 성대한 출정의식이 거행되었다.

서라벌 궁성 밖에 준비된 출정식 단상에 신라 국왕이 도열한 중신들의 중앙에 자리를 잡았고, 단 아래 대장군 김용춘과 김서현이 신라군 정예병을 지휘하고 있었다. 그 오른쪽에 귀화 또는 복속한 부족들로 구성한 부대의 대장군에는 소루부족 총독 진무대장군이 임명되었다. 화랑 별동대는 근창 화랑 풍월주가 지휘를 맡게 되었다.

궁성 밖에 5만의 대병력이 집결해 있고, 인근에는 이 장엄한 광경을 보기 위해 구경나온 수천 명의 서라벌 사람들과 출전하는 병사들의 가족들이 진을 치고 있었다. 생사를 기약할 수 없는 전쟁터로 떠나는 병사들의 가족들 중에는 눈시울을 적시는 모습도 보였다.

이런 북새통을 이용하여 엿장수, 찰떡장사 등 온갖 장사치들도 한몫 거들었다. 특히 어설프게 설치해서 자리만 깔아놓은 임시 객줏집은 비집고 앉을 틈조차 없었다.

"용감무쌍한 신라의 용사들이여! 영명하신 황제 폐하께 충성을 맹세하자!"

"이번 전투에서 빼앗긴 고토를 수복하여 폐하께 돌려드리자! 그리하여 이 서라벌의 번영을 천세 만세 누려보자!"

와~ 와~ 와~ 와~ 여기저기서 우레와 같은 함성이 울리고 퍼져나갔다.

"신라 황제 폐하 만세!"

"화랑도 만세!"

"신라 만세!"

천지가 진동을 했다. 온 산야가 두려움에 떨 듯 긴장하고 있었다.

천관 공주와 유신도 작별을 고해야 했다.

"공주 내일이면 생사를 기약할 수 없는 전쟁터로 떠나야 합니다."

서라벌은 어둠에 묻혀가고 이별을 앞둔 두 남녀는 떨어질 줄을 몰랐다.

"소녀는 걱정하지 마시고 낭군님께서 부디 무탈하게 돌아오시어요. 소녀는 황은사에서 용화 도령님의 무사 귀환을 위해 미륵부처님께 치성을 드릴 것입니다."

천관의 마음은 찢어질 듯했다. 그러나 어쩌랴. 고요히 비추는 달빛 아래 유신과 천관은 서로를 위하여 안타까워했다. 이따금 산짐승이 후다닥 움직이는 몸짓에 놀란 풀벌레가 노래를 멈추고 적막함은 한층 더 짙어진다.

미어터질 것 같은 고요한 슬픔이 한동안 이어지고 헤어져야 하는 슬픈 마음을 알기라도 하듯 찌르르르~ 찌르르르~ 귀뚜라미 소리가 신호라도 되는 듯이 이제까지 참아왔던 눈물을 흘리기 시작했다.

여러 날 행군한 부대는 낭비성(지금의 청주 인근) 부근에 진을 쳤다. 탐색전 비슷한 소규모 전투가 간헐적으로 있었지만, 소규모라 큰 피해 없이 사흘을 보내고 있었다.

6월 초순이라 본격적인 여름으로 접어들면서 주룩주룩 비가 내리고 있었다. 장마가 시작된 것이다. 그렇다고 신라군이 그냥 쉬고 있는 것만은 아니었다. 성안의 첩자들과 긴밀한 연락을 취하며 공격 날짜를 벼르고 있었다.

고구려군도 신라군의 동태를 예의주시하며 만약의 공격에 대비하여 방어를 철저히 하고, 적병이 성벽으로 기어오를 경우에 대비하여 각종 방어물을 성벽에 배치하여 두었다.

더위에 지친 병사들에게는 장맛비가 더위를 한풀 꺾어주어 다행이었지만, 이제는 지루하게 계속된 비 때문에 눅눅해져 오히려 무덥더라도 해가 났으면 하고 바라기까지 했다.

성을 지키는 고구려군도 힘들기는 마찬가지였다. 언제 공격해올지 모르는 신라군에 대한 경계를 게을리 할 수가 없어서 주야로 성벽을 지키며 비를 맞고 지내야 했다.

신라 대장군의 막사들도 내리는 빗줄기 속에 교대로 철통같은 경비를 세우고 시시각각 척후병을 보내 적군의 동태를 살피는 한편, 성안의 첩자들과도 계속 연락을 취하고 있었다. 그때 빗줄기를 가르며 파발의 깃발을 꽂은 한 필의 말이 김서현 대장군 막사 앞에 흙탕물을 튕기며 급하게 달려와 멈추어 섰다.

"대장군, 급보이옵니다. 황제 폐하께서 밀지를 보내셨습니다."

긴급 참모회의가 소집되었다.

"제장들은 들으시오. 화랑도 3천을 제외한 모든 병사들을 서라벌로 철군시켜야겠소. 서라벌에 귀화한 소수부족 일부가 합심하여 우리가 출정한 틈을 타서 반란을 일으켰다고 하오. 아마 백제와 고구려 첩자들의 부추김도 있었을 것으로 짐작하오. …철군할 때 후방을 철저히 방어해야 하며, 만약의 경우에 대비하여 3천의 정예 화랑이 철군하는 본대의 후방을 철저히 경계하기 바라오. 서라벌이 위급하니 신속히 철군하여 반란군을 제압해야 하오."

병사들은 술렁거리기 시작했다.

"서라벌에 반란이 일어났대."

"소수부족들이 드디어 일을 저질렀대나 봐."

"귀화한 왜(倭)의 해적들도 힘을 합쳤다는구먼."

"이번 출정으로 서라벌에 군사가 없는 틈을 이용해서 반란군이 황궁을 공격하고 있는데 황제 근위병을 포함한 소수 군사들이 혼신을 다해 성벽으로 오르는 반란군을 가까스로 막아냈다고 하지만 다시 공격을 할 거라네."

빗줄기 속에서 철군 준비를 하며 병사들이 수군거리고 있었다. 주룩주룩 내리던 비가 잠시 멈추고 산야는 하얀 안개를 드리우고 있었다. 신라군으로 위장한 첩자들은 철군 준비로 소란한 틈에 빠져나가 고구려 진영에 철군 소식을 알렸다.

"장군, 신라군이 철군을 준비하고 있습니다. 서라벌에 반란이 일어났다고 합니다."

"그게 사실이냐?"

"예, 지금 철군 준비가 한창입니다."

"음, 수고했다."

드디어 신라군이 철군을 하기 시작했다. 비에 젖은 황톳길은 군마의 말발굽으로 바닷가의 갯벌처럼 짓이겨져 질퍽거렸다. 오시에 철군 준비를 시작하여 신시가 되어서야 실제로 철군이 이루어졌다. 비가 내리는 날씨 탓으로 주위가 어둑어둑한 데다 비에 젖은 병사들의 모습은 패주(敗走)하는 패잔병들의 모습을 방불케 하였다.

전쟁의 승패는 상대의 허를 찔러야 하는 것이다. 낭비성의 진갈 장군은 수비하고 있던 병사들에게 재빨리 공격 준비를 갖추게 하고 전열을 정비하여 성문을 열었다. 공격 명령을 내렸지만, 주위가 어두워져 사람을 식별할 수 없을 정도였다. 더욱이 비도 이미 그친 데다 신라군은 이미 철수하고 난 다음이었다. 조급하게 떠난 흔적이 여기저기 고스란히 남아 있는 것은 떠난 지 얼마 되지 않았다는 것을 말해주고 있었다.

진갈 장군이 외쳤다.

"우리가 한발 늦었다. 적들은 얼마가지 못했을 것이다. 철기 기마병들은 나를 따르고 보병은 그 뒤를 따르라. 자, 서둘러 출발하라!"

그런데 이미 신라 진영에 들어왔던 기마병들이 뒤돌아 나오고 있을 때, 뒤따르던 보병 부대는 막 신라군의 진영으로 들이닥치고 있었다.

도덕경은 군사를 부림에 대해 이렇게 적고 있다. 이른 바 용병유언(用兵有言)이다.

"내 편에서 주인 노릇하는 것이 아니라 손님 노릇을 하고, 한 치 전진하려 하지 말고 오히려 한 자 정도 물러서라. 이를 일러 나아감이 없이 나아감이요, 팔 없이 소매를 걷음이요, 적이 없이 쳐부숨이요, 무기 없이 무기를 소유함이다. 모든 화(禍) 중에 적을 업신여기는 것보다 더 큰 잘못은 없다. 적을 업신여기다가는 내 편의 보물(城)을 다 잃고 만다. …그러므로 군사를 일으켜 싸울 때는 슬퍼하는 쪽에서 이긴다."

고구려군 기마병들은 어지러이 철군하는 신라군을 쳐부수려는 생각에만 몰두하여 뒤따라 신라 진영을 향해 공격해 들어오는 보병을 미처 생각하지 못한 채 말을 돌려 나오다가 진격해오는 보병들과 혼잡을 이루고 뒤엉켰다.

"전군은 뒤돌아서라."

그러나 그 외침을 들은 병사들이 제자리에서 뒤돌아섰지만, 후미에서 공격해 들어오는 병사들은 이를 듣지 못하고 진격해오고 있었다.

화톳불을 향해 공격을 감행했던 고구려군은 일대 혼란에 빠졌다. 더구나 5만의 병사가 철수한 신라군의 진영과 길은, 내리는 빗물과 더불어 수렁처럼 짓이겨져 있었다.

일만의 고구려군에게 명령이 전달되어 신라 진영으로 공격해온 대열을 정비하여 180도 방향을 바꾸었을 때쯤 어둠속에서 소낙비처럼 화살이 쏟아졌다. 길바닥은 진흙이 수렁처럼 짓이겨져 발을 떼기도 힘들 지경이었다.

신라 진영 안에 피워놓은 화톳불로 인해 반대편 어둠속은 한 치 앞도 보이지 않는 칠흑 같은 어둠뿐이었고, 화톳불을 배경으로 신라 진영에서 되돌아나오는 고구려군의 움직임은 좋은 공격 대상이었다.

"아뿔사, 속았다!"

"매복이다! 퇴각하라!"

이미 공격 목표를 잃어버린 고구려 병사들은 뿔뿔이 흩어져 퇴각하기 시작했으나 어디가 어딘지 분간할 수가 없어 빠지고 엎어지고 미끄러지면서 우왕좌왕하는 사이에 화살은 소낙비처럼 계속 날아들고 있었다.

낭비성의 진갈 장군은 독수리처럼 빠르고 호랑이처럼 용맹한 장수라고 삼한에 소문이 자자했다. 부하를 아끼고 직언을 서슴지 않는 장수였다. 전쟁 중에 부하들이 갈증을 느껴 물을 마실 때는 그 근처에도 가지 않고 부하들이 물을 다 마신 후에 물을 마셨으며, 밥을 먹을 때는 부하들이 다 먹은 다음에 식사를 하는 장군이었다.

또 모든 승전의 공은 부하들에게 양보하였다. 한 번은 집채 같은 호랑이를 만나 이를 화살로 제압했는데 날이 밝아 부하들이 호랑이를 가지러 갔더니 화살이 바위에 박혀 있었다고 한다. 그처럼 용맹스럽고 우직하며 믿음직한 장수였으므로 이렇게 속이는 전술의 병법과는 거리가 있었다. 철군한다니 당연히 이를 믿고 공격했던 것이다.

"춘추전국시대 제나라 정승 안영은 강을 건너는 적이 강을 건너기까지 기다렸다가 전투를 시작하여 참패를 당했다."

강을 건너는 중에 공격하는 것은 군자가 취할 태도가 아니라고 강을 건너기 전에 공격해야 한다는 부하의 의견을 물리친 것이다.

어둠속으로 퇴각하던 진갈 장군의 말이 도랑을 헛디뎌 진갈 장군과 함께 꼬꾸라졌다. 호위장수가 말에서 뛰어내려 진갈 장군을 부축해 자기 말에 태우고 성문에 이르렀다. 기마병 수십여 기만 성문 앞에 이르러 모두 침통한 표정으로 말이 없었다.

진갈 장군은 불과 몇 시간 전의 일이 현실로 믿기지 않고 꿈처럼 느껴졌다. 그야말로 도깨비에게 홀린 것인가. 그때 옆구리에 심한 통증을 느꼈다. 그때서야 정신이 들면서 온몸에 맥이 빠져 주저앉고 싶었다.

슬픈 일도 기쁜 일도 겹쳐서 닥치는 게 세상 이치다. 백전백승 수나라 백만 대군을 살수에 수장시킨 을지문덕 장군에 견주어도 손색이 없다고 했던 용맹스런 장수가 아닌가. 을지문덕이 지덕을 겸비한 장수라면 진갈 장군은 용맹함을 갖춘 장수로 임금에 대한 충성과 부하를 아끼는 마음 또한 극진했다.

진갈이 있어 고구려의 남진(南進)에 따라 신라는 연전연패, 몇몇 성을 빼앗기고 진흥왕 때 점령했던 한강 이북의 땅을 내주었으며 낭비성(지금의 충북 청주)까지 빼앗길 수밖에 없었던 것이다. 그리고 빼앗겼던 낭비성을 되찾고자 신라가 2년여를 벼르고 별러 벌인 전쟁이기도 했다.

이 전쟁에 신라는 나라의 명운을 걸고 있었다. 만약 이 전쟁에 패하면 이제 서라벌 지근거리에서 고구려군을 방어해야 하는 위급한 상황에 처해질 위기였다. 반대로 낭비성을 되찾을 경우 빼앗긴 한강 이북을 수복하여 고구려 수도 평양의 코앞에 전선을 형성할 수 있는 중요한 전쟁이었다.

　진갈 장군이 기마병 수십 기와 함께 낭비성 성문을 열고 들어오자 그동안 멈추었던 빗줄기가 간헐적으로 굵어지더니 마침내 쏴아, 쏴아 세차게 퍼붓기 시작했다. 그 후로도 신라군의 공격을 피해 목숨을 건진 고구려 병사들이 한 무리씩 떼를 지어 성안으로 들어왔고 망루에서는 이들이 찾아오기 쉽도록 새벽까지 화톳불을 밝혀주었다.

　세차게 내리는 비는 진갈 장군과 낭비성의 슬픔을 아는 듯 밤새 그칠 줄 모르고 새벽녘까지 계속되었다. 그리고 비가 그친 낭비성은 희뿌연 안개가 짙게 드리워져 스산한 기운마저 감돌았다.

　진갈 장군은 침상에서 벌떡 일어났다. 어제 전투가 꿈결처럼 몽롱하게 되살아나고 분노보다는 서글픔이 밀려왔다. 차라리 적병의 화살에 고슴도치가 되어버렸다면 이렇게 괴로워하지 않아도 될 텐데, 철군한다는 세작의 말만 믿고 공격을 시작한 자신의 어리석음이 원망스럽고 후회스러웠다.

　이렇게 철저히 속아 넘어가다니, 서라벌에 반란이 일어나서 철군한다는 비열한 속임수를 쓰다니… 신라의 기만 작전이 비열하게 느껴졌지만 어쩌랴.

　"내가 어리석었다. …반란이 일어나서 퇴각한다는 적군을 공격하다니, 적국의 내분을 이용해서 싸움에 이기려고 하다니, 자국의 반란군을 진압하기 위해 퇴각하는 적군을 공격하려고 하다니… 나답지 않은 판단 때문에, 그래서 적에게 속은 것이다."

　자리에서 벌떡 일어서던 진갈 장군이 옆구리에 심한 통증을 느끼며 침상 모서리를 손으로 잡았다. 옆구리가 흰 천으로 동여매져 있었다. 그때서야 "아차!" 지난밤 말에서 떨어질 때 옆구리를 도랑 바위에 부딪

쳐서 우선 천으로 동여맸던 기억이 떠올랐다.

갈비뼈라도 부러졌는가. 진갈 장군은 숨을 내쉴 때마다 옆구리에 심한 통증이 느껴졌다. 너무 경황이 없었다. 그래서 이렇게 심한 통증을 견디었는지도 몰랐다. 호위장군을 불렀다.

"어젯밤에 병사들은 얼마나 돌아왔느냐?"

"예 6천 명쯤 될 것입니다."

진갈은 한숨을 내쉬었다. 4천 명의 사랑하는 부하들을 잃어버리다니, 경솔했던 자신이 원망스러웠다. 칼을 지팡이 삼아 침상에서 겨우 일어나 앉아 잠깐 생각에 잠겨 있다가 밖으로 나왔다. 이를 악물고 말에 올라 경계하는 병사들을 둘러보면서 성문에 이르렀다. 내려다보이는 성문 밖은 밤새 퍼부은 비로 모든 흔적이 깨끗이 지워져 있었다.

이글거리는 태양은 세월을 녹이고 은은한 달빛은 사랑을 잉태시킨다고 했던가. 태초 이래 불타는 태양 아래 맞설 자 누구였으며, 은은한 달빛 아래 감미롭게 속삭이는 사랑의 손길을 뿌리칠 자 누구였을까.

태양이 솟구쳐 오르고 달이 온 누리에 포근히 내려앉은 수십 성상을 가족들에게 다정스런 말 한 마디 없이 먹이를 노리는 매의 눈빛으로 산야를 삼키는 불같은 파도가 몰아쳐 와도 오직 고구려 변방에서 한 발짝도 물러섬이 없이 조국의 영토를 지켜왔던 진갈이었다. 진갈은 성문 밖을 내려다보며 지나간 세월에 흔적을 그려봤다.

"이제 때가 되었나?"

중얼거려 보았다. 그런데 옆구리 통증에 서 있을 수가 없었다.

"음…."

이마에서 식은땀이 났다. 급히 장군 막사로 돌아와 누웠다. 무예를 단련하던 시절부터 수없이 누볐던 전쟁터에서 맞닥뜨렸던 참혹한 살육의 모습들이 떠올랐다. 그렇게 회상을 하다가 깜박 잠이 들었다.

"대장군."

부르는 소리에 눈을 뜨고 몸을 일으켰다. 옆구리의 통증이 더한 것 같았다.

"신라군이 몰려오고 있습니다."

"뭣이?"

갑옷을 걸쳐 입으며 칼을 쥐고 일어섰다. 그러나 그대로 주저앉고 싶었다.

호위 장수들과 성문 위에 서서 성 아래를 바라보았다. 공격을 하기 위해 몰려온 것 같지는 않았다. 백기를 든 전령이 성문 앞까지 와서 화살을 쏘았다. 호위무사가 박힌 화살에 묶인 서신을 가져왔다.

"진갈 대장군께 신라의 화랑 김유신이 감히 청하옵니다. 더 이상 양측의 무고한 죽음을 피하고자 진갈 대장군께 결투를 청합니다."

이 무슨 뚱딴지같은 이야기란 말인가.

"어제 전투에서 대장군께서는 수천의 군사를 잃었습니다. 우리 신라군은 지금 공격하여 성을 함락시킬 수 있습니다. 그러나 더 이상 양군에 참혹한 피해가 가지 않도록 결투로써 승패를 결정하고자 합니다. 대장군께서 저의 수급을 베면 신라군은 철군할 것입니다. 대장군께서 패할 경우 성을 비워주시고 퇴각하면 고구려군은 단 한 명의 사상자도 없이 안전하게 철군할 수 있도록 하겠습니다."

"좋다, 답장을 보내라!"

"대장군… 대장군께서는 지금 도저히 싸움을 하실 수 없는 몸이옵니다. 저들의 계략에 속지 마십시오."

"아니오, 장군. 어차피 우리는 이 전쟁에서 졌소. 지금 원군을 부르기엔 시간이 너무 늦었소. 저들이 성을 공격해 오면 부질없는 죽음만 초래할 뿐이오. 내가 이기든지 지든지 그것이 병사들을 위한 현명한 선택이오. …답장을 보내 시간과 장소를 정하도록 하라!"

"예, 대장군."

미시(未時). 5만의 신라군이 낭비성 성문 앞에 위풍당당하게 전열을 정비하고 있다. 성문이 열리고 단기 필마의 진갈 장군이 창을 비스듬히 비껴들고 천천히 앞으로 나선다.

"명성만 들어온 진갈 대장군을 면전에서 뵈오니 영광스럽기 그지없습니다. 소인에게 장군의 훌륭하신 창검술을 가르쳐 주시지요."

"김유신 화랑이라고 했던가?"

"예, 그렇습니다."

"어제의 전술도 그대의 작전이었던가?"

"송구하옵니다."

"허를 찌르는 대단한 전술이었네. 그러나 사내답지는 않더군."

"장군의 곧은 성품은 삼한에 모르는 사람이 없고, 피아를 불문하고 많은 장수들이 대장군을 흠모하고 있습니다. 사내답지 못한 어제의 속임수 전술을 정중히 사과드립니다."

"김유신 화랑, 오늘 우리 두 사람의 승패에 따른 약속을 뒤에 있는 신라의 병사들에게 내가 들을 수 있도록 큰소리로 외쳐 주게. 신라 화랑의 명예를 걸고…."

"진갈 대장군께서 원하신다면 그리하지요"

유신이 말머리를 돌려 고삐를 잡아채고 천천히 신라 진영 앞으로 가서 멈추며 소리친다.

"신라국의 대장군과 장수들은 들으시오. 우리가 전쟁을 치르는 목적은 600년을 이어온 전쟁을 종식시켜 전쟁으로 희생되는 천하 만민을 구원하고 삼한 통일을 이루어 전쟁이 없는 세상을 만들고자 함이오. 고구려의 진갈 대장군과 신라국의 화랑 김유신은 두 사람의 승패로써 이 낭비성 전투를 끝내기로 약조하였소. 내가 패하면 우리 신라군이 순순히 서라벌로 철군하고, 진갈 장군이 패하면 고구려군이 성문을 열고 퇴각하기로 했소. 특히 우리 신라군은 후퇴하는 고구려 병사와 양민들을 단 한 사람도 해치지 말고 안전하게 퇴각할 수 있도록 해야 하오. 신라 화랑의 명예를 더럽히지 않겠다고 약조한다면, 함성을 질러 약속을 지킬 것을 맹세해 주시오."

와~ 와~ 와~ 함성이 하늘을 찔렀다. 김유신은 흐뭇한 표정으로 말머리를 돌려 다시 진갈 장군과 마주 섰다.

"역시 신라의 화랑답군. 고맙네. 자 그러면 자네의 무예솜씨를 배워 보세."

"예, 대장군."

바람을 가르는 두필의 말이 땅을 박차고 솟구치며 앞으로 내닫는다 싶은 순간, 어느새 소름끼치는 파열음이 허공에 퍼진다. 두 필의 말이 다시 돌아서면서 "이얏!" 기합 소리와 함께 허공을 가르는 창과 창이 맞부딪치는 순간 진갈 대장군의 몸이 휘청한다. 성문 위에서 바라보는 고구려군 장수들의 표정이 일그러진다.

김유신도 진갈의 모습에 이상함을 느낀다. 그러나 이내 말머리를 돌려 공격해 오는 진갈대장군. 김유신의 창이 진갈의 옆구리를 빗겨가고, 진갈의 창은 유신의 투구에 정면으로 꽂혔다. 유신의 머리가 뒤로 젖혀지고 투구가 벗겨져서 땅에 뒹군다. '와~!' 하는 고구려군의 함성이 진동한다.

신라 진영은 숨을 죽이고 지켜보고 있다. 다시 두 필의 말은 전속력으로 마주 달린다. 창과 창이 부딪치기를 몇 차례, 진갈의 얼굴이 땀으로 뒤범벅되고 표정은 점점 일그러진다. 어제 말과 함께 뒹굴면서 생긴 옆구리의 상처 때문이었다. 다시 말고삐를 잡고 두 사람이 전신으로 돌진하자 창날이 동시에 두 사람의 옆구리로 파고드나 했더니 진갈 대장군이 말에서 굴러떨어졌다. 옆구리를 부여잡고 가까스로 얼굴만 쳐든 진갈 대장군, 식은땀이 투구에서 흘러내려 눈을 제대로 뜨지 못한다.

김유신은 말에서 내려 창을 비스듬히 잡고 진갈 장군 앞에 서서 외친다.

"장군, 일어나서 창을 잡으시오."

"유신 화랑, 대단한 솜씨요. 그대가 이겼소. 이제 패자의 목을 치시오. 숱한 전장에서 싸워온 내가 오늘 마지막 싸움에서 유신 화랑 같은 훌륭한 장수를 만나서 기쁘오. 이제 나는 저승에 가서 편히 쉬고 싶소."

"대장군, 적장이라고 하나 상처 난 상대를 죽일 수는 없소. 돌아가서 성을 비우고 퇴각해 주시오. 그럼 다시 뵙기를!"

김유신이 뒤돌아서는 순간, 진갈은 "유신 화랑, 약속은 꼭 지켜주시오!" 하고 외친 다음 말안장에 꽂혀 있던 칼을 빼내 자신의 목을 그었다. 순식간의 일이었다.

김유신은 진갈 장군에게 달려와 그를 일으켜 품에 안는다.

"대장군, 이게 무슨 일이오?"

"유신 화랑, 부디 삼한 통일을 이루어 더 이상 전쟁으로 인한 살상은 막아주시오."

"대장군, 진갈 대장군."

"나는 많은 장수들을 보아 왔소. 유신 화랑은 하늘이 내리신 장군이라는 것을 느꼈소. 먼저 가서 기다릴 테니, 부디 전쟁이 없는 세상을 만들고 오시오."

"대장군, 진갈 대장군…."

유신은 진갈 장군의 시신을 부둥켜안으며 목청껏 외치고 눈물을 흘렸다. 신라 진영에서 울리는 함성에 유신의 외침이 파묻혀 버렸다.

성문이 열리고 진갈의 호위장수와 소가 끄는 수레가 유신이 안고 있는 진갈 대장군의 시신 앞으로 다가와 멈춘다.

"유신 화랑."

"예."

"진갈 장군의 갑옷을 벗겨보시오."

유신이 의아한 표정으로 진갈 장군의 호위장수와 시체를 번갈아 쳐다본다.

"유신 화랑."

진갈의 호위장수가 다시 유신을 부른다.

"진갈 대장군의 갑옷을 벗겨보시오!"

유신이 갑옷을 벗긴다. 진갈 장군의 시신에는 겨드랑이에서 옆구리 부분까지 하얀 천으로 칭칭 감겨 있었다. 유신이 나지막하게 탄식을 한다.

"아, 아… 어찌 이런 일이?"

유신은 이를 악물고 슬픔과 괴로움을 참는다.

"이제 아시겠습니까? 진갈 대장군께서는 어제 전투에서 말과 함께 굴러 떨어져 거동조차 하실 수 없으셨습니다. 대장군의 훌륭하신 인품을 이제 아셨을 것입니다. 그럼 이만…. 자, 대장군의 시신을 정중히 거두어라."

호위장수의 목소리가 유신의 귀에는 모기 소리처럼 가늘게 들렸다. 도대체 이럴 수가 있단 말인가. 유신은 자신의 심장 소리마저 멈추어버린 것 같은 정적 속에 진갈 장군의 시신을 수습한 수레가 성문 안으로 들어가는 것을 지켜보고만 있었다.

고구려군은 약속대로 낭비성을 비워주었다. 떠날 준비를 마치고 행렬은 천천히 성문을 빠져나갔다. 혹시 모를 신라군의 공격에 대비하면서 퇴각했지만, 신라군은 퇴각하는 고구려군에게 털끝만큼도 피해가 없도록 배려해주었다.

전쟁에서는 언제나 승자와 패자가 있게 마련이다. 승자의 눈에 비치는 사물은 승리를 축복해주는 것처럼 느껴지고 패자의 눈에 비치는 사물은 슬픔을 위로해주는 것처럼 느껴지리라. 부슬부슬 내리는 장맛비조차도 그리했다. 진갈 대장군을 잃은 슬픔에 낭비성마저 내주고 황소가 끄는 수레와 말이 끄는 마차를 앞세운 고구려군의 퇴각 행렬은 장맛비가 하늘의 눈물인 것처럼 슬퍼 보였다.

비에 젖은 옷차림마저 유난히 남루해 보였고, 무표정한 얼굴에 축 쳐진 어깨는 말할 나위도 없거니와 가련해 보이는 눈동자가 건드리기만 해도 주저앉아 울음을 터뜨릴 것만 같다. 질질 끄는 걸음걸이와 저벅저벅 떼어놓는 발길만으로도 패잔병임을 알만 했다.

한편 신라 진영은 장군들이 막사에 모여 승리를 자축하고 있었다.

열어젖힌 휘장 밖으로 부슬부슬 내리는 비를 바라보며 푸짐하게 삶은 고깃덩어리에 술잔을 들고 서로 어제저녁의 무용담을 안주삼아 왁

자지껄했다. 휘장 밖에는 잠시 후 성 안으로 들어갈 병사들이 가벼운 발걸음으로 분주히 오가는 모습이 보인다.

김유신은 장군들 틈에 앉아 멍하니 휘장 밖에서 병사들이 분주하게 움직이는 것을 바라본다. 자꾸만 진갈 장군의 모습이 떠오르고, 자신이 초라하게 느껴진다. 백성과 병사들을 살리기 위해 자신의 목숨과 함께 성을 버릴 수 있는 지휘관 진갈 장군은 얼마나 훌륭한가.

"대장군!"

한 장수가 목청을 가다듬고 부르자 김유신의 아버지 김서현 대장군이 무슨 일이냐는 듯이 그에게 눈길을 돌린다.

"이번 승리는 김유신 화랑의 공이오. 그의 작전이 아니었다면 낭비성을 얻을 수가 없었을 것입니다. 진갈 장군을 이긴 창술은 가히 삼한제일이라 할 만합니다."

"또 유신 화랑의 병법으로 고구려군을 속일 수 있었지요. 우리까지 감쪽같이 넘어갈 정도였으니 고구려군인들 속지 않을 수 있었겠소."

"유신 화랑, 이리 와서 한 잔 받으시오."

유신이 자리에 일어나 천천히 장군들 곁에 다가섰다. 술잔을 건네받고 따르는 술을 잔으로 받는다. 유신은 흥겨운 표정이 아니다. 술을 따라준 장수가 잔을 들고 부추긴다.

"자 자, 잔을 듭시다. 김유신 화랑을 위하여 함께 잔을 듭시다!"

모든 장수들이 잔을 비우고 푸짐하게 삶아온 고기를 칼로 잘라서 먹는다. 김유신은 슬그머니 자리에 일어나 막사에서 휘장 밖으로 빠져나와 분주히 오가는 병사들을 물끄러미 쳐다보며 회상에 잠긴다. 어느새 빗줄기는 그치고 뿌연 안개가 주위를 덮는다.

천관 공주의 얼굴이 떠올랐다가 비켜선 그 자리에 부처의 모습이 나타나고 안개비는 천관 공주의 자태와 부처의 환영을 서서히 움직이며 진갈 대장군의 모습을 투영시키기도 한다. 그들이 내려다보고 있는 저 아래, 활활 타오르는 지옥 불처럼 성벽에서 기름을 붓고 불화살을 퍼붓는 무간지옥의 환영이 펼쳐진다.

저주스러운 인간의 탐욕이 만든 생지옥을 바라보면서 하늘이 바라는 세상을 만들고자 기원하고 있다. 정녕 싸우지 않고 이길 수 있는 전쟁은 없단 말인가. 정정당당한 승부가 아니라 거짓 유혹의 작전으로 싸웠던 자신이 부끄럽기 그지없었다. 이것이 병서에 적힌 병법이란 말인가. 전쟁에 회의가 느껴졌다.

신라군은 낭비성에 들어갔다

서라벌은 꿈틀거리며 용솟음치려는 거대한 한 마리의 이무기였다. 통한의 세월 999년을 기다리다 천지를 진동시키는 우레 소리에 잠을 깨어 쏟아지는 폭우 속에서 번쩍이는 번개를 타고 하늘로 승천하려는 한 마리의 이무기…! 이무기의 추악한 마지막 모습이 점점 눈부신 광채를 띠며 용의 몸뚱이로 변해가는 환상이 유신을 사로잡았다.

우거진 녹음 속에 시원스레 들려오는 매미 소리, 찌르레기 소리가 나풀거리는 옷자락의 사뿐사뿐 내미는 아녀자의 발걸음 소리에도 깜짝 놀라 부르던 노래를 멈추고 소리의 진원지를 찾아 눈을 부릅뜨고 두리번거린다.

목소리 요란한 먹개구리는 갑자기 멈춘 매미 소리에 지레 놀라 입을 다물고 튀어나온 눈이 한 뼘은 더 튀어나와 눈꺼풀을 껌뻑거린다.

그들을 방해하지 않으려는 듯 낭자는 종종걸음으로 숲길을 빠져나오고 아리따운 낭자의 뒤태에 맴맴맴, 찌르르, 찌르르 멈추었던 공연을 다시 시작한다.

낭비성 점령의 승전보를 가지고 돌아오는 병사들을 맞이하기 위하여 신라 왕실은 잔치 준비에 바빴고, 서라벌 성내는 온통 축제의 물결이었다. 인산인해라는 말에 어울리게 몰려든 인파로 발 디딜 틈도 없었다.

천관은 유신이 전쟁터에 나간 그날부터 황은사의 처소에서 김유신의 앞날과 무사귀한을 위하여 치성을 드리고 있었다. 목욕재계하고 용화 도령 유신이 무사히 돌아오기를 부처님께 빌고 또 빌었다. 지성이면 감천이라 했던가. 그 정성에 하늘이 감동하여 용화 도령 유신은 그 이름이 삼한에 각인되면서 이번 전쟁 승리의 일등공신으로 낭비성 함락에 결정적인 전공을 세운 것이다. 더욱이 인명을 살상하지 않은 평화의 승리였다.

존경받는 인물이 되려면 태어나서 자라는 좋은 환경과 동기 부여를 해주는 스승의 훌륭한 가르침이 필요하다. 그런 면에서 천관은 김유신에게 동기 부여를 해준 스승인 셈이었다.

천관은 김유신이 미륵부처가 환생한 용화 도령으로 불리어지게 하였고 단순히 신라를 방어하는 싸움이 아니라 피비린내 나는 참혹한 살육을 끝내는 전쟁의 종식과 삼한 통일의 원대한 목표에 눈을 뜨게 하는 계기를 심어주었다. 이제까지 화랑도 정신의 세속오계에서 한 걸음 더 나아가 만민 구제의 목표와 명분을 제시한 셈이었다.

이러한 만민 구제라는 미륵의 자비 사상을 일깨워주는 천관이야말로 유신의 삶의 목표를 제시해주는 스승이었다. 그리고 진갈 대장군도 진정한 전쟁의 승리가 무엇인지 깨닫게 해준 또 한 분의 위대한 스승이었다.

천관 공주는 총총걸음으로 인파에 떠밀리며 산길로 접어들었다. 황은사의 여름은 짙은 녹색으로 드리워졌다.

"공주."

"예, 스님."

"드디어 백일치성을 드리는 공주님의 정성이 미륵 부처님께 닿았나 봅니다. 용화 도령께서 이번에 큰 공을 세우셨다고 들었습니다. 앞으로 신라에 큰 인물이 되실 분입니다."

"……."

"아니, 이미 신라의 큰 인물이 되셨습니다."

창공에 반짝이는 무수한 별들을 헤아리며 눈앞에 아른거리는 그리움으로 가슴 저미던 순간들, 지팡이에 의지하건 한쪽 팔이 잘려나가건 목숨만은 살아 있는 임의 품에 안겨보고 팔이 되고 다리가 되고 눈이 되어 살고 싶었던 아녀자의 소박한 바람으로 치성을 드렸는데 낭비성을… 유신의 지혜로 낭비성을 되찾았다는 소식에 천관은 가슴이 울렁거리고 한없이 낭군이 기다려졌다.

개선

때가 되었다.

600년에 걸친 참혹한 전쟁과 살상을 종식시키고 만민 구원의 사명을 하늘로부터 부여받은 이무기가 흉한 허물을 벗고 승천하기 위해 삼한 통일을 이룸으로써 전생의 업보에 대한 죄과(罪過)를 사면(赦免)받고 천상으로 귀환하라는 하늘의 명령을 받은 것이다.

그 이무기를 돕기 위해 도솔천왕의 명을 받은 선녀가 인간으로 환생하여 용화 도령에게 만민 구원의 정신을 일깨워 주었다. 한 필의 말이 서라벌을 향해 뽀얀 먼지를 일으키며 점점 가까이 달려온다.

성문에 서서 성 밖을 경비하던 병사가 급하게 장군에게 달려간다.

"승전군의 본진에서 전령이 오고 있는 것 같습니다."

흙먼지를 일으키며 달려온 전령이 외쳤다.

"김서현 장군의 전갈이요. 승전군은 서라벌 10리 지점에 당도했습니다."

"수고했다. 돌아가서 쉬도록 하여라."

국왕을 비롯한 조정 대신들은 승전하여 돌아오는 장군들을 맞이하기 위하여 얼굴에 가득 미소를 띠면서 이번 전쟁 이야기에 여념이 없었다.

병사들의 손끝 하나 다치지 않고 성을 함락시켰으니 이보다 더 축하할 일이 어디 있겠는가. 드디어 5만의 신라 연합군은 위용을 한껏 뽐내며 자태를 보였다. 서라벌 만민은 물론이려니와 인근 각처에서 징집된 가족들까지 모여 서라벌은 온통 웃음 띤 얼굴들뿐이었다. 해단식이 끝나고 징집된 병사들에게는 열흘의 휴가가 주어졌다.

신라 황제 앞에 김서현 대장군을 비롯한 장수들이 무릎을 꿇고 아뢴다.

"대왕이시여, 빼앗겼던 낭비성을 되찾았습니다. 대왕의 크신 위엄이 사해에 이르렀습니다. 이제 한수 이북을 되찾아 진흥왕의 고토를 회복할 절호의 기회가 왔습니다. 이는 오직 대왕의 넓고 크신 은덕이옵니다."

자리에서 일어난 대왕이 친히 단상에서 내려와 무릎을 꿇은 김서현 장군과 김용춘 장군을 일으켜 세운다.

"고맙구려. 고마운 일입니다. 이번 승리는 두 분 장군의 공입니다. 그리고 이번에 대장군의 자제 김유신 화랑이 병법으로 적을 유인하여 크나큰 전공을 세웠다고 들었소. 더군다나 그 맹호 같은 진갈 장군과의 결투에서 이겨 낭비성을 피 한 방울 흘리지 않고 빼앗았다고 들었소."

"과찬이시옵니다. 아직은 약관의 화랑일 뿐입니다."

"아니오, 그렇지 않소. …상대등, 유신 화랑은 앞으로 우리 신라의 대들보가 될 것이오! 유신 화랑에게 그에 합당한 관직을 주도록 하시오. 오늘 이 기쁨을 공을 세운 장군들과 함께하고자 자리를 마련했으니 자~ 자~ 모두 축하연 자리로 옮겨 승리를 축하합시다."

아군의 피해나 전사자 없이 승리를 거두고 돌아왔으니 병사 가족들의 기쁨은 이루 말로 표현할 수 없었다. 온 서라벌은 집집마다 환호하는 분위기였다. 상가들은 상가들대로 한여름의 축제로 들떠 있었다.

유신은 궁궐의 축하연 자리를 슬그머니 빠져나와 급히 말을 몰아 황은사 천관의 거처로 달려간다. 자신의 무탈한 생환을 위해 치성을 드리는 천관을 만나야 한다. 호수의 물을 갈라놓을 수 없는 것처럼 사랑의 그리움을 갈라놓을 수 있었던가! 밀려오는 구름을 막을 수 없듯이 연정의 그리움을 막을 수 있던가. 보이지 않는 신의 실체를 부인할 수 없듯이 보이지 않는다고 연모의 실체를 부인할 수도 없었다.

유신의 가슴에서 팔딱거리는 심장 속에, 온몸의 움직임을 지시하는 두뇌 속에 연모하는 열병만큼 치유가 불가능한 중병은 없었다. 그렇다고 연모하는 마음을 빼앗을 수 있는가?

유신은 천관에 대한 그리움으로 얼마나 많은 밤을 외로움에 뒤척여야 했던가. 비처럼 쏟아지는 적의 화살의 두려움보다 적군의 번뜩이는 칼날보다 천관 공주를 보고 싶은 외로움의 시간들이 더 두렵지 않았던가.

사랑하는 임을 지척에 두고도 모습을 눈으로 보아야 하고 가슴으로 안아 보아야 했다. 단숨에 황은사가 눈에 들어오고 절 입구 공터 앞에 말을 멈추었다. 활을 떠난 화살처럼 빨랐지만 그 시간조차도 유신은 지루하게 느껴져 말 옆구리에 발길질을 해댔다.

"공주, 천관 공주!"

유신의 외치는 소리에 녹음 속에 데굴거리던 다람쥐 두 마리가 삐쭉

이 유신 쪽을 바라보다 큰소리치는 유신이 싱겁다는 듯 떼구르르 배꼽을 지고 굴러간다. 유신은 아무런 기척이 없자, 순간 고개를 갸웃하며 방문을 와락 잡아당긴다.

"공주!"

다소곳이 앉아있던 천관 공주가 살포시 일어서서 목례를 올리고 다시 앉아서 유신에게 큰절을 올린다.

여름 밤하늘에 떠있는 별들을 헤아리며 그리움에 복받쳐 울었던 숱한 시간들, 연모하는 이를 위해서 죽을 수 있어도 연모하는 이가 살아 있기만을 간절히 바라는 마음, 연모하는 이의 넓은 가슴에 묻혀 잠들었던 기억들이 꿈속에서도 현실처럼 생생하게 기억되었던 순간들 옷매무새 풀어헤쳐진들… 버선발로 뛰어 나간들… 그 모습을 보고 미친 년이라고 수군댄들 무슨 흉이냐고 맨발로 서라벌 성문까지 달려가서 맞이하고 싶은 임이 돌아 오셨는데 문을 박차고 달려 나가 임의 목에 매달리고 볼을 만져보고 가슴에 안겨보고 울며불며 왜 이제 오느냐고 투정부려 보고 싶지 않았던가?

그러나 천관 공주는 절을 올린다.

유신은 천관 공주의 뜻밖의 행동에 경망스러운 자신의 처신을 후회하며 가만히 앉는다. 태산을 무너뜨릴 만한 슬픔이 닥쳐도 천지를 진동시킬 만한 기쁨이 있어도 모름지기 군자는 언행에 변화를 보여서는 아니 된다. 천관 공주는 행동으로 가르치고 있는 것이다.

"서방님께서는 그간 무탈하셨습니까? 떠나실 때보다 한층 강건하신 모습을 뵈오니 소녀 기쁘기 그지없습니다. 더구나 큰 공을 세우셨다고 온 서라벌이 자랑스러워하고 있습니다. 소녀 얼마나 기쁜지 낭군이 자랑스럽기만 합니다."

유신 와락 천관 공주를 끌어안는다.

"공주!"

"서방님!"

경망스럽지 않게 끓어오르는 충동을 억제하며 유신을 맞이하는 천관 공주의 행동에 유신은 한층 더 달아올랐다.

"서방님 그립고 보고 싶었습니다. 여름밤이 짧다는데도 동지 기나긴 밤처럼 외롭고 쓸쓸했습니다."

유신의 품에 안겨 천관 공주가 나직이 속삭인다.

유신은 천관의 속삭임에 구름위로 날아가는 것 같은 현기증을 느끼며 껴안고 있는 천관의 가냘픈 허리에 힘을 준다. 뼈가 으스러지도록 팔에 힘을 준다.

끌어안은 유신과 안긴 천관 공주 호흡이 멈추어진다. 하늘을 나는 한 쌍의 원앙이 구름을 희롱하고, 구름은 살포시 원앙에게 보금자리를 만들어주며 그들을 축복한다. 저 멀리 뭉게구름이 오색 사신을 드리운다.

유신은 멈추어진 호흡을 천관이 놀랄 새라 소리 나지 않게 천천히 내쉰다.

천관이 멈추었던 호흡을 천천히 들이마신다.

갑자기 천관의 눈에 이슬이 맺힌다. 연모하는 이를 떠나보냈던 아쉬움과 연모하는 이를 외롭게 했던 미안함, 그리고 가슴 찢어지는 그리움 뒤에 가슴 터지는 만남의 행복함으로 이슬 맺힌 눈망울을 들어 유신을 올려다본다. 그리고 다짐한다.

"소녀, 다시는 임의 곁을 떠나지 않을래요. 전쟁터건 하늘 끝이건 임이 가시는 길은 저승길이라도 혼자 보내지 않을래요. …임을 그리는 그리움은 지옥 불보다 뜨거웠답니다."

그러나 유신의 귀에는 아무 소리도 들리지 않았다. 그럼에도 마음은 이미 하나였다.

천관의 이슬 맺힌 눈동자를 바라보는 유신의 마음도 울컥 뭉클함이 치밀어 오르면서 눈시울이 젖어온다.

'이렇게 아름답고 고운 마음씨를 가진 여인이 세상에 있었던가? 과연 사람이란 말이던가? 그 행복의 주인공이 나란 말이던? 그 선녀의 연모하는 이가 나 김유신이었던가? 행복하고 행복하도다. 이 삼한 땅이 나만을 위해 있고 나만을 축복해주는 것 같구나.'

그러면서 기어이 입을 열어 한 마디 한다.

"공주 외롭고 두려웠습니다. 수많은 적병과 서슬 퍼런 창검도 두렵지 않았습니다만, 오로지 공주를 잃어버릴 것 같아 두려웠습니다. 공주가 곁에 없어 외로웠습니다. …생사를 기약할 수 없는 전쟁터라고 하나 무수히 떠있는 하늘의 별들을 쳐다보며 임의 반짝이는 눈빛을 보았습니다. 달이 뜨는 밤에는 환한 임의 미소를 그렸습니다. 적막한 산야에 갇혀 있던 청년은 그리움에 터질 것만 같았던 심장을 주체할 수 없었답니다."

천관은 대답 대신 유신을 힘주어 안는다.

'유신은 사모하는 마음을 공주에게 알려주고 싶었습니다. 아니 공주가 알아주기를 바랐습니다.'

가슴에 안긴 천관의 얼굴을 내려다보고 있는 유신은 천관의 평온한 모습에 그 말을 속으로만 곱씹고 있었다.

우거진 녹음은 짙은 그림자를 드리우고, 그 그림자 속에 한적한 여름이 황은사 계곡에 내려앉는다.

"어디서 오느냐?"

목소리는 나직했으나 위엄이 있고 화가 나 있음을 느낄 수 있었다. 예전과 다른 모습을 발견했을 터이다.

"예."

유신은 짧은 대답으로 모든 것을 알아서 판단해 달라는 뜻을 담았다.

"오늘처럼 중요한 날 아비에게 말 한 마디 없이 사라지다니… 대왕께서도 기뻐서 참석하신 승전 축하연에 주인공인 네가 없어지면 이 아비의 체면이 뭐가 되겠느냐?"

"죄송합니다."

"내가 묻는 것은 죄송하다는 말을 듣자는 것이 아니다. 어디서 무얼 하다 이제 오느냐고 묻고 있는 것이다."

"아버지."

"그래 말해 보거라."

목소리는 나직했으나 간단히 넘어갈 분위기가 아니었다.

"제 방에 들렀다 아버지 처소로 찾아뵙고 자세한 말씀을 올리겠습니다."

김서현 장군은 그제야 주위를 둘러보면서 대문 입구와 마당에 아랫것들이 왕래하는 모습을 발견하고 대답했다.

"알았다."

평정심을 되찾은 말투로 한 마디 남기시고는 몸을 돌려 처소로 가시는 아버지의 뒷모습을 바라보면 유신은 전에 없이 강경하고 단호함을 느끼고는 저도 모르게 온몸이 긴장되었다. 유신은 휴~ 한숨을 내쉬고는 제 방으로 발을 옮긴다.

유신이 아버지의 처소를 찾았을 때, 김서현 장군과 만명 부인이 방석 위에 나란히 앉아 있었다. 테두리를 노란 색과 붉은 색의 색실로 수놓은 방석이었다. 유신은 물끄러미 방석을 바라보며 무척 고운 색깔이라는 느낌을 받았다. 김서현 장군이 먼저 말을 꺼냈다.

"그래 얘기를 해 보거라."

"아버지, 어머니!"

예사롭지 않는 표정으로 유신이 부르는 소리에 두 사람이 똑바로 바라본다.

"저에겐 오래 전부터 장래를 약속해온 낭자가 있습니다. 미처 말씀 드리지 못한 것을 용서하여 주십시오!"

유신의 말에 김서현 장군은 당황하는 기색을 보였지만, 만명 부인은 짐작이 가는 듯 태연하다.

"유신아, 너 방금 뭐라고 하였느냐?"

"……."

이제는 유신이 입을 닫았다. 잠시 침묵이 흐른다.

"임자는 알고 있었소?"

김서현 장군이 고개를 돌려 만명 부인에게 묻는다.

"예."하는 만명 부인의 대답에 "저도 처음 듣는 이야기입니다."라는 대답을 기대했던 김서현 장군은 자신의 귀를 의심했다.

"뭐, 임자는 알고 있었단 말이오?"

"짐작이 가는 바가 있습니다."

"어느 댁 규수냐?"

날벼락이 떨어질 줄 알았던 유신은 고개를 들고 뜻밖에 조용한 말투로 묻는 아버지를 쳐다보며 대답했다.

"우리와 같은 가야부족입니다. 소루국왕의 딸인 천관 공주라고 합니다."

"뭐, 소루부족장의 딸이라고?"

김서현 장군의 목소리에 갑자기 힘이 들어갔다.

"신라 조정에서 벼슬하는 우리에게 변절자라고 독설을 퍼부으며 백제령 장흥성 신선산으로 은거해 들어간 소루국왕의 딸이 어떻게 너하고 정분을 맺었단 말이냐? …내가 너희 어머니와 혼인하려고 할 때 신라 왕실의 반대는 물론 가야 부족들마저 나를 멀리하였다. 그런 수모는 나 혼자만으로도 족하다. 네 어머니를 사모하는 것이 신라의 진골이 되기 위한 계략이라는 비난까지 감수하였다."

유신은 대꾸 없이 조용히 귀를 기울였다.

"너는 이번 낭비성 전투를 승리로 이끈 일등공신으로서 조정의 찬사를 받고 있다. 어제 축하연에서 벌써 너의 혼담이 오가고 규수를 둔 대신들은 너를 배필로 점지하는 눈치들이었다. 그런데 네가 스스로 신라국의 반역 집안 소루부족장의 딸과 혼인한다는 것은 있을 수 없는 일…암, 결코 있어서는 아니 되고말고! 이 애비가 살아있는 한 이루어질 수 없는 인연일 테니 당장 낭자와의 연민의 정을 끊도록 하여라. 알아들었느냐?"

"……"

유신은 아버지의 단호한 한 마디, 한 마디에 대꾸조차 할 수 없었다. 분위기는 얼음장처럼 차가웠고 숨이 막힐 지경이었다. 침묵이 흘렀다. 침조차 삼킬 수가 없었다. 유신은 빨리 이 자리를 피하고 싶었다. 이제까지 이토록 화를 내시는 아버지를 본 적이 있었던가?

"그리 알고 물러가거라."

대답을 하는 둥 마는 둥 머리를 주억거리며 문을 열고 밖으로 나왔다. 방문을 나서자 서늘한 기운이 달아오른 얼굴을 스친다. 유신은 왠지 모를 서러움으로 눈시울이 젖는다. 제 방으로 돌아가 멍하니 앉아 있던 유신이 옷을 걸쳐 입고 밖으로 나간다.

　유신은 마구간에서 말을 몰고 나와 타고 달린다. 한참을 달려 다다른 곳은 황은사 천관의 처소였다. 방문을 열고 방으로 들어선 유신은 굳은 표정으로 천관 공주 앞에 앉는다.

　책을 읽고 있던 천관은 책을 덮고 조심스럽게 유신의 표정을 살핀다. 폐부를 찌르는 불안감이 심장에서 머리로 치켜 올라가고 다시 온몸에 강하게 퍼져나갔다. 천관 공주는 걱정스런 표정으로 지그시 유신을 바라본다.

　사랑의 힘은 위대한 것이다. 사랑은 항상 인생을 바꾸고 삶의 본질을 바꾸어왔다. 유신의 어머니 만명 부인조차 가족인 신라 성골과 귀족들의 반대를 무릅쓰고 김서현 장군을 선택하여 유신을 낳지 않았던가. 천관은 유신의 눈동자를 바라보며 그의 마음을 읽으려고 했다.

　사랑은 대화뿐만 아니라 마음으로 주고받는 것이다. 유신의 눈동자를 바라보는 순간, 그는 온몸으로 불안에 떨며 울고 있었다. 미구에 닥쳐올 슬픈 이별이 예지되어 천관은 가슴이 철렁 내려앉았다. 모든 것을 주어도 아깝지 않고 목숨까지도 버릴 수 있으나, 그를 곁에 두고 싶고 함께하고 싶은 것이 간절한 소망이 아니던가.

　어찌 그것이 천관 공주의 마음뿐이겠는가. 유신 또한 같은 심정이었다.

　유신은 아버지가 미웠다. 아버지가 훌륭한 분이고 존경스런 분이라 여겨왔고, 항상 저 높은 곳에 계시는 거역할 수 없는 분이라 여겨 자랑스러워했다. 이런 아버지를 둔 자식으로 태어난 것을 행운이라 여겼다. 그러나 지금은 미웠다.

그리고 조금 전의 자신이 못나 보이고 후회스러웠다. 변명이나 반항은커녕 왜냐고 물어보지도 못하고 물러나지 않았던가. 자식을 배려하는 단 한 마디의 질문조차 없었던 아버지의 단호한 언행에 실망했다.

유신은 어머니도 내 편이 아니라는 생각이 들었다. 지난번에 말씀을 드렸건만 천관 공주를 알게 된 인연에 대해 아버지께 언질도 하지 않으셨던 것이다. 실망스럽고 외톨이가 된 것처럼 서글펐다.

상처 입은 두 마음은 한 사랑으로 승화되어 구름 위를 노닐고 있었다.

오색찬란한 무지갯빛 속에서 함께 손을 맞잡고 무지갯빛 안내를 받으며 이름 모를 꽃들이 향기를 뿜으며 소리 내어 웃는 꽃길 거닐고 있었다. 영롱한 빛의 축복과 찬사 속에 두 사람은 영원한 사랑을 노래했다.

갑자기 이들을 시샘하는 사랑의 아름다움을 모르는 천상에서 쫓겨난 버림받은 천사의 무리들이 시커먼 먹구름을 앞세우고 영롱한 빛의 무지개를 덮치고 천둥과 번개로 점령군을 편성하여 완장을 차고 꽃밭에 진을 치면서 한 사랑을 쫓아낸다.

갈 곳 잃은 사랑은 비에 젖고 추위와 굶주림에 떨며 서럽게 울고 한 조각 마음마저 사랑을 버리고 버림받은 한 조각 마음은 풀어 헤쳐진 옷차림으로 산발한 머리카락이 가슴까지 흘러내린 모습으로 흙투성이 꺾어지고 쓰러진 꽃길을 잃어버린 사랑을 찾아 비틀거린다.

간헐적인 빗방울이 시차를 두고 창문을 두드린다. 방안은 무겁기만

하다. 드디어 분노하는 서러움이 후두둑, 후두둑 쉴 새 없이 창문을 두드린다. 쏟아지는 빗줄기와 우거진 삼림으로 산사는 금세 어두워지고 방안에 감도는 침묵은 마음을 더욱 무겁게 한다.

할 일 없는 풍경(風聲)은 절집 처마 끝에서 찡그렁, 찡그렁 울리며 두 남녀의 가슴을 찢어놓는다.

유신은 무릎걸음으로 다가가 천관을 껴안는다.

기다렸다는 듯이 천관은 유신의 가슴에 안기고 두 남녀의 눈동자가 젖어와 시야가 가려질 때쯤 유신의 눈에서 눈물 한 방울이 가슴에 안긴 천관의 볼에 떨어진다.

터질 것 같은 서러움에 입술을 악물고 숨을 죽여 왔던 천관의 온몸에서 짐승의 울음이 숨넘어갈 듯이 한 번 폭발하고 혹여 임의 마음이 아플까 하여 이내 입술을 깨물고 얼굴을 유신의 가슴으로 파묻는다. 바람에 실려 온 빗방울은 후두둑, 후두둑 들창을 두드리다가 터질 것 같은 두 남녀의 마음을 두드려댄다.

희부연 안개가 솟아오른 태양에 밀려나고 창문에 붉은 햇살이 느껴질 때까지 두 남녀는 부둥켜안고 누워 있었다. 천관이 몸을 반쯤 일으키며 나직이 속삭인다.

"서방님 댁으로 돌아가시어요."

"그대를 두고 어떻게 간단 말이오?"

"그래도 돌아가셔서 부모님의 노여움을 풀어드리고 난 다음 내일을 약속하셔요."

"그래요. 들어가서 부모님을 설득하여 승낙을 받고 공주를 모시러 오겠소."

"기다리고 있지요."

천관은 고개를 끄덕인다.

천관의 처소에서 집으로 돌아온 유신은 마구간에 말을 매고 방으로 들어간다. 물끄러미 방에 앉아서 생각에 잠겨 있던 유신은 이윽고 결심한 듯이 방문을 열고 나와서 어머니 만명 부인의 처소로 간다.
"어머니, 유신이옵니다."
"그래 들어오너라."
만명 부인 앞에 앉자마자 유신이 토로하듯이 내뱉는다.
"어머니, 소자는 천관 공주 없이는 살아갈 수 없습니다. 제발 어머니께서 아버지를 설득하여 주시어요."
"유신아."
"예."
"너도 보지 않았느냐! 아버지께서 그렇게 화를 내신 적이 있더냐? 설득을 해보긴 하겠다만 기대는 하지 말거라."
만명 부인은 그 길로 김서현 장군의 처소로 갔다.
"대감."
"어인 일이시오, 부인?"
"유신이 일로 대감과 의논 좀 드리려고요."
"앉으십시다."
김서현 장군과 만명 부인이 마주앉는다.
"대감, 대감께서 생각을 바꾸어 보실 수는 없는지요?"
"부인까지 왜 이러시오?"
"유신이와 천관 공주는 이미 헤어질 수 없는 지경에 이른 것 같습니다. 더구나 지난번에도 말씀드렸듯이 천관 공주는 유신의 목숨을 구해준 생명의 은인입니다. 또 소루 왕이야말로 지조가 곧아서 가야 부족들에게 추앙받는 분 아닙니까?"

"난들 부인이나 유신의 마음을 모르겠소? 소루 왕이야말로 우리 가야의 자존심을 지켜준 지도자이고, 그 따님인 공주라면 혼처로서는 그 이상 바랄 것도 없지요."

"그러시다면 더욱이 둘 사이를 축복해 주어야 하는 것 아닙니까?"

"부인, 그래서 더욱 이 결혼은 말려야 한다는 것이오. 우리만 해도 혼인하느라고 얼마나 힘들었소? 가야인들에게는 배신자로, 신라인들에게는 부귀영화를 꿈꾸며 부족을 배신하는 변절자로 얼마나 많은 수모를 겪었소? 부인은 부인대로 망국 가야의 왕손과 정분이 났다고 신라의 성골 귀족들에게 얼마나 조소와 멸시를 당했소? 유신에게만은 그러한 전철을 밟게 하고 싶지 않소."

"유신이 천관 공주와 혼인을 하면 우리처럼 어려움을 겪을까요?"

"만약 유신이 소루국왕의 딸과 혼례를 치른다고 하면 신라에서는 가야 부족이 서로 뭉쳐서 신라에 반란을 획책한다고 의심할 것이오. 그 중심에 소루가야와 우리 가문인 금관가야가 자리 잡을 테고요. 할아버지 구형왕께서는 나라를 신라에 빼앗기고 돌아가시면서 나라를 빼앗긴 왕의 무덤을 만들지 말라고 하여 돌로 시신을 덮도록 하셨습니다. 이것이 내가 진정으로 이 결혼을 반대하는 이유요."

"대감의 말씀은 잘 알겠습니다만, 두 사람의 처지가 워낙 각박하여…"

"나도 무척 괴로운 심정이오. 우리가 그런 아픔을 겪었거늘 자식의 괴로운 마음을 왜 모르겠소? 부인께서 내 뜻을 천관 공주에게 한 번 전해보도록 하세요. 천관 공주는 사리분별이 분명하다고 하니 알아듣고 승낙할 것이오. 부인, 우리 가문이 신라에 복속된 지도 오랜데 왜 아직도 이런 가슴 아픈 일이 생기는지 모르겠소."

"대감, 대감의 진심을 알고 나니 저도 대감의 깊은 뜻에 고개가 숙여집니다. 제가 천관 공주를 만나 이야기를 나누어볼까 합니다."

"그래 주시구려. 고맙소, 부인."

설득

　서라벌의 새벽은 안개가 자욱하게 드리워져 있다. 안개 속에서도 어둠을 가르며 이른 아침을 깨우는 사람들로 분주해지기 시작한다. 등에 두부를 지고 요령(搖鈴)소리를 내며 아침밥상을 위해 안개를 몰고 지나간다. 나무꾼들은 지게에 땔감을 한 아름씩 지고 팔려가기를 기다리며 손님을 기다리고 있다.

　한 집, 두 집 불을 밝히며 아침을 준비하는 기척이 들린다. 한여름 새벽의 싱그러움이 아궁이에서 굴뚝을 통해 내뿜는 연기가 매캐한 냄새를 풍기며 울타리 밖으로 퍼져나간다. 뜸이 지는 밥 냄새가 된장을 푼 된장국 냄새와 어울려 때가 됐음을 알리고 방안에 뒹굴던 꼬맹이들은 식욕을 일깨우는 냄새에 허기를 달랜다.

　일찌감치 아침 식사를 마친 주막집의 보부상들은 출발을 서두르고, 때가 지나도록 손님을 못 찾은 나무꾼이 땔감을 한 아름 지고 와서 주막 한쪽 공터에 부려놓으며 툇마루에 주저앉아 국밥을 청한다.

　"주모, 따끈한 국밥 한 그릇 말아주오. 저 쪽에 땔감을 한 짐 부려두었으니 땔감 떨어지면 가져다 쓰고 값은 다음에 쳐주시오."

"옜소, 여기 국밥. 오늘은 못 팔았나 보구려."

"예, 나만 임자를 못 만났소."

"그런 날도 있지, 뭐. 얼른 식기 전에 드시오. 시장할 텐데…."

"고맙소, 주모."

신라의 수도답게 서라벌의 아침은 활기가 넘친다. 용화 도령 유신의 집도 하녀와 종놈들이 설쳐대면서 바쁜 하루가 시작된다. 각각 그날 하루 일해야 할 몫을 준비해야 하고 주인과 사랑방 객들을 위해 부지런히 아침을 마련해야 한다.

만명 부인도 자리에 일어나 앉아 생각에 잠긴다. 유신의 아버지 김서현 화랑과 결혼에 이르기까지 얼마나 많은 우여곡절이 있었던가? 이제 아들이 처한 현실이 그들과 다름없어 안타깝기만 했다.

그러나 그대로 넘어갈 수는 없었다. 어떤 방식으로든 일을 수습해야 했다. 그 길이 가문을 지탱하고 보호하는 일인 동시에 유신을 바른 길로 이끄는 일이라고 생각했다.

"부인."

김서현 장군이 방으로 들어온 줄도 모르고 생각에 잠겨 있던 만명 부인이 얼버무리듯 대답한다.

"아… 예."

"무엇을 그리 골똘히 생각하기에 내가 들어온 줄도 모르는 거요? 유신과 천관 공주의 일 때문이오?"

"예…."

"나도 밤새 그 생각으로 잠을 못 이루었소. 꼭 옛날의 우리를 보는 것 같아 마음이 아픕니다. 둘 사이를 갈라놓아야 하는 방법밖에 없는

지… 둘 사이를 맺어주고 싶은데, 그렇게 되면 가문은 물론 두 사람도 결국 불행해지고 말 현실이 안타까울 뿐이오."

"저도 그리 생각합니다. 오늘 천관 공주를 찾아가서 만날 작정입니다."

"오늘?"

"예… 빠를수록 좋지 않겠습니까? 헌데 천관 공주가 내 말을 어떻게 받아들일지 몹시 걱정이옵니다."

"그러게 말입니다. 부인의 마음인들 오죽 안타깝겠습니까? 아무쪼록 천관 공주를 세심하게 배려하도록 하십시오."

"예, 대감 말씀 명심하겠습니다."

한여름의 짙은 녹음이 들녘에 드리워져 있고 우거진 숲속 한적한 오솔길 언덕배기를 올라가는 가마 한 채. 가쁜 숨을 몰아쉬며 가마꾼들이 향하는 곳은 황은사다.

"삼월아."

"예."

"예서 좀 쉬었다 가자꾸나. 가마꾼들이 몰아쉬는 숨소리가 가쁘구나."

"예, 마님."

이미 만명 부인과 삼월의 대화를 듣고 가마꾼들이 걸음을 멈추고 언덕배기 한쪽 평퍼짐한 곳에 가마를 내려놓는다. 만명 부인이 가마 문을 열고 짙푸르게 우거진 녹음을 바라보며 깊이 숨을 들이마신다. 시원한 바람이 만명 부인의 볼을 스치고 지나간다.

가마꾼들이 흐르는 땀을 허리춤에 걸쳐둔 천 조각으로 훔치고 나자 가마는 다시 황은사를 향하여 더딘 걸음으로 언덕배기를 올라가서 이윽고 황은사 아래채 천관 공주가 치성을 드리며 거주하는 처소에 이른다.

"천관 공주님."

삼월이가 부르는 소리에 천관이 문을 열고 밖으로 나와서 예를 갖춘다.

"유신 도령의 자당이신 만명 부인 마님께서 공주님을 뵙고자 오셨습니다."

"이곳까지 오시느라 힘드셨을 터인데 제가 몸 둘 바를 모르겠습니다. 하인을 시켜서 부르셨으면 제가 찾아가 뵈올 텐데… 햇볕이 뜨겁습니다, 안으로 드시지요."

"그럽시다. …삼월아, 너희들은 여기서 기다리고 있도록 해라."

"예, 마님."

만명 부인은 천관의 안내를 받으며 처소로 들어간다. 천관의 처소는 용화 도령의 무사안녕을 기원하며 천관이 기도를 드리는 곳이기도 하다.

"부모님께서는 지금도 백제령에 계십니까? 참 많은 세월이 흘렀습니다. 소루가야가 신라에 복속될 당시, 공주의 할아버지이신 진용대왕께서 백제령으로 은거하셨다지요? 진용대왕의 손녀께서 이렇게 장성하여 혼례를 치를 나이가 되었네요."

"……."

"공주, 앞으로 유신과의 관계를 어찌할 생각인지 알고 싶어서 무례를 무릅쓰고 방문한 것이니 심중의 말씀을 해주시구려."

"……."

"공주."

"예."

"유신과 일생을 함께할 생각이십니까?"

"예…."

만명 부인이 천관의 대답을 듣고는 가느다란 신음소리를 내며 입을 열었다.

"음… 유신의 아버지도 금관가야 구형왕의 손자였습니다. 그리고 나는 신라 성골 출신이고요. 신라 성골과 귀족들이 반대하고 비난하고 모함하는 것을 견디기 어려웠습니다. 가야 부족들까지 우리를 변절자라고 생명을 위협하여 여러 차례 죽을 고비를 넘기며 오늘에 이르렀지요. 유신이 공주의 도움으로 목숨을 건진 것도 이 일과 관련이 있고요."

"들은 바 있습니다."

"유신의 아버지나 나나 두 사람 사이를 가로막을 생각은 손톱만큼도 없습니다. 다만 두 사람을 보호해야겠다고 생각합니다. 두 사람의 결합으로 가야 부족과 신라의 반목과 갈등이 촉발된다면 두 사람은 물론 양쪽 가문도 억울하게 보복당할 가능성도 예견할 수 있기 때문입니다. 겉으로는 신라가 가야를 평화롭게 복속시킨 것처럼 보이지만, 실은 그동안 얼마나 많은 반목과 갈등, 살육과 보복이 이어졌는지 모른답니다. 그 사실은 공주의 조부이신 진용대왕께서 백제 땅 장흥령에 칩거하시면서 신라에 대해 가야인의 긍지와 절개와 지조를 보여주는 것으로 입증이 된 셈이지요. 진용대왕이 가야인의 정신적인 지주라고 하는 것도 마찬가지고요. 그 바람에 신라 왕실이나 귀족들도 가야를 함부로 대하기 어려웠다고 할 수 있습니다. 지금 이 시점에서 유신과 천관 공주의 결합은 신라와 가야의 관계를 벌집이라도 쑤셔놓듯이 만들 것이기 때문에 어차피 이루어지기 어렵다고 이야기하려는 것입니다."

말을 이어가는 만명 부인의 표정은 한껏 상기되어 있었다.

반대로 천관 공주의 표정은 의외로 담담하고 평온했다. 그 몸속에 진용대왕의 피가 흐르고 있었기 때문일까?

만명 부인은 오싹한 한기를 느꼈다. 천관 공주의 평온한 분위기 때문에 오히려 만명 부인의 목소리가 가늘게 떨려 나왔다.

"신라는 이제까지 고구려, 백제와 싸울 때마다 번번이 패하기 일쑤였습니다. 그러나 이번에는 가야부족의 합류로 신라군의 사기가 충천하여 승리를 거둘 수 있었습니다. 가야를 비롯한 제 부족의 연합군이 결성되지 않았다면 애당초 낭비성의 공략은 꿈도 꿀 수 없었겠지요. 그래서 더욱 신라 조정에서는 가야에 대해 신경을 곤두세우고 있습니다. 이런 판국에 금관가야의 후예인 유신과 소루 부족의 공주가 혼인을 한다면 신라에서는 가야족의 대동단결과 가야국의 부흥을 꾀한다며 의심스러운 눈초리를 보내겠지요. 간단한 모함으로 신라와 가야의 반목은 물론이거니와 양쪽 가문은 살겁(殺劫)을 감수해야 할지도 모릅니다."

천관은 여전히 묵묵부답으로 듣고만 있다.

만명 부인은 천관의 의연한 표정에 오히려 자신이 흔들리고 있다는 것을 실감했다. 마치 살아있는 부처를 보는 듯하였다. 천관은 진용대왕으로부터 이어져오는 의연함을 갖추고 있었다. 만명 부인은 침을 꿀꺽 삼키고 흠흠 헛기침을 하며 천관의 표정을 살폈다. 그러나 천관의 표정은 처음 그대로 미동도 하지 않았다.

"공주, 유신을 지켜보는 이 어미의 마음도 찢어질 듯이 아프구려. 더군다나 유신의 아버지나 나도 지금의 두 사람과 똑같은 처지였던 입장으로 두 사람의 아픈 마음을 알면서도 두 사람의 결합을 반대하고 있다는 사실이 참으로 싫습니다. 공주, 무엇이 공주와 유신을 살리는 길인지, 또 신라와 가야의 충돌을 막고 살생을 피하는 상생의 방책인지 깊이 헤아려 보기 바랍니다. 공주도 나와 한마음일 줄 압니다."

만명 부인은 침착했던 처음과는 달리 조바심을 하고 있었다. 어린 나이에 조금도 흐트러짐 없이 슬퍼하는지 아니면 부인의 얘기에 동조하는지 알 수 없는 표정으로 미동도 하지 않는 천관에게 점점 압도되고 있었다. 오히려 만명 부인의 몸가짐이 흐트러지고, 말이 빗나가는 느낌마저 들었다.

만명 부인은 머릿속이 하얗게 되면서 갑자기 말문이 막혀 버렸다. 무거운 침묵이 방안을 감싸는 기분이었다. 문풍지를 울리던 바람소리조차 침묵했다. 만명 부인은 답답함을 느꼈다. 지금까지 무슨 말을 했는지조차 생각나지 않았다.

천관은 진정 살아있는 미륵부처란 말인가? 삼한 통일을 이루기 위해 천상의 명을 받고 유신에게 대업을 이루기 위한 정신을 불어넣기 위하여 이곳에 있단 말인가? 천관의 모습은 만명 부인의 보기에 선녀의 모습을 띠었다가 다시 미륵부처의 모습으로 투영되는 것 같기도 했다. 만명 부인은 아찔한 현기증과 함께 온몸의 힘이 쭉 빠지며 아득한 천 길 낭떠러지로 떨어져 내리고 있었다.

그때 고요한 적막을 울리며 한 소리가 들렸다.

"더 분부하실 말씀이 있으신지요?"

은은하게 울려오는 말소리는 조용하게 울려오면서도 힘이 있고 위엄이 서려 있었다. 만명 부인은 흠칫 놀라 천관을 바라보면서도 말을 잇지 못했다. 뭔가 짓누르는 느낌에 선뜻 대답을 할 수 없었던 것이다.

한참동안 대답을 기다리던 천관 공주가 이윽고 다음 말을 내뱉었다.

"더 분부하실 말씀이 없으신 줄 알고 소녀가 한 말씀 올려도 되겠습니까?"

"예."

엉겁결에 만명 부인이 대답했다

"소녀 이미 유신 도령과 백년해로를 약조한 바 있기에 부인의 말씀을 듣고 보니 마음이 갈기갈기 찢어지는 듯합니다. 부인의 말씀이 백번 지당하다고 하더라도 이 안타까움을 소녀가 어떻게 다 표현할 수 있겠습니까? 어쨌건 유신 도령과 소녀의 인연이 이승에서는 여기까지인가 봅니다. 그동안 지아비로 모셨던 순간을 간직하며 용화 도령께서 삼한 통일의 대업을 이루어 이 참혹한 전쟁을 종식시키기만을 기다릴 따름입니다. 부인께서는 그리 알아주시기 바랍니다. 소녀는 이제 여기 황은사 주지 스님께 의탁하여 용화 도령께서 삼한의 만민을 구원하실 수 있도록 부처님께 빌고 또 빌겠습니다. 부인께서는 편안한 마음으로 귀가하여 주십시오. 유신 도령께도 잘 말씀드리시고요. 소녀도 제 마음을 전할 것입니다."

만명 부인은 더 이상 할 말을 잊어버렸다. 마음먹은 대로 이루어졌지만, 마음 한구석이 형언할 수 없을 정도로 허전하고 소중한 물건을 잃어버린 기분이었다.

한동안 서로 말이 없었다.

만명 부인은 무슨 말인가 하고 일어서야겠는데 딱히 입에 올릴 말이 없어서 갑자기 서글퍼졌다.

"공주, 그럼 이만 돌아가겠습니다. 공주의 훌륭한 뜻에 절로 고개가 숙여집니다."

만명 부인이 일어서자 뒤따라 방문을 나선 천관이 가만히 머리를 숙이면서 "살펴 가십시오." 하고 인사말을 건넸다. 만명 부인은 대꾸도 없이 대기하고 있던 가마에 올랐다.

만명 부인이 탄 가마가 오솔길로 접어들어 보이지 않자 천관은 방문을 열고 방으로 들어왔다. 그리고 다리가 후들거려 방바닥에 털썩 주저앉고 말았다. 낭군의 모습이 눈에 아른거렸다. 두 눈에서 쏟아진 눈물이 볼을 타고 흘러내렸다.

슬픔이 분수처럼 솟아오르고 있었다. 나이 어린 소녀가 감당하기엔 너무나 엄청난 충격이었다. 마음 한구석에 도사리고 있던 염려와 걱정이 현실로 닥쳐온 것이다. 쉴 새 없이 눈물이 흘러내렸다. 소리 내어 통곡이라도 하면 마음이나마 후련하련만 그럴 수도 없었다. 치밀어 오르는 슬픔을 억누르면서 마음을 진정시키려 했다. 갑자기 백제령 신선산에 계시는 부모님이 그리워졌다. 그곳에서의 즐겁고 아름다웠던 시간들이 눈에 아른거렸다. 오열하는 천관의 슬픔은 한동안 멈출 길이 없었다.

황은사 천관의 처소를 도망치듯 빠져나온 만명 부인의 가마는 낌새를 알아차린 하녀의 눈짓으로 빠르게 오솔길을 내려가고 있었다. 만명 부인은 흔들리는 가마 안에서 조금 전의 상황을 돌이켜 보았다. 이런 참담한 결과는 미처 상상하지도 못했던 것이다.

정말 이런 낭패가 없었다. 마음먹은 대로 결과는 이루어졌지만, 이처럼 어정쩡하고 개운하지 못한 과정은 예상하지도 못했다. 헤어질 수 없다고 눈물을 흘리면서 애원하는 천관 공주를 달래고 설득하여 결국 목적했던 바를 이루어내는 만남이어야 했다. 그런데 오히려 만명 부인이 천관 공주에게 설득당한 모양이 되고 말았던 것이다.

"훌륭한 낭자야. 소루국왕께서 참하게 잘 가르쳤어."

새삼 소루국왕이 커다란 인물로 투영되었다. 유신의 배필로는 부족함이 없었다. 오히려 유신의 부족함을 천관이 보필할 수 있을 만큼 모든 면에서 넘치는 배필이었다.

"아까워… 정말 아까운 규슈인데…!"

돌아오는 가마 안에서 만명 부인은 천관 공주의 한마디 한마디를 잊을 수 없었고, 안타까운 마음으로 공허하고 심란하기 그지없었다.

신선산의 비애

 따사로운 햇살이 꽃망울을 재촉하고 천지는 온갖 생명체들로 하루가 다르게 푸르러 가고 있었다. 자연의 오묘한 섭리는 소식 없이 흔적을 남기고 지워가는 순환을 반복한다. 잎사귀가 먼저 푸르게 우거지면 그 흔적을 찾을 수 없어 아쉬워함인가. 꽃망울을 먼저 터뜨려 아름다움을 한껏 과시한 연후라야 잎사귀를 내보낸다. 신선산은 각양각색의 색깔을 뽐내면서 자연에 동화되어 있었다.
 미구에 닥쳐올 녹음에 파묻히지 않으려는 듯 백제령 장흥성 신선산 산기슭에 자리 잡은 소루 왕의 처소에도 어김없이 봄볕은 비추고 온갖 꽃이 만개해 있었다.
 소루 국왕이 방안에 앉아 방문을 열고 물끄러미 밖을 내다보고 있다.
 "임자."
 나지막하게 부인을 부르는 소루 왕의 마음은 착잡하기만 하였다. 가늘게 떨리는 목소리로 미루어 허전함을 느낄 수 있었다. 이제 예순넷을 헤아리는 봄이다. 하얗게 서리가 내려앉은 머리칼은 이제 영락없는 촌로의 모습을 보여준다. 다섯 살 어린 나이에 가야국의 패망을 맛보고 신라에 귀하를 거부한 채 이곳에서 삶을 의지한 지 벌써 60년 세월이 지난 셈이었다.

그러나 나지막이 부인을 부르는 목소리는 어딘지 거스를 수 없는 위엄이 서려 있었다. 초췌하지만 예사롭지 않은 눈빛도 마찬가지였다. 한때는 섬진강과 남강 일대에서 찬란한 철기문화를 선보였던 대가야의 맹주였던 진용대왕의 아들로서 기개를 그대로 이어받고 있었다.

"예."

"서라벌로 간 천관은 소희네 집에서 잘 지내는지 모르겠소."

"염려마세요. 총명하고 이해심이 많은 아이라 별고 없을 거예요."

"그래… 행복하게 잘 있겠지."

"암요, 대감께서 얼마나 예뻐했던 아이였어요?"

"그렇지. 눈에 넣어도 아깝지 않을 아이였소. 이제 천관이 좋은 배필 만나는 것을 보고 숨을 거두는 것이 마지막 남은 소원인데, 이곳 산자락에 내 뼈를 묻고 나면 부인 혼자 남는 것이 못내 마음이 놓이지 않는구려. 내가 죽거든 서라벌에 가서 소희와 천관에게 생을 여생을 맡기고 지내도록 하시오."

"왜 갑자기 그런 말씀을…?"

"가야인의 긍지를 지킨다고 60년 동안 이 산기슭에서 고집스럽게 살아왔던 우매한 늙은이 때문에 그동안 얼마나 고생 많았소? 내가 이곳에 머물 수 있었던 것은 오직 임자가 함께 있었기 때문이었소. 고맙다는 말밖에 달리 할 말이 없으니 안타까울 뿐이오. 죽으면 다 한줌의 흙으로 돌아갈 터인데…."

"오늘따라 당신답지 않아요!"

"부인, 어제 밤에 천관이 우리가 보고 싶다고 집으로 돌아오는 꿈을 꾸었다오. 힘이 없어 보이고 근심어린 표정이었소. 그러니 무슨 일이라도 있나 걱정이 되어서요. 그래서 혹여나 하고 저 바깥을 내다보고 있는 거라오."

"언니 집에 잘 있는 아이가 천리 길을 뭐 하러 돌아오겠어요? 대감께서 천관이가 보고 싶으시니 꿈에라도 나타난 것이 아니겠습니까?"

"그러기도 하겠지요."

계곡물을 대롱으로 연결해놓은 토기에 쉴 새 없이 졸졸졸 맑은 물이 쏟아져 흐르고, 그 옆의 숲속에서 다람쥐가 삐죽 고개를 내밀다 제풀에 놀라 또르르 굴러간다.

득량만의 출렁거리는 바닷물 냄새를 실은 해풍이 소루 왕의 거처를 스쳐 신선산 정상으로 향하고 손에 잡힐 것 같은 하얀 뭉게구름도 연대봉 정상을 바라고 모여든다. 발아래로 펼쳐지는 바다의, 잔잔하게 일렁이는 수만 개 은빛 출렁거림이 장관을 이룬다.

어디서부터가 하늘이고, 어디서부터가 바다인가. 푸른 바다의 은빛 출렁거림과 신선산 갈대의 속삭임이 어우러지는 것을 바라보며 소루 왕은 회상에 잠긴다.

다섯 살 어린 나이에 아버지 진용대왕의 손에 이끌려 소루 왕실을 떠나올 때 왜들 그렇게 구슬피 울고 있었던가. 그때는 깨닫지 못했던 사실들을 성장해 가면서 한 꺼풀씩 알게 되었고, 아버지 어머니의 비통함이 온몸으로 저려왔다. 그리고 이렇게 살아왔던 한스러운 삶의 그림자가 가슴 한 쪽을 텅 빈 것처럼 쓰라리고 저리게 만들었다.

그때 잔잔한 목탁소리가 은은히 들려왔다. 수레에 곡식과 잡다한 생활품들을 실고 찾아온 효봉 스님이었다.

"대왕이시여, 변변치 않습니다만 소루가야 선대왕들께 입은 은혜의 천분지 일이라도 보답하고자 하는 저희 신선사의 조그마한 정성이옵니다."

"번번이 신세만 끼쳐드립니다. 미안하기 그지없습니다. 제가 빨리 부처님 곁으로 가는 것이 스님들의 노고를 덜어 드리는 길이 될 터인데 살아있는 게 곧 죄업인가 봅니다."

"무슨 섭섭한 말씀이시옵니까? 이 신선산에서 수양하고 있는 모든 스님들은 선대왕들께 입은 성은에 항상 감사하고 있습니다. 이곳 신선산에 부처님의 도량이 자리 잡게 된 것도 소루가야국 선대왕께서 불교를 아끼고 지원해주신 결과이옵니다. 비록 백제령임에도 국경을 초월하여 불교문화가 융성하도록 아껴주시고 발전시켜주신 성은에 이곳 스님들과 불자들은 항상 감사히 여기고 있습니다. 대왕께서 신라에 투항하지 않고 이곳에 오신 것도 대자대비하신 부처님의 뜻으로 알고 모두들 기뻐하고 있습니다."

"너무나 고마우신 말씀입니다. 무예를 즐기셨던 아버지 진영대왕께서 삼한 일대를 유랑하며 심신을 연마하실 때 용솟음치는 젊은 혈기를 주체할 수 없을 정도로 강인한 성격을 가지셨는데… 이 신선산 자락에 들어서자 안개 자욱한 산의 위용에 우선 놀랐고, 엄숙한 자태와 포근하고 아늑한 어머니의 품 같은 산의 품성을 흠모하게 되셨다고 아버지께 들어 알고 있습니다. 그 인연으로 이곳 신선산에 삼한 제일의 절을 세우고자 하셨는데, 가야국의 멸망으로 아버지의 뜻을 이루지 못해 항상 안타깝게 생각하고 있습니다."

"그것 또한 부처님의 뜻이옵니다. 오히려 살아있는 부처이신 대왕께서 이곳이 계시지 않습니까?"

"고마우신 말씀이십니다. 나도 서라벌에 가면 여생이야 의탁하겠으나 부처님의 계시에 따라 이곳에서 남은 생을 마치고자 하니 스님들께 폐만 끼치고 있는 셈입니다."

"대왕께서는 출사해 달라는 백제 국왕의 요청도 수차례 거절하지 않으셨습니까? 우리는 대왕께서 부귀영화를 거절하고 이곳에 함께 계셔 주시는 것만 해도 크나큰 광영이옵니다. 그런데 어이하여 대왕께서는 예전과 달리 수심이 가득해 보이시는지요? 혹여 서라벌로 간 천관 공주의 신변에 무슨 일이라도 있는 것이옵니까?"

"아닙니다, 스님. 내가 어젯밤에 천관이 집에 오는 꿈을 꾸어서 소희와 천관을 생각하고 있던 참입니다. 이제 빨리 천관이의 혼례를 치르고 부처님의 품에서 편안히 쉬고 싶습니다. 이제 이생의 인연도 다해 가나 봅니다."

"그렇습니다. 대왕이시여, 이 세상 인연은 영원한 것이 없습니다. 부처님께서도 이 세상에 존재하는 일체의 현상들은 영원불변한 게 없고, 시간의 흐름에 따라 변화무쌍하게 유전할 뿐이니 일정한 실체가 없는 비어있는 것이니라[空] 삼라만상은 물질적인 현상[色]으로 우리에게 다가오지만 이처럼 실체가 비어있고[空]그렇다고 텅 비어있음[空]이 물질적인 현상을[色]을 떠나 따로 있는 것이 아니니 곧 있고 없음이 다름이 아니다. 있음은 없음 그 자체요 없음은 동시에 있음이로다. 감각[愛], 시각[想], 의지[行], 지식[識]도 마찬가지여서 있는 것인 양 보이지만 실상은 텅 빈 것이요, 텅 빈 속에 있는 것으로 끊임없이 나타날 뿐이라고 하셨습니다."

"……."

"대왕이시여! 몇 마디 덧붙이겠습니다."

이 세상의 모든 존재는 이처럼 끊임없이 유전하는 것일 뿐 끝내 실체가 없는 것이니 생겨나거나[生] 없어지거나[滅] 할 게 없다. 더럽거나[醜] 깨끗할 것[淨]도 없고 늘거나[增] 줄[減]일도 없는 것이다. 그러므로 실체가 없음을 명백히 깨달은 이 자리[空]에서보면 확실한 것이라고 말할 수 있는 물질적 요소[色]나 정신적 요소나 감각기관[눈, 코, 귀, 혀, 신체, 의식]이나 감각[색체, 소리, 냄새, 맛, 촉감, 인식]의 대상도 사실은 없는 것이다.

눈으로 사물을 보고 분별하고 눈의 영역으로부터 귀의 영역, 코의 영역, 혀의 영역, 몸의 영역, 의식의 영역에 이르기 까지 다 실체가 없는 것이니 따라서 확실한 듯 느끼는 '나'라는 관념도 기실은 없는 것이로다.

그러기에 벗어나야 할 번뇌도 본래부터 없는 것이니 그 번뇌를 벗어나고 말 것도 없느니라. 늙음이나 죽음 또한 본디 없는 것이니 그것을 여의고 말 것도 없도다. 모든 것은 다 괴로움이라는 진리도 없고 괴로움의 원인이 번뇌라는 진리도 없으며 괴로움을 없애고 열반에 이른다는 진리도 없고 열반에 이르기 위한 수행의 진리도 없으니 지혜라고 부를 만한 것도 없고 그 지혜가 생겨나는 얻음 또한 없느니라.

얻을 것이 없으므로 진리를 깨닫고자 만행을 닦는 구도자들도 이 반야바라밀다에 의지하기 때문에 그 마음 가운데 조금이라도 무엇을 꺼리거나 두려워하는 마음 없이 물질이 있느니 오온이 있느니 괴로움이 있느니 하는 중생들의 뒤집힌 생각을 멀리 여의니 영원히 평안하고 즐거움이 넘치는 열반을 얻게 되느니라.

"부처님께서는 이렇게 말씀하셨습니다. 이제 대왕께서도 모든 것을 잊으십시오. 아니 처음부터 있었던 것도 없으며 없었던 것 또한 없었던 것 그대로입니다. 천관공주께서는 미륵 부처님께서 만민을 구제하고자 이 지상에 연을 맺게 해주신 것이라고 소승은 믿고 있습니다. 그 인연이 끝나면 이 또한 없었던 것[空] 무위한 것이 아닐는지요. 나고[生] 멸[滅]함이 위와 같을진대 우리는 풀 섶에 내리는 아침 이슬 같은 인생으로 햇빛이 비추이면 흔적도 없이 사라지고 맙니다. 소승도 머지않아 부처님의 자비하신 품으로 돌아가서 이 빈껍데기를 버리고 쉬고 싶을 뿐입니다. 대왕의 근심 가득함이 이생의 부질없는 연으로 인해 비롯됨을 이제 깨달으셨으면 합니다."

"대사, 부처님의 훌륭하신 가르침의 말씀을 깨달았다고 하면서도 이 마음이 이리 근심스럽고 허전하니 부처님의 말씀을 행함이 부족한 것 같습니다. 이 세상의 삶이 헛되다고 하면서도 생에 대한 애착을 떨쳐버릴 수가 없고 이곳 신선산에서 살아왔던 생에 대한 모든 것들이 아쉽고 또 그리워집니다. 슬펐던 순간들은 슬펐던 대로 기쁘고 즐거웠던 추억들은 그 추억대로 모두가 그립고 아쉬울 뿐이랍니다. 수십 년이 지났건만 머릿속에 그려지는 모습들은 마치 어제 일어났던 일처럼 그려지고 있답니다. 머리칼은 하얗게 변해 있고, 얼굴은 주름으로 뒤덮였습니다. 발가벗은 온몸은 매끄럽게 윤기가 흐르고 물방울이 튀겨도 또르르 구르며 향긋하고 싱그러운 향내가 묻어나왔답니다. 그런데 보십시오. 육신은 쭈글쭈글하고 피부에서는 허옇게 노쇠해서 떨어져 나온 살갗들이 우수수 쏟아져 내립니다. 향내는 고사하고 만지기조차 징그러운 뱀 껍질처럼 변해 내 몸이라도 나 자신이 보기 싫고 만지기조차 싫어집니다. 그런데 하물며 다른 사람들 눈에야 어떻게 보이겠습니까? 그러함에도 아직도 나는 그 옛날만을 그리워하며 아직도 나 자신이 그 시절에 살고 있는 것처럼 눈앞에 아른거려 팔을 뻗어 손으로 잡으면 손에 잡힐 것만 같답니다. 그나마 잘했다 싶은 일은 만족스럽게 느껴지지 않으나 잘못했고 잘못되었던 일들만 아쉬워지고 가슴을 찌르는 후회로 다가온답니다."

"대왕이시여, 너무 자책하지 마십시오. 부처님께서도 부질없는 인생이라고 하시지 않으셨습니까?"

"어째서, 왜, 무엇 때문에 그렇게 어리석은 행동을 했을까? 나 자신이 그렇게 못나 보이고 어리석었던가 싶어 큰소리로 엉엉 울고 싶고 가슴을 치며 통곡하고 싶은 심정이랍니다. 다시 한 번 그 시절로 돌아갈 수 없는 인생이 너무 아쉽고 후회스러울 뿐이랍니다. 그러면서 남은 시간들만큼이라도 자비하신 부처님의 설법에 따라 행(行)하며 살아가고자 수없이 다짐하였답니다. 나 자신의 행동으로 인하여, 나 자신의 말 한 마디로 인하여 상처받는 이가 없도록 그러한 삶을 살겠다고 수없이 부처님께 약속하고 다짐하며 그렇게 살아갈 수 있도록 해달라고 빌어보기도 하였답니다. 그러나 순간순간의 탐욕과 삿됨은 다른 이들의 마음에 상처를 주고, 나 자신도 그때마다 상처투성이 아귀가 되고 말았답니다. 대사, 정녕 나는 구제받을 수 없는 중생이란 말입니까? 시간이 지나면 지날수록 마음은 찢어질 듯이 아파오고 괴롭기만 합니다. 과연 진리는 어디에 있으며 이 아귀의 마음을 치유할 수 있는 약은 없단 말입니까, 대사?"

말을 맺는 소루 왕의 눈가가 촉촉이 젖어 있었다. 소루 왕은 문밖으로 시선을 보내 한낮의 내리쪼이는 햇빛을 아무 표정 없이 물끄러미 바라보고 있었다. 햇빛에 반사되어 어둑하게 비추어진 소루 왕의 옆얼굴이 굴곡의 세월만큼 깊은 주름으로 드러나 보였다. 그 모습을 바라보는 효봉 스님의 표정이 더 안타깝고 안쓰러워 보였다. 효봉 스님은 소루 왕의 그런 모습에 말을 이을 엄두조차 낼 수가 없었다.

　가야국의 후예로서 왕위에 오르지는 못하였다 하더라도 백제왕의 입궐 요청을 받았고, 서라벌에 있는 소루족의 정신적 지주로 일컬어지는 소루 왕도 한낱 늙은 촌부에 지나지 않는다는 엄연한 현실과 더불어 죽음을 앞두고 죽음을 두려워하며 거부하는, 고뇌하는 인간의 모습을 읽을 수가 있었다.

　온갖 세속의 번뇌를 씻어 내려가려는 듯 소루 왕의 처소 앞마당 대롱에는 쉴 새 없이 물이 흐르고 햇빛은 따사롭게 뜨락을 적시고 있었다. 이름 모를 산새들이 먹잇감을 찾아 한가로이 이쪽저쪽으로 팔짝팔짝 뛰어오르고 있었다. 한가롭고 여유로운 바깥 풍경과는 다른 그림이 효봉 대사와 소루 왕의 사이에 그려지고 있었다. 침울해질 대로 침울해져 있는 분위기를 효봉 스님이 묵직한 음성으로 깨뜨렸다.

　"대왕이시여, 일찍이 부처님께서는 이렇게 설하셨다고 소승은 알고 있습니다. 일체의 세간은 다 나고[生] 죽음에[死]들어가 스스로 나고 스스로 성숙하며 스스로 멸하고 스스로 없어진다. 그러면서 중생들은 늙음과 죽음위에서 세간을 뛰어넘는 길을 참 다이 알지 못한다. 무엇을 연하여 늙음과 죽음이 있는가? 스스로 관찰 하자고 이와 같이 바르게 생각하고 관찰하다가 참답고 평등한 지혜를 일으키게 되었다. 즉 남[生]이 있기 때문에 늙음[老]과 죽음[死]이 있고 남[生]을 연하기 때문에 늙음과 죽음이 있다고 다시 바로 생각하기를 무엇을 연하기 때문에 남[生]이 있는가? 하다가 이내 다시 올바로 생각하여 참답고 평등한 지혜를 일으켰다. 즉 취함이 있기 때문에 존재가 있다고 이내 다시 올바로 생각하여 참답고 평등한 지혜로 관찰하였다. 즉 법을 취하여 맛들이고 돌아보고 생각함은 부딪침과 갈애를 연하여 더하고 자라는 것이라고 마땅히 알라. 갈애를 연하여 남이 있고 남을 연하여 늙음과 앓음, 죽음과 근심, 슬픔, 번민, 괴로움이 있나니 이리하여 아주 커다란 괴로움의 무더기가 집기 하는 것이다 고 설하셨습니다."

"대왕이시여! 이와 같이 모든 중생은 남으로 인해 비롯되었고 죽음으로 인해 아무것도 없는 세계 즉 무위의 세계로 다시 돌아가는 것 뿐이라고 말씀 하십니다. 애당초 남[生]과 죽음[死]또한 없는 것이옵니다."

"대사, 그런 것을 깨닫지 못한 채 살고 있는 나야말로 아비규환의 지옥에 떨어져야 마땅하지 않겠습니까?"

"대왕께서 말씀하셨던 진리, 곧 도란 어디에 있습니까? 이 물음에 대한 아주 재미있는 일화가 있습니다. 들어 보시지요."

동곽자가 장자에게 "이른바 도는 어디에 있습니까?"라고 물었답니다.

장자 : "곳곳마다 있지 않음이 없다."

동곽자 : "있는 곳을 지적하여 주십시오."

장자 : "거미 속에 있다."

동곽자 : "어찌 그처럼 내려갑니까?"

장자 : "가라지와 돌피 속에도 있다."

동곽자 : "어찌 그렇게 더욱 내려갑니까?"

장자 : "기왓장 속에도 있다."

동곽자 : "어찌 그렇게 더욱 심한가요?"

장자 : "똥오줌 속에도 있다."

"그 말에 동곽자는 말문을 닫았답니다. 이처럼 진리는 어느 곳에나 있고, 어느 곳에도 없으며 그것을 깨달은 자에게는 비록 똥오줌이라도 찾을 수 있고 얻을 수 있으며 깨달을 수 있다는 뜻이 아니겠습니까? … 소승의 짧은 생각입니다만, 대왕께서는 이처럼 이미 진리를 깨달으셨고 해탈을 이루셨으며 자비를 실천하셨습니다. 자아를 희생하셔서 가야 만민을 구원하셨습니다. 이곳 신선산에 계시므로 대왕께서는 모든 것을 버리셨습니다. 서라벌에서의 부귀도 백제 조정의 출사 요청도 거절하셔서 한낱 촌부의 일생을 사시는 것처럼 속인들의 눈에 비추어질 수 있겠지만 이는 그들이 미처 깨닫지 못하는 진정한 중용의 자비심인 것입니다. 대왕이 이곳에 계심으로 인하여 신라 조정은 커다란 짐을 안고 가야 부족을 함부로 대할 수 없는 셈입니다. 가야인의 정신적인 지주인 대왕께서 백제령에 계시기 때문입니다. 언제든지 백제 조정과 의기투합하여 소루지역의 가야인과 서라벌에 귀화해 있는 소루부족을 움직여서 신라와 대항할 수 있기 때문입니다. 한편으로 백제는 대왕이 이곳 백제령에 계심으로 인하여 신라에 있는 소루부족이나 귀화한 소루귀족이 백제를 적대적으로 대할 수가 없기 때문입니다. 신라군에 편성되더라도 적극적으로 전투에 나설 수 없다는 사실이 또한 살상의 참화를 줄이며 백제를 안심시키는 길인 것입니다."

"대사께서 너무 좋게만 바라보려고 하기 때문일 테지요."

"그런 게 아닙니다. …소루부족 또한 가야 왕족이 아직도 이곳에 건재하고 계시다는 정신적인 믿음으로 살아가고 있는 보람이나 긍지를 가집니다. 마치 우리 불자들이 부처님의 중생구제의 뜻을 따르며 이어가고 있는 이치와 마찬가지일 것입니다. 이와 같이 이미 대왕께서는 부처님의 자비를 온몸으로 행하고 계신다고 할 수 있습니다. 그러하오니 그 번뇌의 짐을 벗으십시오. 처음부터 없었던 무위함일 뿐입니다."

　대롱을 통해 흘러내리는 물줄기는 쉬지 않고 졸졸졸 토기에 흘러내리고, 한쪽에 쌓아올린 돌탑의 그림자는 차츰 길게 비껴 드리워지기 시작했다. 효봉 대사의 은은한 목탁소리가 발자국 소리와 더불어 잦아들어 들리지 않을 때까지도 소루 왕은 꼼짝도 하지 않고 뜨락을 주시하고 있었다. 더욱 짙게 드리워진 얼굴엔 한 서린 세월의 흔적이 함께 드리워져 있었다.

갈등

　소루족의 설상 대상이 신라 조정의 대우에 불만을 표시하며, 출사를 거부한 지 벌써 1개월이 훨씬 지났다. 지난번 전투에서 소루부족은 고구려군과 싸우면서 병력의 삼분의 일에 가까운 병력 3천을 잃어버렸다. 그 결과로 고구려 군을 물리칠 수 있었고 적으로부터 중산성을 지켜낼 수가 있었다.

　그러나 신라 조정은 공과에 대해 아무런 포상도 베풀지 않았다. 소루부족은 아까운 부족의 정예병만 잃고 말았다는 생각을 하기에 이르렀다. 이에 설상 대상이 조정에 출사하기를 거부하는 사태에 이른 것이다.

　신라왕이 설상 대상을 설득하기 위해 직접 설상 가문을 방문하기에 이르렀다. 그러나 설상 가문에서는 대문을 굳게 닫고 열어주지 않음으로써 신라 대왕이 발걸음을 돌릴 수밖에 없는 사건이 벌어졌다. 이쯤 되자 신라 조정에서는 왕의 존엄함을 보여주어야 한다고, 설상 대상을 처형하여야 한다고 공론을 모으기에 이르렀다.

"대왕이시여! 신 알찬 아뢰옵니다. 이번에 가야국 소루족의 설상 대상을 처형하여 무례함을 일벌백계로 징계하고 이번 기회에 대왕의 위엄을 만천하에 보여야 합니다."

"그렇습니다. 대왕이시여, 지금도 가야국은 찬란했던 문명을 내세우며 우리 신라를 미개한 나라라고 업신여깁니다. 특히 소루부족은 소루 왕이 끝내 신라에 귀속하지 않고 홀연히 자취를 감춘 채 설상 대상을 모든 귀속절차의 우두머리로 임명하였습니다. 가야의 다른 부족들은 신라에서 주는 벼슬을 감사히 받고 충성을 다하고 있습니다. 그런데 소루부족은 사사건건 신라 조정과 맞서 왔습니다. 이번 기회에 버릇을 고쳐주어야 합니다."

"대왕이시여, 신 이찬 아룁니다. 모든 분들의 생각이 일리가 있습니다만, 설상 대상 가문은 가야의 정신적인 지주입니다. 모처럼 화합해 가는 귀속 부족들과 일부러 반목하고 갈등할 요소를 만들 필요는 없다고 생각합니다. 여제(麗濟)동맹을 막기 위해서는 신라에 복속된 부족들을 아우르는 방법을 강구할 수밖에 없습니다. 좀 더 깊이 생각한 연유에 처리하심이 좋을 줄 아옵니다."

대문을 굳게 걸어잠근 설상 대상의 저택.

외부와의 출입이 금지되어 밖에서 부르는 소리에도 대문을 굳게 잠근 채 기척이 없다. 노비들만 걱정스러운 듯이 삼삼오오 모여서 쑥덕거리고 있다.

설상 대상은 의관을 정제한 채 눈을 감고 앉아 있다.

부족의 수뇌부 등 몇 사람만이 조심스럽게 주위를 지키고 있다.

"자, 검을 들어라."

"설상 대상이시여, 이 길밖에 없습니까?"

"그렇다. 우리 진용대왕께서는 우리를 서라벌에 보내시고 외로이 백제령 신선산에 들어가시어 부족의 명예를 지켜주셨어. 비록 귀속되었더라도 신라가 우리를 업신여기지 못하도록 자존을 지키고자 신라 왕에게 머리를 숙이는 대신 백제령으로 들어가셨지. 진용대왕의 이런 고귀한 뜻에 조금이나마 보답을 해야 할 걸세. 자, 보검을 들어라!"

"아버지!"

설상 대상의 아들 차려가 아버지를 부르고는 다음 말을 잇지 못한다.

"이것은 대왕께서 하사하신 보검이다. 우리 소루국의 찬란했던 문화와 함께 했던 보검이다. 이 검에 나의 최후를 맡기겠다. 진용대왕께서 쫓기듯 한스럽게 왕궁을 떠나실 때 대대로 왕실에 내려온 보검을 나에게 내리시면서 소루부족의 장례를 부탁하셨다. 얼마 남지 않은 목숨을 바쳐 소루부족의 안녕을 지키고자 한다. 나의 목을 쳐서 신라 국왕에 보내라. 그리하면 앞으로도 신라 조정은 우리 부족을 두려워하며 함부로 할 수 없을 것이다."

"그렇다고…아버지!

"차려야, 준비 되었느냐? 자, 시작하자꾸나."

말을 마친 설상 대상은 "얏!"하는 고함소리와 함께 하얀 천위에 놓인 단검을 집어 들고 서슴없이 아랫배를 갈랐다. 그와 동시에 차려가 든 보검이 번쩍 빛을 갈랐다. 털썩, 방금까지 아들을 다그치던 설상 대상의 머리가 나뒹굴었다.

신라 조정에서는 여전히 설상 대상의 처리 문제로 의견이 분분했다.

그 와중에 황실 근위장군이 회의 장소로 들어서며 급보를 전한다.
"대왕이시여!"
"어인 일인가, 장군?"
"설상 대상 가문에서 서신과 상자가 도착하여 가져왔습니다."
"이리 가져오너라."
"여봐라, 서신을 대왕께 상신하라."
대왕은 서신을 펼쳐들고 읽더니 몸을 부르르 떨고 알찬에게 내팽개친다. 알찬도 서신을 펼쳐보고는 부들부들 몸을 떨었다.

"신, 가야국 설상 대상은 소루족의 수장으로서 신라의 대왕 폐하께 이번 사건의 불충한 죄를 죽음으로써 사죄드립니다. 저의 머리를 받으시는 것으로 소루족의 무례를 용서하시고 노여움을 거두소서."

보내는 사람의 이름은 '대소루국 아찬 설상'이었다.
"상자 뚜껑을 열어라."
상자 뚜껑을 열어본 신라의 국왕과 신하들은 소스라쳐 놀란다. 설상 대상의 목이 피가 묻은 채로 상자 안에 들어 있었기 때문이다.
"대왕이시여, 신 대장군 이유 아뢰옵니다. 이번 기회에 소루부족의 귀족들을 모조리 처형하시어 그 씨를 멸하소서."
분노로 얼굴이 붉으락푸르락해진 대장군 이유가 격노하여 외친다.
"대왕이시여, 아니 되옵니다. 지금 신라는 고구려와 백제의 협공을 당하고 있습니다. 이런 어려운 때에 소루부족의 정신적 지주인 설상 가문과 소루 귀족들을 척결하심은 현명한 처사가 아닌 줄 아옵니다. 자칫 우리 신라의 내분으로 외침을 자초할 우려마저 있습니다. …더구나 요즘 들어 부쩍 해안을 침범하여 노략질을 일삼고 부녀자들을 납치해가는 바다 건너 섬나라의 해적들 때문에 민심이 뒤숭숭합니다. 이런 때에 소루가야까지 적으로 돌린다면 수습하기 어려운 낭패를 당할 수도 있습니다. 늦었지만 지난번의 전공을 치사하고 상급을 주어 달래며 오히려 설상 대상의 장례를 정중히 국장으로 치러주고 사후에나마 신라 최고 귀족의 품계를 하사하심이 옳을 듯하옵니다. 대왕이시여, 굽어 살피소서."

"신(臣) 대장군 이유, 아뢰옵니다. 제가 흥분하여 이찬 대감의 깊은 뜻이 담긴 말씀을 미쳐 헤아리지 못했습니다. 이찬 대감의 말씀이 백번 지당합니다. 가야부족과 그 귀족들을 적으로 돌린다면 신라군의 군세는 반감되는 상황에 처할 것입니다. 저들은 지금 소루부족 최고의 지도자를 잃고 흥분할 대로 흥분하여 무언가 조정에 대하여 꼬투리를 잡기 위해 혈안이 되어 있을 것입니다. 이미 진무 총독에게도 역마가 도착했을지 모르는 상황입니다. 구태여 우리가 먼저 벌집을 건드릴 필요가 있겠습니까? 미처 깨닫지 못하고 용렬하게 생각했던 조금 전의 제 허물을 용서하여 주시옵소서. 따라서 대국적으로 소루부족을 포용하시어 수장을 잃은 슬픔을 정중히 위로하고 달래주어서 반감이 확산되는 일이 없도록 하는 것이 더 좋은 방책이라 사료되어 아뢰옵니다."

　차려 장군은 피눈물을 뿌리며 아버지의 목을 쳤다.
　어찌 이런 참담한 일을 해야 한단 말인가. 차려는 목젖에서 악마의 울부짖음을 토해냈다. 차려는 소희 공주의 부군(夫君)이었다. 통곡하는 그의 모습은 야차의 모습 그대로였다.
　"<u>으흐흐흑, 으흐흐흑</u>…죽이리라! 죽여 버리리라! 아버지를 이 지경으로 만든 놈들은 누구도 용서할 수 없다!"

아무도, 무슨 말로도 그를 위로할 수 없었다.

눈은 시뻘겋게 핏발이 서려 있었다.

차려는 준비된 상자에 아버지의 머리를 정성껏 모셨다. 굵은 눈물방울이 뚝뚝 떨어져 핏방울을 적셨다. 부릅뜬 아버지의 눈동자를 감겨드렸다. 시신은 목 따로, 몸 따로 호위무사들이 정성껏 수습하고 있었다.

"모셔 가거라. 조정의 쥐새끼 같은 놈들이 아버지의 주검을 바라보며 경악하는 모습을 보고 싶구나. 보내 드리자. 뼛속에 사무치는 이 원한을 잊지 않으리라."

아무도 차려의 울부짖음을 말리지 못했다.

"핫, 핫, 핫, 핫… 으흑흑흑…아버지, 이 불효자를 용서하소서."

차려는 울부짖고 울분을 터뜨리는 한편으로 상주가 해야 할 일도 챙겼다.

"기필코, 기필코 이 원한을 돌려줄 것이니라. 기다려라, 이 쥐새끼들. …그리고 즉시 역주마를 대령시켜라. 백제령 신선산의 장인어른 소루국왕께 이 소식을 전하고, 서라벌로 오시길 원한다고 말씀 올려라. 그리고 진무 총독에게도 소식을 전하라. 옛 소루부족장들에게도 알려야 한다. 그리고 장례 절차는 …한 점 오차도 없이 진행하라."

그리고는 아우 두충을 불렀다.

"두충아, 모든 장례 절차는 네가 맡아서 진행하도록 해라."

"예, 형님."

"그리고 삼려야, 장례 절차를 진행하는 네 형을 도와라."

"예, 형님 말씀대로 따르겠습니다."

"전쟁이다. 이제 우리의 적이 누군지는 분명해졌다. 불구대천(不俱戴

天)이라고 했던가. 우리 소루부족이 멸문지화를 당하느냐, 신라가 우리의 자존을 지켜 올바른 논공행상을 하느냐 둘 중의 하나일 뿐이다. … 가능한 대로 서라벌은 물론 인근 각 고을에도 방문을 붙여 널리 알려라. 억울하게 돌아가신 아버지의 죽음을 많은 사람들이 알면 알수록 우리는 명분을 얻을 것이니라."

혈안이 되어 이것저것 지시하면서도 차려는 빈틈이 없어 보였다.

"가능하면 장례는 성대하게 치를 것이니라. 또한 장례일정은 늦추면 늦출수록 좋다. 그래야만 아버지의 억울한 죽음에 대해 많은 사람들이 애도할 수 있을 것이다. 지금 당장 시행하도록 하라. 두충아, 움직여라. 재물은 아끼지 마라. 아랫것들에게도 단단히 일러라. 서라벌 최고 최대의 장례로 치르도록 할 것이니라."

그때 저택의 수비를 맡았던 장수가 들어와 아뢴다.

"장군, 조정에서 전갈이 왔습니다."

"무슨 전갈이란 말이냐?"

"큰 어른 대상님을 모셨던 함 상자가 되돌아 왔습니다. 국장(國葬)으로 성대히 장례를 치르도록 하고, 비용은 왕실 내탕금으로 지불하며, 그리고…."

"그리고 어쨌단 말이냐?"

"대상님을 진골 최고의 벼슬인 태대로(太大老)로 추증한다는 칙서이옵니다."

"무엇이, 아버지께서 돌아가신 지금, 그것이 무슨 소용이란 말이더냐? 삼려야, 두충이 자리를 비웠으니 우선 그 상자를 아버지의 시신 곁으로 정중히 모시도록 해라. 소루 국왕님과 진무 총독이 도착하는 대로 염을 하도록 하겠다."

"예, 형님."

"조정에서 심부름을 온 신하는 어디에 있느냐?"

"지금 밖에서 하명을 기다리고 있습니다."

"만나보자, 안내하도록 해라."

차려가 빈소 바깥으로 나가서 심부름 온 장수를 만난다.

"나는 설상 대상의 장남 차려라고 합니다."

"예, 저는 궁궐 경비대 부장입니다. 입궐하시라는 어명입니다."

"부장, 입궐이라고요? 나는 지금 부친의 장례를 준비하는 상주이니 대왕께 잘 말씀드려 주시오. 추모객과 문상객은 맞이해야 하지 않겠소? 갑작스러운 변고라 아무런 준비도 없이 큰일을 치러야 할 형편이오. 그럼 이만 실례하겠소. 배웅할 형편은 아니니 잘 가시오."

차려는 부장을 냉랭하게 만나고는 뒤돌아섰다. 마음 같아서는 단칼에 부장의 목이라도 날려버리고 싶은 심정이었다. 차려의 온몸은 분노로 끓고 있었다.

차려가 처소로 돌아오자 소희 공주가 그를 맞았다. 근심어린 표정으로 부군을 바라보는 그녀의 표정이 애처로웠다. 남편을 믿으면서도 갑자기 닥친 변고를 혼자서 슬기롭게 잘 처리할 수 있을까 하는 염려도 뒤따랐다.

시아버지 설상 대상은 서라벌의 소루부족이라면 누구나 존경하는 분이었다. 곧고 반듯한 성격이면서도 이런 사람에게 부족하기 쉬운 인자함까지도 훌륭히 갖추신 분이라, 갑작스러운 변고로 인한 부재(不在)가 더욱 난감한 상황이었다.

소희는 가문의 위기이자, 소루부족의 위기인 설상 대상의 부재 상황을 남편이 슬기롭게 대처해주기를 바랐다. 자칫 잘못하면 신라와 소루

부족 간의 유혈 사태로 이어질 수도 있는, 화산 폭발 직전과 같은 순간이었다.

"장군, 아무쪼록 아버님의 깊은 뜻을 헤아리시기 바랍니다. 아버님께서 하나뿐인 귀한 목숨을 내놓으실 때는 작게는 우리 가문을 위해, 크게는 우리 소루부족을 위해 고귀한 결단을 내리셨다고 생각합니다. 부디 아버님의 죽음이 헛되지 않도록 끓어오르는 분노를 억누르시며 참고 또 참아서 현명한 대비책을 강구하셔야 할 줄 아옵니다. 제발 백제령에 계신 아버지께서 오실 때까지이라도 모든 감정을 억누르시고 기다려주시어요. 그런 다음에 장군 뜻대로 하셔도 결코 늦지 않으리라고 봅니다."

소희 공주의 진심어린 충언에 차려는 수긍하는 태도를 보였다.

"그럽시다, 부인. 내가 잠시 마음을 다잡지 못하였나 보오. 장인어른이 오시면 그분의 말씀을 듣고 모든 일을 처리하도록 하지요. 그러니 마음을 놓으시오. 부인의 말씀을 듣고 보니 내가 너무 분노만 앞세웠던 것 같구려. 그럼 부인은 하인들 시켜서 안에 일은 차질이 없도록 해주시오. 바깥의 장례 일은 두충이와 상의하여 처리하면 될 거요."

"예, 장군. 실수 없이 준비하도록 하겠습니다. 안에 일은 걱정하지 마시고 내방객들이나 서운하지 않게 잘 모시도록 하세요."

"그래요, 부인. 부인이 있어 참으로 고맙고 든든하구려. 아버지께서 안 계신 지금 부인의 소중함을 다시금 깨닫게 됩니다. 이제 이 가문은 부인과 내가 힘을 합쳐 이끌어나가야 할 것입니다. 아무쪼록 부인께서 내가 바른 길을 가도록 잡아주시기 바라오. 나는 밖으로 나가볼 테니 부인께서 하인들이나 하녀들이 할 일들을 잘 챙겨주세요."

"예, 장군. 그렇게 하지요. 저도 나가려던 참이니 함께 나가시지요."

"그럽시다."

문상객들은 꼬리를 물고 이어졌다.

노골적으로 불만을 터뜨리는 사람들은 대개 소루부족이었다.

"우리는 지난번 중산성 전투 때 3천 명의 철기병을 잃었다. 그래서 고구려군을 물리치고 성을 지켜낼 수가 있었다. 그런데 조정에서는 우리에게 무엇을 해주었나? 생때같은 우리 부족의 젊은 목숨만 잃고 말았어."

"그러니 설상 대상께서 항의 표시로 조정에 출사하기를 거부하신 거지. 그것은 당연한 의사표시야. 조정이 이를 받아들여서 우리 부족의 희생에 대해 포상을 하는 것이 마땅했어. 그랬다면 설상 대상께서 부족에 희생에 대한 명분을 얻어 부족을 이해시키면서 출사를 중지하지도 않으셨겠지. 결국 조정은 자업자득하여 험한 꼴을 만든 셈이야."

"그리고 우리 소루부족은 이제 신라를 위해 목숨을 걸고 싸워야 할 명분마저 잃어버렸다. 우리가 무슨 이유로 전쟁터에서 목숨을 바칠 것인가?"

"오히려 우리가 싸워야 할 상대는 신라요, 조정이라고 할 수도 있겠지."

"우리 소루가야를 멸망시킨 신라는 우리 부족을 고구려, 백제와의 싸움에 내몰고 있어. 신라를 위해 우리가 피를 흘리며 죽어가고 있거늘 공과는 신라인들이 독차지해 왔지. 희생만 강요하고 공훈은 독차지하기 때문에 우리 부족뿐만 아니라 귀속된 다른 부족들에게도 반감의 빌미를 제공한 셈이야. 오늘의 분란(紛亂)은 성골과 진골이라는 신라의 보수적인 기득권 귀족들이 자초했다고 해도 지나친 말은 아니야."

"신라의 기득권층은 물론이거니와 조정에 빌붙어서 충견 노릇을 하면서 부귀영화를 탐하는 무리들도 이제부터는 우리 부족의 적으로 간주한다. 소극적인 척결이 아니라 적극적인 방법으로 도륙해야 할 적…."

"살생부를 만들어 한 놈씩 처단해 나갑시다. 여기 계신 분들이야말로 무술에서는 일당백의 전사들이시니 우리와 같은 뜻일 줄 믿습니다. 장례식에 오신 여러분을 따로 모신 까닭은 이런 우리의 각오를 새로이 다짐하여 설상 대상의 죽음을 결코 헛되이 하고 싶지 않기 때문입니다. 자, 우리 다 같이 뜻을 모읍시다."

"그럽시다. 소루 왕께서 도착하시면 구체적인 대응전략을 세웁시다."

"그럽시다, 그때 다시 모이기로 합시다."

논의가 분분했지만 결론은 소루 왕이 도착할 때까지 미뤄졌다.

조정에서는 만장(輓章)을 보내왔다. 만장에는 '신라국 태대로 설상정승신위'라고 씌어있었다. 차려는 조정에서 보낸 만장을 거절할 수 없었다. 만장은 높다란 대나무에 매달려 설상 가문 저택 입구에서 나풀거리고 있었다.

조정의 대신들과 지방관들도 거의 빠짐없이 문상을 다녀갔다. 특히 같은 처지의 복속인사들은 자신들의 일인 양 진심어린 애도를 표하고 위로를 건넸다. 차려는 아버지 설상 대상의 위상에 새삼 놀라움을 금할 수 없었다. 과연 아버지다우셨다는 생각이 들었다.

닷새째 되던 날, 백제령에 계시는 소루 왕이 도착했다.

진무 총독이 소루 왕을 모시고 함께 도착했다. 그날 오후 서라벌에 있는 소루가야족의 후손들은 설상 대상의 상가에 모여들었고, 옛 가야 땅에 칩거하고 있던 소루가야 신하들도 모여들어 상가는 인파로 발 디딜 틈이 없고 근처 공터는 타고 온 말들로 북새통을 이루었다.

"폐하, 억울하옵니다. 설상 대상께서는 자결하셨습니다."

"자, 진정하시고 여러분의 말씀을 들어봅시다. 어떻게 하는 것이 설상 대상의 죽음을 헛되지 않게 하고, 소루부족이 자존을 지켜 나가면서 후손들이 떳떳하게 살아갈 수 있는가를. 분기(憤氣)만으로는 어떤 것도 이룰 수 없다는 것을 명심해야 합니다. 분노는 더욱 분노만 쌓아갈 뿐입니다. 복수는 복수만 낳을 뿐입니다. 이미 우리 소루가야는 패망했습니다. 설상 대상은 이미 그것을 뼈저리게 깨닫고 너무나 잘 알기에 스스로 고귀한 목숨을 버리면서까지 우리 소루족의 자존을 지키려고 했던 것입니다."

"폐하, 그러나 우리가 이대로 당하고 있을 수만은 없는 일 아닙니까?"

"설상 대상의 죽음을 이대로 보고만 있어야 합니까?"

"그래 설치 장군, 이제 와서 신라에 반란이라도 일으켜 내전이라도 벌리겠단 말입니까? 그래서 우리 부족의 젊은 목숨들을 죽여서 어떤 도움이 된단 말입니까? 우리가 무력을 사용하고 반란을 획책하면 더 많이 죽어나가고 희생되는 것은 우리 부족일 뿐입니다."

"그렇다고 이토록 억울한 일을 당하고도 참아야 한단 말입니까?"

"우리가 무력을 사용한다면 부처님께서 신라의 편에 설 것입니다. 만약 신라가 우리 부족에게 무력을 행한다면 정의는 우리 편이 되고 부처님도 우릴 도우실 것입니다. 어떤 길이 만민을 살리는 길이고 위하는 일인가를 생각해야 합니다. 일시의 감정이나 사사로운 원한에 치우쳐서는 아니 될 것입니다."

설상 대상의 상가에 모인 사람들의 관심은 소루 왕의 정세 판단과 의견이었다. 평생의 처신에 대해 그 자체만으로도 신뢰해 온 존재였기 때문이다.

"소루부족의 지도자 여러분, 선친이신 진용대왕께서 신라와 전쟁을 치를 수 있었음에도 신라에 복속하기로 한 것은 우리 부족을 죽음으로 몰아넣지 않기 위해서였습니다. 더구나 백제왕이 원군을 보내준다며 신라에 항거하기를 권하기도 했습니다만, 이 방법도 결국은 우리 부족의 아까운 목숨만 버리는 길이라 하여 거절하고 복속(服屬)을 결정하신 것입니다. …그때 만약 복속을 거부하고 전쟁을 치렀다면 어떻게 되었을까요? 우리 부족은 신라의 말발굽에 짓밟혀 아녀자와 어린애들만 남고 거의 전멸했을지도 모릅니다. 그것은 부처님의 길이 아니라고 생각하셨던 것입니다. 조상 대대로 우리 소루가야의 통치이념은 '민심(民心)은 천심(天心)'의 뜻에 부합하게 다스리는 것이었습니다."

아무도 토를 다는 사람은 없었다. 입에서 나오는 대로 마구 토해내던 불평과 불만도 조금 가라앉는 분위기였다.

"그 뜻은 만민의 마음이 하늘의 마음이라는 뜻이 아니라 만민을 보호하는 것이 하늘의 뜻이란 얘기입니다. 만민이 바라고 좋아하는 대로 정책을 펴왔기 때문에 패망의 길을 걷게 되었다고도 할 수 있겠지요. 지금도 마찬가지입니다. 부족을 보호하는 것은 지도자들의 책임입니다. 영문도 모르는 부족민들을 죽음으로 내몰 수는 없습니다. 그때나 지금이나 똑같은 상황입니다. 아버지 진용대왕께서도 이런 마음으로 신라에 나라를 내주어 부족민들의 목숨을 구하고 외롭게 백제령 신선산으로 은거하셨던 것입니다."

진용대왕의 이야기가 나오자 흐느끼는 노인들도 몇몇 있었다.

"소루부족의 지도자 여러분, 지금 제 마음도 아버지와 똑같습니다. 설상 대상이 개인적으로는 저와 사돈관계인 줄 여기 모이신 분들은 잘 알고 계시지 않습니까? 제 큰 여식 소희가 차려의 안사람입니다. 그리고 천관이도 지금 이곳에 몸을 의탁하고 있습니다. 여러분이 저를 소루 왕이라고 불러주고 계십니다만, 우리 소루국은 이미 60년 전에 멸망했고, 아버지 진용대왕으로 소루 왕족은 끝을 맺었습니다. 저는 이제 언제 죽을지 알 수 없는 늙은이에 불과합니다."

"폐하, 어찌 그런 참담한 말씀을 하시는지요?"

"참담한 말이 아니라 사실이지요. 여기 모이신 분들이 저를 소루 왕으로 불러주셨으나, 저는 지금까지 언제나 마음 한 쪽에 답답하고 무거운 짐을 안고 살아왔습니다. 제가 무엇 때문에 그것을 감내해 왔다고 생각하십니까?"

소루 왕은 잠시 말을 멈추고 좌중으로 눈길을 돌렸다가 지긋이 허공을 바라보았다. 한참동안 허공을 응시하던 소루 왕이 말을 이어갔다.

"신하 한 명 없이 왕으로 살아오기를 수십 년, 오직 이곳 신라에 계신 여러분의 안녕을 위해 신라에 고개를 숙이지 않고 절개를 지켜온 것입니다. 그 점 또한 설상 대상과 같은 마음일 것입니다. 죽을 수도 없는 목숨으로 살아오기 수십 년, 설상 대상께서도 그 괴로움의 세월을 훌훌 털어버리고 부처님의 품에서 안식을 찾아 힘든 육신을 쉬고 계신 것입니다. 설상 대상은 돌아가신 것이 아닙니다. 삶에 지친 육신을 부처님의 품에서 편히 쉬고 계신 것입니다. 그리고 우리 소루부족의 마음속에 영원히 함께 하는 것입니다."

모두들 숙연한 자세로 소루 왕의 얘기를 경청하고 있었다.

"다시 한 번 여기 모이신 소루부족의 지도자 여러분의 충심을 듣고자 합니다. 과연 어떠한 행동이 우리 소루부족의 앞날을 위한 것인지 말씀해주시기 바랍니다."

소루 왕의 말이 끝나고 나서도 한참동안 침묵이 흘렀다. 누구 한 사람 말을 꺼내는 사람이 없었다. 그때 차려가 침묵을 깨뜨리며 말문을 열었다.

"폐하, 제가 어리석은 생각을 했던 것 같습니다. 아버지의 변고를 보면서 오직 복수에 불타 있었습니다. 조정에 빌붙어 기생하는 가야족의 변절자들을 척결하기 위해 목숨을 걸고 투쟁하려 하였습니다. 그러나 폐하의 말씀을 듣고 보니 그 모든 것들이 결국은 우리 소루부족의 희생만을 강요한다는 것을 깨달았습니다. 폐하, 우리 소루부족이 나아갈 길을 가르쳐 주셨으면 합니다."

"차려 장군."

"예, 폐하."

"그리고 여기 모이신 부족의 지도자 여러분. 지금 그대로 만족하시기 바랍니다. 여러분은 이제 신라 만민입니다. 그리고 신라 국왕의 백성입니다. 지금 그대로가 여러분이 지켜야 할 위치입니다. 소루부족은 잊으십시오. 소루부족의 정신을 이야기하는 것이 아닙니다. 여러분이 소루부족이라는 것을 부인하라는 뜻이 아니라 오히려 소루부족의 정신과 긍지를 지키면서 신라인으로 살아가라는 뜻입니다. 신라인으로서 소루부족의 끈끈한 유대와 결속력을 더욱 강하게 지켜주시기 바랍니다. 이제 수십 년 전에 패망한 소루부족에 연연하기보다 스스로 여러분의 앞길을 개척해 나가십시오. 같은 소루부족을 변절자로 미워하거나 척살하려하지 말고, 그들을 이해하며 부처의 자비심으로 용서하십시오. 그리고 신라에 충성하십시오. 그 길이 축복의 길이며, 소루부족이 앞으로 나아가야 할 길이 될 것입니다.…더불어 말씀을 드립니다. 신라를 도와 이 삼한 땅에서 전쟁을 종식시키십시오. 더 이상 전쟁으로 인한 인명의 살육이 계속되지 않도록 신라를 도와 삼한의 통일을 이루십시오. 이제 제가 이곳에 온 목적을 모두 말씀드렸습니다. 판단하고 결정을 내리는 것은 여러분의 몫으로 남겨두겠습니다"

소루 왕의 말은 끝났다 소루 왕인들 어찌 나라를 멸망시킨 신라에 원한이 없을 수 있겠는가. 오로지 소루부족을 위해 살아온 세월만큼이나 돌이킬 수 없는 연민의 그림자가 소루 왕의 신념을 보여주는 듯했다. 모두들 속연한 표정으로 소루 왕의 얘기를 듣고 있었다.

차려가 결론처럼 말을 맺었다.

"폐하의 말씀이 모두 옳사옵니다. 아버지의 죽음이 헛되지 않도록 신라와 평화로운 관계를 지속해 나가도록 하겠습니다. 결코 불미스러운 일이 생기지 않도록 우리 모두 최선을 다할 것을 폐하께 약속드립니다."

재회

"천관아."
"예, 아버지."
"그동안 잘 있었느냐? 떨어져 있는 동안 훌쩍 자랐구나. 이제 네 모습에서 여인의 자태가 나타나는구나. 그런데 무슨 근심이라도 있느냐? 얼굴에 수심이 가득 차 있구나. 무슨 일이 생기면 언니에게 물어서 처리해야지, 너 혼자 괴로워한다고 해결될 수가 있겠느냐?"
"무슨 일은요? 언니가 잘해 주니 아무 걱정 없이 잘 지내고 있어요."
"그렇다면 다행한 일이지. 애비가 나이가 들어 잘못 볼 수도 있을 거야."
천관은 아버지를 껴안고 엉엉 울고 싶은 심정이었다. 그러나 아버지께서 이곳에 오신 이유가 설상 대상의 죽음이라는 불행한 사건 때문에 오신 것이기 때문에 천관의 사사로운 문제로 괴롭혀 드릴 분위기가 아니었다.
소희 언니도 그동안 마음고생이 이만저만이 아니었다. 다행히 설상 대상의 자결을 조정에서 좋은 쪽으로 결말을 내려 신라 최고의 벼슬 태대로를 추증하고 정승 반열에 올렸으며, '대신라국 태대로 설상정승 신위'라는 만장(輓章)까지 보내 이를 널리 알렸다. 이로써 일단 소루부족은 조정과 겉으로는 평온하고 평화로운 분위기 속에 장례에 정성을 쏟고 있는 것처럼 보였다. 그러나 장례기간 내내 소루부족 출신의 문상객들은 삼삼오오 모여 울분을 터뜨리기 일쑤였다. 그리고 주위의 시선을 의식해서 조용히 하라고 하거나 말을 중지시키면 오히려 분통을 터뜨리곤 했다.

"들으면 들으라지. 무서울 것이 무엇이 있어? 이래도 죽고 저래도 죽을 바엔 큰소리나 치고 죽어야지!"

"암 그렇고말고, 전쟁에 나가서 신라를 위해 싸우다 죽으나 신라와 싸워 소루부족의 지조를 지키다 죽으나 죽는 것은 매한가지야!"

"설상 대상을 죽게 만든 놈들은 신라의 기득권 귀족들이잖아?"

"암 맞는 말이야!"

이렇게 분통을 터뜨리며 노골적인 불만을 표시했다. 이런 분위기에서 누구도 얼굴을 붉히며 그 말들을 막아설 수 없었다. 만약 참견을 했다간 당장 칼을 뽑아들어야 할 사태가 벌어질 상황이었다.

소루 왕의 도착으로 그들의 기세는 하늘을 찌를 듯이 더욱 높아졌다. 소루 왕을 호위해온 진무 총독 휘하의 군사를 이끌고 서라벌에 있는 귀족들의 사병과 합세하여 당장이라도 신라와 일전을 치를 기세였다.

사실 서라벌에 있는 정예 신라군이라고 해야 왕실 근위병과 서라벌 성곽을 경계하고 있는 병력까지 불과 3만 병력에도 미치지 못할 정도였다. 결코 불가능한 일도 아닐 성싶었다. 그러나 일시 서라벌을 점령

한다고 할지라도 지방의 신라군이 서라벌로 몰려온다면 무슨 수로 막을 것인가. 소루부족의 전멸은 명약관화했다. 기습 공격으로 서라벌의 조정을 장악한들 그것은 일일 천하에 불과할 따름이었다.

그런데 그토록 기대했던 소루 왕이 평화를 얘기할 줄은 몰랐다.

신라의 만민으로 의무를 다하며 신라에 충성하여 삼한을 통일하라는 것이다. 모두들 갑자기 생기를 잃었다. 치솟았던 분노도 잦아들었다. 그리고 믿을 수 없을 정도로 소루 왕의 말에 공감하기 시작했다. 설상 대상의 장례와 병행해서 일어난 상황이었다. 따라서 장례는 성대하면서도 조용하게 치러졌다.

그 와중에서 가슴을 쓸어내리며 지옥 같은 하루하루를 보내야 하는 천관 공주의 마음을 누가 알아줄 것인가.

더구나 장례 기간에는 백일치성을 드렸던 황은사에도 가볼 수 없는 처지였다. 아버지 소루 왕께서 서라벌에 와 계셨기 때문에 잠시도 곁을 떠나기가 어려웠던 것이다. 소루 왕의 일거수일투족을 챙기고 잠자리까지 보살펴 드려야만 천관도 잠자리에 들 수 있었다. 물론 계화가 곁에서 잔심부름을 하지만, 천관이 소루 왕과 함께 생활하다시피 해야 했다.

아버지 소루 왕은 자정 무렵에 주무시면 인시(因時)에는 어김없이 기침하셨다. 소루부족은 물론 서라벌의 인사들과 조정의 대신들까지 만나려고 찾아왔기 때문이다. 자정을 넘겨 주무실 때도 있었으나 일어나는 시각은 한결같았다.

자시에는 하늘이 열리고, 축시는 땅이 열리는 시간이다. 인시에는 사람이 열리는 시간이고 인시에는 양의 기운이 발생한다. 음양오행에서는 인시에 일어나면 양의 기운이 사람의 골수(骨髓)에 스며든다고 말

한다. 뼈는 양이고 근육은 음이다. 인시에 기상한다는 것은 우주의 순리에 따른다는 뜻이다.

객지인 서라벌에서 수십 년 동안 자연법칙에 따라 이런 생활을 해오신 소루 왕의 수발을 드는 일이라 천관은 여유를 가지기가 어려웠다.

유신의 어머니 만명 부인이 다녀간 뒤로는 유신과 깊은 얘기를 나눌 여유조차 없었다. 엎친 데 덮친 격으로 소희 언니의 시아버지 설상 대상께서 조정에 불만을 품고 출사를 거부하는 상황과 맞물렸다. 만명 부인의 바람대로 유신과 헤어지겠다고는 했지만, 당연히 만나서 당사자의 이야기를 들어보고 싶었다.

그런데 느닷없이 설상 대상의 자결이라는 변고가 일어났고, 소희 언니를 위해서라도 장례 일을 거들 수밖에 없었으며, 아버지 소루 왕이 장례의 호상(護喪) 격으로 서라벌에 오시는 바람에 유신을 만날 엄두조차 내지 못했던 것이다.

이런 상황이라 천관의 하루하루는 바늘방석이었다. 유신은 어떻게 생활하고 있을까? 황은사에는 몇 번이나 다녀갔을까? 아버지 김서현 장군과 어머니 만명 부인으로부터 빨리 헤어져야 한다고 다그침을 받은 것은 아닐까?

천관의 머릿속에는 별의별 생각이 다 떠올랐다. 김유신과 헤어지겠다고 만명 부인과 약조를 하였지만, 솔직히 천관의 마음 한 구석에는 유신이 자기를 버리지는 않을 것이라는 확신 같은 것이 잠재되어 있었다. 그러면서도 불안하기는 마찬가지였다.

한편으로는 아버지를 따라 신선산으로 돌아가고 싶기도 했다. 첫사랑의 정인(情人)과 헤어져야 하는 나이 어린 처녀의 감정은 갈피를 잡지 못하고 있었다.

"아버지…."

소루 왕은 천관이 부르는 소리에 고개를 들어 천관을 지긋이 바라본다. 천관은 다음 말을 차마 꺼내지 못하고 머뭇거리다 가까스로 입을 뗀다.

"저…아버지 따라서 집에 돌아가고 싶어요. 어머니도 보고 싶고요."

소루 왕은 물끄러미 천관을 바라본다. 그리고 마음속으로 혼자 짐작해본다.

'그래 어린 나이에 이 낯선 타국 서라벌에 와 있으니 얼마나 외롭겠느냐? 소희 언니가 있다고는 하나 이미 남의 처자가 되어있는 몸, 나의 편견이 너를 괴롭히나 보구나. 네 어머니 말대로 인근에서 참한 배필 찾아 신선산 자락에서 오순도순 살면 되는 것을, 이 애비의 고집이 금희를 그 지경으로 만들고도 모자라 천관이 너까지… 그럴 수는 없다. 지금이라도 늦지 않았다. 우리 신선산 계곡에서 예전처럼 평화롭게 살자구나.'

소루 왕은 서라벌에 도착하여 천관을 처음 봤을 때 이미 천관이 얼마나 힘들어 하는지 알 수가 있었다. 다만 천관이 스스로 말하기 전까지는 모른 척했을 뿐이었다.

'아버지 진용대왕께서는 망국의 군주셨다. 그보다 더한 굴욕의 삶이 어디 있었으랴? 그런 마당에 서라벌의 소루부족 족장이나 대신들의 며느리로 들인 것이 꼭 행복이랄 수가 있을까. 참으로 마음에 평온함을 찾고 현재 살아가는 데 만족을 느낀다면 그것이 진실한 행복이 아닐까? 망국의 군주와 그 군주의 자식이 더 이상 얻을 것이 무엇이 있다고

어린 딸의 소박한 바람이나 행복조차 지켜줄 수 없단 말인가?'

소루 왕은 머리를 흔들었다.

'나는 사위 차려에게, 그리고 소루부족의 지도자들에게 경거망동하지 말고 소루 만민의 안녕을 위해 분노를 억누르고 참으라고 했다. 그리고 차려는 아버지의 자결을 눈으로 목격하고 고통을 덜어드리고자 칼을 들어 아버지의 목을 치는 죄를 범했다. 그 분노를 억누르며 이겨냈으니 얼마나 훌륭한 인내심이냐?'

그에 비하면 자신은 딸의 소박한 꿈조차 지켜주지 못하는 어리석은 편견을 지닌 못난 아비에 지나지 않을 뿐이라고 생각되었다. 그러면서 자신이 '소루 지도자들에게 충언을 할 수 있는 자격이 있단 말인가?' 하는 생각과 더불어 자신이 부끄러워 천관을 똑바로 바라볼 수가 없었다.

'내 나이 예순 넷, 이제 속세의 모든 인연의 끈을 놓아야 한다. 이 허물진 껍데기도 머지않아 버려야 하거늘 무엇인들 미련을 가질 수가 있단 말이더냐? 다 버려야 한다. 이 인연의 끈을 다 버려야 한다.'

소루 왕은 그런 생각을 하며 천관을 불렀다.

"천관아."

자애롭게 부르는 소리에 천관이 고개를 들어 소루 왕을 바라본다.

"그래, 네가 정녕 그렇게 집을 그리는 마음이 있다면 이번에 함께 가자꾸나. 네 어머니도 얼마나 반가워하시겠느냐? 이 아비가 몹쓸 짓을 한 것 같구나. 어린 너를 멀리 타국에 두고 나와 네 어머니인들 단 한 시도 마음 편한 적이 있었겠느냐? 물론 멀리 떠나 있는 너의 마음은 또 어떠했겠느냐? 모든 것이 이 아비의 속 좁은 생각에서 비롯된 잘못이었다. 이제라도 이를 바로잡아야 하지 않겠느냐?"

천관은 아버지 소루 왕의 선선한 승낙에 일순간 당황하였다. 마음이야 오죽 집이 그립지 않으랴. 그리고 어머니의 품에 안겨보고 싶지 않으랴. 그러나 지금은 딱히 그러고자 던진 말이 아니었다. 마음의 괴로움에 대해 위안을 받고자 아버지께 어리광을 부린 행동이라고 해야 정확한 표현일 것이다. 천관은 이미 이곳에서 사랑을 나누었으며 장래를 약속한 유신 화랑이 있지 않은가.

만명 부인이 헤어지기를 원했고 천관도 그리 약속했으나 당사자의 한 사람인 유신 화랑의 뜻 또한 가장 중요한 결정권을 가지고 있다고 할 수 있다. 천관은 아버지의 승낙에 먼저 유신 화랑의 얼굴이 떠올랐다. 그리고 유신 화랑을 만나서 그의 마음을 알고 싶었다. 그런 다음 아버지를 따라 이곳을 떠나든지 남아 있든지 결정을 내려야 했다.

"예, 소녀 아버지의 뜻에 따를 것이옵니다."

"그래, 그러면 그렇게 하자꾸나. 아직 사나흘 시간이 있으니 그때 얘기하자. 애비는 그리 알고 있겠다."

"예, 아버지."

천관은 마음이 착잡하였다. 장례 기간 동안 황은사 백일기도 처소에 가보지 못한 것은 물론이거니와 장례가 끝난 지금도 아버지 수발 때문에 엄두도 낼 수 없었다. 그렇다고 달리 유신 화랑에게 연락할 방도도 없었다. 결국 애만 태우며 유신 화랑에게서 연락이 오기만을 기다리는 수밖에 없었다.

그때 천관의 머릿속에 번뜩이는 묘책이 떠올랐다

지금껏 왜 이런 쉬운 방법을 생각하지 못하고 있었단 말인가? 자신이 생각해도 이렇게 쉬운 방법을 모르고 있었다니 어리둥절할 지경이었다. 천관은 급히 계화를 불렀다.

"계화야, 계화야."

천관이 부르는 소리에 계화가 대답하며 쪼르르 달려왔다.

"무슨 일인데요? 나를 찾으실 때도 다 있으니 참 별일이구먼요."

"너는 가서 돌쇠를 불러오너라."

돌쇠는 소희 언니네 종놈 중에서도 심덕이 무던한 편이었다. 시키면 시키는 대로 군말 없이 심부름을 잘해냈다. 천관은 그렇게 시키고 방으로 들어와서 편지를 썼다.

장례 때문에 황은사 처소에 가볼 수가 없었다. 그리고 아버지께서 오셔서 자시까지는 아버지 시중을 들어야 하니 오늘밤 자시 조금 지나 대문 앞의 당산나무 옆에서 기다려 주십사 하는 내용이었다. 편지를 받아보실 때까지 매일 밤 기다리겠다, 만약 연락이 없으면 사흘 지난 다음에는 아버지를 따라 백제령 신선산으로 돌아가야 할지도 모른다, 보고 싶다고도 썼다. 대충 이런 내용으로 편지를 써서 갈무리했다.

"천관 공주님, 돌쇠 여기 왔구먼요."

"그래 잠깐 기다려라."

그리고 별도로 황은사 주지 스님께 서찰을 써서 유신 도령께 전해 달라는 부탁 말씀을 따로 몇 자 적었다. 천관은 서신을 가지고 밖으로 나와 돌쇠에게 건네주었다.

"돌쇠는 황은사를 잘 알겠지?"

돌쇠는 고개를 끄덕거렸다

"이 서찰을 황은사 주지 스님께 전해 드려라. 그리고 봉함 서찰을 유신 도령께 전해달라는 말씀을 올리도록 해라."

그러면서 다시 한 번 다짐을 둔다.

"유신 도령께 전해드리라는 말씀을 꼭 올리도록 해라."

"염려마세요, 공주님. 그럼 댕겨 오겠습니다요."

그제서야 천관은 마음을 놓으며 왜 이제야 이런 생각을 할 수 있었는지 어이가 없었다. 그동안 유신 도령께서는 몇 번이나 다녀가셨는지, 아니면 어머니 만명 부인의 말을 듣고 천관을 잊기로 했는지, 천관은 머릿속에 매번 이런 생각만 그렸다가 지우기를 반복하였다.

편지를 보내놓고 천관은 하루 종일 안절부절 못했다.

그날은 신라 국왕의 하명을 받은 대아찬을 직접 만난 후 소루 왕은 잠을 청하셨다. 천관은 소루 왕의 뒷바라지를 해드리고 자시가 되길 기다렸다. 자시가 되자 조용히 방문을 열고 마당으로 내려갔다. 대문 앞을 지키고 있는 하인들에게 눈인사를 건네고 대문을 나섰다. 저쪽 당산나무 그늘에 아른거리는 그림자가 이쪽으로 몇 발짝 빠른 걸음으로 다가오고 있었다. 유신도령이 틀림없다고 느껴졌다. 천관의 가슴이 요동치기 시작했다.

'역시 나의 낭군님, 나를 버리고 잊을 리가 없을 것이다.'

다가오던 걸음이 어둑한 나무 그늘에서 주춤거리고 섰다. 천관이 그 어둠속으로 빨려들어감과 동시에 두 남녀는 전신을 내맡기고 포옹했다.

"서방님."

"공주."

두 남녀는 가슴 저 밑에서 우러나온, 감정에 겨운 목소리로 상대를 탐닉했다.

"왜 연락이 없으셨습니까?"

"어떻게 연락을 드릴 수가 없었어요. 장례 때문이었습니다. 더구나 아버지까지 오셔서 더더욱… 제가 아버지 수발을 들어드려야 했기 때문에…. 그런데 서방님께서는 왜 연락이 없으셨어요? 장례에 문상도 오시지 않고…."

"공주, 나는 하루에도 몇 번씩 이 근처로 찾아왔답니다. 들어갈 수가 없었지요. 저는 가야족의 변절자로 내몰려 생명의 유협을 받고 있습니다. 더구나 소루 왕께서 오셨다는데 이 근처에서 서성거리다 돌아가곤 하였답니다. 그리고 매일 황은사 처소에도 꼭꼭 들렀고요. 얼마나 보고 싶었는지 모른답니다. 하루하루가 지옥이었답니다. 보고 싶은 마음과 그리움에 도통 잠을 이룰 수가 없었습니다."

"소녀도 같은 마음입니다. 하루에도 수차례씩 서방님 얼굴만 떠올라서 아무 일도 손에 잡히지 않았습니다."

"저쪽에 매어둔 말을 타고 황은사 처소를 다녀올까 하는데 공주 생각은 어떠십니까?"

"소녀는 아버지 시중을 들어야 합니다. 갑자기 아버지께서 일어나셔서 저를 찾으실 경우도 있습니다. 오늘은 갈 수가 없습니다."

"그러면 공주 한 마디 묻고 싶은 게 있습니다. 사흘 후에 백제령으로 아버지와 함께 돌아가신다는 말은 무슨 뜻인지요? 그리고 이번에 가면 영영 오실 수 없다는 뜻인가요?"

"그건… 저… 그보다 어머님께서는 우리 사이에 대해 아무런 말씀도 없으셨는지요?"

"예, 아무 말씀도 없으셨습니다. 그렇다면 혹 제 어머니를 만났단 말씀이세요? 그러면 만나서 무슨 말을 나누었는지요? 혹시 좋지 않은 말씀을 하신 것은 아니지요, 예? 왜 대답을 하지 못하세요, 공주?"

유신은 답답하다는 듯 우물쭈물하는 천관을 다그친다.

"공주, 어머니와 무슨 말씀을 나누셨어요?"

"그게…."

"그게 뭐에요? 속 시원히 말해보세요."

"서방님께서 어머님께 직접 여쭈어보세요."

"기어코 이런 일이 벌어졌군요. 그러나 공주, 가지 마세요. 내일 밤에 제가 다시 올게요. 그때 자세히 말씀 나누도록 해요. 저 그럼 이만 실례하겠어요."

유신은 천관을 떨구고 일어나 급히 말을 몰고 달려갔다. 분명 어머니와 천관 공주 사이에 무슨 일이 있다는 것을 알아차린 것 같았다. 그리고 천관의 몇 마디 말로도 결코 좋지 않은 일이라는 것을 짐작하는 듯했다.

집에 돌아온 유신의 마음은 부글부글 끓기 시작했다. 방금 헤어진 천관 공주를 그리는 마음과 어머니에 대한 서운함이 교차해서 유신을 잠자리에 들지 못하게 하였다. 그리움이 짙은 만큼 어머니에 대한 섭섭함은 더 높아졌.

벼르던 아침이 밝아왔다. 유신은 어머니의 침소를 찾아갔다. 이른 아침 아버지 김서현 장군은 말을 타고 산책을 즐기신다. 특별한 일이 없는 한 아버지의 하루 일과 중 빼놓지 않는 일이었다. 아버지가 말을 타고 나가시는 기척이 멀어지는 것을 기다린 유신이었다.

"어머니, 기침하셨습니까? 유신이옵니다."

"으…응, 왜… 무슨 일이냐? 이른 새벽부터…."

몹시 당황하는 어머니의 모습이 대답 속에 묻어 있었다.

"들어가도 되겠습니까?"

그렇다고 멈칫거릴 수 없었다. 밤새 뜬눈으로 이 시간을 기다려 왔기 때문이다. 어머니와 천관 공주가 나눈 대화의 진실을 알아야만 했다.

"들어오려무나."

방문을 열던 유신은 멈칫했다. 그러나 멈출 수는 없었다. 조금은 무례하게 방안으로 들어섰다. 유신은 어머니가 여전히 아름답다고 느꼈다.

허기야 아버지는 서라벌 제일의 미인이라고 일컬어지던 어머니 만명 부인을 끔찍이도 사랑하셨다. 그런 어머니께서 멸망한 가야왕국의 구형왕의 손자와 열애를 하였으니 그 아버지이신 숙흘종께서는 오죽 화가 나셨을까. 그런 어머니와 기어코 사랑을 이루신 아버지 또한 대단한 분이라는 생각이 들었다. 신라의 왕족과 귀족, 심지어 가야족의 반대로 수차례 생사의 고비를 겪으면서도 끝내 어머니를 차지하셨던 것이다. 얼마나 많은 신라 젊은이들의 질시와 시기를 받으셨을까. 어머니는 그러기에 충분할 만큼 아름다우셨다.

아름답고 야한 잠옷에 막 일어나서 홍조를 띠고 있는 볼과 약간 흐트러진 모습은 아들인 유신이 보기에도 너무 아름다웠다. 허기야 마흔을 갓 넘긴 어머니는 이제 농염한 여인의 나이가 아닌가. 유신은 어머니의 아름다움에 눈이 부시고 또한 어머니의 침실을 훔쳐본 죄스러움에 고개를 숙이면서 말했다.

"어머니, 너무 일찍 송구스럽습니다."

만명 부인 또한 아들 유신의 눈빛이 불타오르는 것을 보았다. 그리고 자신의 모습을 내려다보며 되받았다.

"무슨 일인데 이른 아침부터 이렇게 훤칠한 미장부가 늙은 어미를 찾아 주시다니 고마울 따름이라… 어미는 기쁘기 그지없구나."

"무슨 말씀을요? 아직도 어머니는 서라벌 최고의 미인이십니다. 제가 보기에도 어머니는 아름답습니다. 그러니 아버지께서 목숨을 걸고 어머니께 사랑을 구하지 않았겠습니까?"

"그렇게 되는가?"

만명 부인은 머리를 매만지며 잠옷 매무새를 둘러보면서 스스로에게 반문해본다.

"그럼요."

어떻든 어머니의 기분을 맞추어야 한다는 생각으로 유신이 재빨리 맞장구를 친다.

만명 부인은 야릇한 눈빛으로 유신을 바라보며 입을 연다.

"오늘 무엇인가 유신 도령께서 이 어미를 녹여버릴 심산인가 봅니다. 아니 그렇습니까, 미소년 도련님?"

유신은 어머님의 재빠른 판단과 숨막힐 것 같은 농염함에 아찔한 현기증을 느꼈다.

"아닙니다, 아니요… 전 그냥 단지…."

"단지… 뭔데요?"

"어머니…, 혹시 천관 공주를 만난 적이 있어요?"

"왜 천관 공주가 그러던?"

"그런 적이 있는지 없는지 대답부터 해주세요."

"응 아버지께서 한 번 만나보라고 해서 만난 적이 있었다."

"그래서 무슨 말을 하셨어요?"

"그… 그게… 말이야. 너와의 정분을 그만 끝냈으면 좋겠다고 했다. 그것이 천관과 우리가문을 위해서도 좋은 일이라고 그랬지. 그것이 네 아버지의 뜻이기도 하였고… 어미는 우리의 제안을 순순히 승낙하는 천관 공주가 너무 아깝고 고마웠단다."

재회 255

"천관 공주가 승낙을 했단 말입니까?"

"물론…가야와 신라의 관계가 원만하다면 정말 너에게는 분에 넘치는 배필로서 손색이 없다는 생각은 지금도 변함이 없다. 만나고 돌아오며 내내 가슴이 무척 아팠단다. 그리고 그러한 나의 마음도 아버지께 잘 말씀을 드렸다. 아버지께서도 무척 안타까워 하셨단다. 유신이 네가 천관 공주를 위로해 주려무나. 헤어지겠다고 약조를 하였다만 천관 공주의 마음인들 오죽 아프겠느냐. 그것이 다 너와 양가 가문을 위하고, 더 나아가서는 가야와 신라가 서로 피를 흘리는 살상을 막아보자는 깊은 뜻에 천관 공주도 선선히 승낙한 것이다."

"어머니, 천관 공주가 승낙을 했다고요?"

만명 부인의 말에 유신은 똑 같은 질문을 했다.

"그랬지. 정말 훌륭한 공주였다. 이 어미가 오히려 당황할 정도로 차분하게 대답을 하고 모든 것을 감내하며 헤어지겠다고 대답하더구나."

"어머니, 그건… 그건…."

"안다. 어찌 천관 공주의 본심이었겠느냐? 그러나 그런 아픔에도 불구하고 너를 위하고 소루부족을 위하는 큰마음으로 그 고통과 슬픔을 감내하겠다는 마음이 어찌 아름답지 않겠느냐? 그렇게 생각하고 보니 나와 네 아버지가 신라 왕가와 금관가야족의 반대를 무릅쓰고 오직 사랑에 눈이 멀었던 그 순간에 비하면 천관 공주는 우리가 범접할 수 없는 범인임에 틀림없다. 너도 어쩔 수 없이 사랑의 욕정에 눈멀었던 수컷에 지나지 않을 테지만, 진정한 사나이란 그 어떠한 어려움과 고통이 따를지라도 그 길이 군자의 길이 아니면 기꺼이 그를 버려야 함이 옳은 도리라 할 것이다."

"그렇지만 어머니, 저에게만큼은 미리 이야기를 했어야 옳은 일이 아닐까요? 어머니의 말씀이 모두 옳다 하여도 먼저 저에게 물은 다음 공주를 만나는 것이 순서가 아닐까요?"

"물론이다, 아들아. 그 점에 대해서는 나도 미처 깨닫지 못했다. 자식과 가문을 아끼는 마음이 나의 눈과 귀를 어둡게 하고 생각을 막아버렸구나. 그 점에 대해서는 어미의 생각이 거기까지 미치지 못한 점을 깊이 반성하고 사과한다. 너의 어떠한 질책도 달게 받겠다."

"어머니…."

한참의 침묵이 흐른 뒤 입을 떼는 유신을 만명 부인이 지긋이 바라본다.

"그러면 저는 이제 어떻게 해야 합니까? 어머니께서 천관 공주를 만났을 때는 다음 일을 생각해두셨을 것 아닙니까?"

"물론이다. 천관 공주는 가정을 이루고 살 그럴 분이 아니었다. 학처럼 고귀한 분을 더럽혀선 안 된다. 그분은 미륵부처님께서 만민을 구제하기 위해서 이 땅에 환생하신 것이다. 공주를 놓아드리는 것이 부처님의 뜻이라고 여겨진다."

"어머니, 저는 공주를 잊을 수가 없습니다. 공주도 마찬가지고요. 우리는 이미 약조를 하였고 서로 떨어져 살 수는 없습니다. 어머니께서 우리 둘의 사이를 용서해주시고 아버지께 잘 말씀드려서 허락하실 수 있도록 도와주세요. 일찍이 아버지와 어머니께서도 저희들과 똑같은 상황에서 결국 사랑을 이루지 않으셨습니까? 그런 두 분께서 우리의 사랑을 반대하신다는 것은 명분이 없습니다."

만명 부인은 유신의 말을 듣고만 있었다.

"아버지 어머니께서 사랑하실 때도 신라 조정과 금관가야 부족의 죽음을 무릅쓴 반대가 있었으나 두 분은 죽음을 무릅쓰고 이루지 않으셨습니까? 저희들 역시 어떤 반대가 있다 할지라도 꼭 이루고야 말겠습니다. 어머니께서도 소자에 굳은 마음을 헤아려 주셨으면 합니다. 그럼 소자 이만 물러가겠습니다."

"유신아, 잠깐만… 앉아서 내 얘기를 더 들어보렴."

"아닙니다, 더 이상 어머니 말씀을 따를 수가 없습니다. 소자의 무례를 용서해 주십시오."

유신은 답답한 마음을 어떻게 추슬러야 할지 막막하였다. 아버지와 어머니께서 이미 서로 상의하여 내린 결정이었다면 쉽사리 두 분의 생각을 돌려놓기는 어려울 것 같았다. 오늘밤 천관 공주를 만나 무엇이라고 얘기해야 할지 막막하기만 하였다.

유신은 말을 끌어내어 화랑훈련장으로 냅다 말을 몰았다 단숨에 훈련장에 도착한 유신은 궁터로 달려가서 활시위를 당겼다. 연거푸 활을 과녁에 명중시켰다. 그래도 평정심을 찾기가 어려웠다. 이번에는 검술 훈련장으로 발걸음을 옮겼다. 정신 나간 사람처럼 칼을 휘둘렀다. 머릿속에서 모든 것을 지워보고자 냅다 휘둘렀다. 이마와 등에서 땀방울이 맺히기 시작하고 호흡은 거칠어져 비릿한 냄새를 토해냈다. 그래도 우신의 칼춤은 멈출 줄 모르는 채 허공을 가르고 작열하는 태양빛에 번뜩거리며 반사되어 움직였다.

"유신 형님."

그때 누군가 유신을 부르는 소리가 들렸다. 유신이 힐끗 고개를 돌려보니 춘추와 함께 풍월주 근창 형님이 어이없는 표정으로 유신을 쳐다보고 있었다. 유신은 자신의 마음을 들킨 것 같아 멋쩍은 표정을 지으며 휘두르던 칼을 멈추었다.

"형님 오셨습니까?"

"그래, 아까부터 쭉 지켜보고 있었다. 신들린 무당처럼 휘두르는 솜씨가 분노와 울분을 참지 못하고 화풀이하는 것처럼 보이는구나."

"죄송합니다."

"검술이란 상대를 죽이기 위함이 아니다. 더구나 화풀이를 위해 휘두르는 칼은 백이면 백 살생을 일으킨다. 무예란 나를 보호하며, 나를 살리고 상대를 살리는 것으로 진정한 도에 이르는 길이니라. 분노가 일어날 때는 미친 칼을 휘두르기보다는 명상으로 마음을 다스리는 것이 옳은 방법일 거야."

유신은 묵묵부답으로 듣고만 있었다.

"춘추야."

"예, 풍월주 형님."

"나는 이만 가볼 테니 너는 유신의 괴로운 심정을 함께 나누어 주도록 해라."

"예, 그럼 먼저 가십이오. 저는 유신 형님 말벗이나 해드리도록 하겠습니다."

"춘추야, 너는 언제부터 와 있었느냐?"

"한참 되었습니다. 내가 와 보니까 풍월주 근창 형님께서 유신 형님을 팔짱만 끼고 구경하고 계셨습니다. 나에게는 아무 말도 걸지 말라고 하시면서. …근창 형님 말씀처럼 정말 무슨 일이 있으신 겁니까? 그렇게 봐서 그런지는 몰라도 형님이 꼭 무슨 고민이 있는 사람처럼 보이네요."

유신은 춘추의 말에 피식 싱거운 미소를 지으면서 앞장서서 걷기 시작했다. 춘추도 그 뒤를 따랐다.

"춘추야!"

"예."

"집에서 천관 공주와의 사이를 반대하는구나. 어떻게 해야 좋을지 도무지 방안이 생각나지 않는구나. 오늘밤에 천관 공주를 만나기로 했는데 무슨 말을 해야 할지 답답한 마음에 훈련장으로 찾아와서 무슬 연습으로 마음을 달래고 있었단다."

"유신 형님."

한동안 침묵이 흐른 후에 춘추가 유신을 나직한 소리로 불렀다

"부모님이 어떻게 생각하시든 유신 형님과 천관 공주의 마음이 중요한 것 아닙니까? 부모님의 반대야 어느 가문이건 허락 없이 연분이 났다면 당연한 사실 아니겠습니까? 시간이 지나다 보면 어쩔 수 없이 승낙할 수밖에 없을 터이니 형님 마음만 굳게 잡수시고 오늘 저녁 천관 공주를 실망시켜 드리지 마세요."

"그래 춘추야, 네 말이 옳은 것 같다. 정 아버지 어머니께서 반대하시면 천관 공주와 함께 어느 산속으로 들어가서 숨어살며 둘이 행복하게 살면 되지 않겠느냐. 네 말을 듣고 보니 내가 괜한 걱정으로 혼자 괴로워한 것 같구나. 춘추야, 고맙다."

"뭘 이런 걸 가지고…."

"춘추야, 그만 돌아가자. 저녁에는 천관 공주를 만나야 하니까."

"알았소이다."

자정이 되기 전에 유신은 집을 나섰다.

천관 공주가 눈앞에 아른거려서 참을 수가 없었다. 온종일 천관 공주의 모습이 눈앞에 아른거렸다. 혹시나 천관이 나오지 않으면 어쩔까 하는 조바심으로 예의 나무 밑을 서성거리고 있었다. 자시가 조금 지나서 천관의 모습이 대문 앞에 보이고 이내 유신이 있는 곳으로 다가

오고 있었다.

유신은 온몸이 후끈 달아오르고 마음은 기쁨으로 가득 차 있었다.

"공주."

둘은 덥석 부둥켜안았다. 온몸이 희열로 현기증을 일으켰다. 천길 나락으로 떨어지는 것 같은 아찔함을 느꼈다. 이게 사랑이고 그리움이라는 것을 일깨워 주었다. 한참의 시간이 흐르고 천관 공주가 고개를 들고 나직이 말했다.

"내일 아버지께서 신선산으로 돌아가시어요."

"그럼 공주는?"

미처 천관이 다음 말을 꺼내기도 전에 유신이 천관 공주의 말을 뺏어버렸다.

"아버지께서는 함께 가자고 하시어요."

"그럼 함께 가실 것이요?"

"그것이 글쎄…."

천관은 다음 말을 잇지 못하고 유신을 애타는 표정으로 올려다봤다.

유신이 다급히 소리쳤다

"가시면 안 됩니다, 절대로요…."

"어머님께는 말씀드려 보셨어요?"

"예 말씀드렸습니다. 어떤 일이 있더라도 우리는 헤어질 수 없으니 그리 알라고요. 그러니 공주도 나만 믿고 아버지를 따라가지 마세요. 내일 아버지께서 떠나시면 저랑 함께 황은사 처소로 돌아갑시다."

"어머님께서 괜찮으시겠어요?"

"그것은 걱정하지 마세요. 무슨 일이 있더라도 공주와는 헤어질 수 없으니까 공주는 나만 믿으세요. 알았소?"

재회 261

"네."

그때야 천관은 의혹에 찬 눈빛을 거두고 안도의 표정으로 유신의 가슴에 얼굴을 파묻었다. 그리고 나직이 속삭였다.

"어머님이 뭐라고 하시면 어떻게 대답해야 할까요?"

"그거야… 저는 아버지를 따라서 신선산에 가기로 아버님과 약조하였습니다. 그런데 유신랑이 찾아와서 우리 사이를 이렇게 끝낼 수가 없다, 부모님을 설득할 테니 그때까지 시간을 달라, 그런 다음에 결정을 내려도 결코 늦지 않다, 꼭 승낙을 받아올 테니 기다려 달라고 했다면 되지 않겠어요? …유신랑의 입장을 감안하여 신선산으로 귀향하는 것을 미루었으니 어머님께서도 그때까지는 소녀의 마음을 헤아려 주시기 바란다, 이렇게 말씀드리면 되지 않겠습니까? 그렇게 시간을 벌면서 부모님을 설득하여 반드시 승낙을 받아내겠습니다."

"소녀는 서방님만 믿고 시키는 대로 따르겠습니다."

"그럼 공주, 아버지께서 내일 신선산으로 떠나신다니 오늘은 이만 헤어지고 내일 떠나신 후에 황은사로 거처를 옮기는 걸로 약조합시다. 내일 다시 찾아오도록 하겠습니다."

돌아서는 유신은 모든 것이 즐겁기만 했다. 사뿐히 말 등에 올라타고 흥얼흥얼 콧노래를 부르며 집으로 돌아갔다.

"천관아."

소희 언니의 부름에 천관은 방문을 열고 밖으로 나왔다.

"아버지 가실 때 너도 함께 간다며? 그러면 준비를 해야 되지 않겠나?"

"언니, 저는 이번에 아버지와 함께 가지 않을래요. 이것저것 마무리할 일도 있고…."

"그래? 그럼 아버지께는 말씀드렸느냐?"

"딱히 말씀드린 것은 없고, 지난번에 아버지께서 가고 싶으면 함께 가자고 하셨으니 오늘 아침에 말씀드릴 작정이에요. 이번에는 아버지 혼자 가시고 나중에 이곳 정리가 끝나는 대로 남을 것인지, 돌아갈 것인지 결정할게요."

"그럼 그것은 너 좋을 대로 하고 계화 불러서 아버지 가시는데 빠뜨리는 것 없이 잘 챙기도록 해라."

"예, 언니. 그렇지 않아도 아버지 기침하셨는지 가보려던 참이었어요."

천관은 소루 왕이 머무는 처소 앞에 와서 안부를 물었다.

"아버지, 기침하셨어요? 저, 천관이에요. 들어가도 되겠어요?"

"천관이냐? 진즉 일어나서 그렇지 않아도 너를 기다리고 있었다."

"어떻게 오늘 신선산으로 돌아가기로 한 것은 준비가 되었느냐?"

"저, 그게…."

"아직 마음의 준비가 안 되었단 말인 게냐?"

"예 그것이… 조금 더 시간이 필요할 것 같아서…."

"천관아."

"예, 아버지…."

"네가 아직 서라벌에 무언가 미련이 남아 있는 게로구나. 혹여 사모하는 도령이라도 마음에 두고 있는 것은 아니렷다?"

순간 천관은 소루 왕께 마음을 들킨 것처럼 깜짝 놀랐다. 흠칫거리는 천관의 행동에 소루 왕은 인자한 미소를 보낸다.

"천관아."

"예, 아버지."

"어려운 일이 있으면 소희 언니와 의논하려무나. 서라벌에서는 유일한 혈육이 아니냐? 어렵고 힘들 때는 그래도 피붙이뿐이란다. 네가 가지 않겠다고 하니 애비는 혼자 떠나야겠다. 모든 일이 미륵부처님의 자비하신 뜻대로 이루어졌으니, 이제야 애비도 이 세상에서의 삶에 한 인연을 잘라냈구나. 그동안 우리 소루가야부족의 안위가 염려스러웠는데 이렇게 평화를 이루게 되었구나. 어차피 옛 소루가야의 꿈에서 깨어나지 못했던 설상 대상도 새로운 세상을 위해 진작 없어졌어야 할 고집쟁이였지. 그리고 이제 마지막 남은 내가 사라지면 소루가야부족은 마음의 짐을 던져버리고 신라인과 하나로 동화되어 새로운 세상을 열어 나갈 거야. 그 길을 만들어주는 것이 먼저 태어난 이들이 해야 할 자연의 순리가 아닐까 한다. …생명은 어디서 오는 것이고 죽어서는 어디로 가는지 모르고 있으니 정녕 꿈에 부귀영화를 누림과 같다. 거스르면 화를 내고 찬양하면 기뻐하며, 부귀를 금옥 같이 중히 여기고 빈천보기를 분토 같이 하며, 남이 무언가를 얻으면 번뇌에 빠지고 남이 뭔가를 잃으면 기쁨에 젖어 있으니 양심이 어디에 있는 것인가. 입은 바로 가졌으되 마음은 바로 가지지 못하였고, 말은 깨끗하나 행동은 깨끗하지 못하였고, 책은 읽었으나 예의는 알지 못하니 어찌 군자의 도라 할 수 있으랴."

혼잣말처럼 이야기를 하던 소루 왕이 다시 천관을 불렀다.

"천관아, 아버지의 마음을 옛 성자의 말씀으로 대신해본다. 아무쪼록 행복해야 한다. 그래야만 이 애비와 어미는 신선산 계곡에서 편히 눈을 감을 수가 있느니라."

그때 계화가 호들갑스럽게 천관을 찾는다.

"공주 마마, 공주 마마."

"응 계화야, 무슨 일인데?"

"저를 찾으셨어요?"

"참, 그랬지. 아버지 떠나시는데 혹여 빠진 것이 있나 살펴보라고 불렀어."

"그런 거라면 염려 마세요. 제가 어련히 알아서 챙겼겠어요?"

"알았다. 그러면 다시 한 번 가서 확인해 보도록 하여라."

"예, 공주 마마."

"무슨 준비할 것이 있다고 번거롭게 하느냐? 그냥 훌훌 떠나면 되느니라."

소루 왕의 마차는 미시에 출발하였다.

오시에 서라벌에 거주하고 있는 소루가야 부족의 태반이 함께 식사를 하는 자리가 마련되어 있었다. 옛 소루가야 영토에 머물고 있던 신하들과 그 자손들도 총독 진무 장군과 함께 들이닥쳤다. 설상 대상의 저택은 또 한바탕 사람잔치로 홍역을 치르게 되었다. 그러나 지난번 장례 때의 침울하고 어두웠던 분위기와는 전혀 딴판이었다.

그야말로 경사스러운 잔칫집 그대로였다. 소희 신랑 차려도 그렇고, 두 동생도 모두들 미소를 잃지 않고 손님을 맞았다. 그런 주인들의 모습에 하인들도 마냥 웃음꽃을 피웠다. 신라에 복속된 이후 항상 갈등과 긴장 속에 살아왔던 소루부족으로서는 처음으로 마음 놓고 웃고 마시고 즐길 수 있는 시간이었던 셈이다.

이제 소루부족에게 신라는 견제해야 할 대상이 아니었다. 혐오의 대상이거나 멸망시켜야 할 적도 아니었다. 그러한 변화를 이끌어준 사람이 바로 소루 왕이었다. 아울러 소루부족의 마음을 바꿈으로써 자신들이 스스로 옭아매었던 올무에서 벗어날 수 있었고, 그것은 소루 왕에게도 마음의 짐을 벗는 계기가 되었다.

지도자 한 사람의 현명한 판단이 상생의 시대를 여는 계기가 되었다. 성대한 환송식과 축하 속에 소루 왕의 마차는 출발했지만, 설상 대상 가문의 잔치는 한참을 더 계속되었다. 물론 주위의 하층민들에게도 기름진 음식을 마음껏 포식할 수 있는 기회였다.

잔치가 어느 정도 마무리될 무렵, 천관은 소희 언니에게 귀띔을 하고 대문을 나섰다. 서라벌 남천의 월정교에 이르자, 약속한 대로 김유신의 애마가 월정교 옆 수풀에 매어져 있었다. 애마 가까이 다가서자 숲속에서 유신이 손짓을 한다. 주위를 두리번거리던 천관이 숲속으로 사라지고 두 남녀는 깊은 포옹으로 서로를 탐닉한다.

"공주. 보고 싶은 마음뿐이었다오. 내가 말을 이쪽으로 가져올 터이니 이곳에서 잠깐만 기다려 주시구려."

유신은 힘껏 안았던 천관 공주를 풀어주고 성큼성큼 애마에게 다가갔다. 그리고 애마를 끌고 와서 천관을 태우고 가볍게 황은사를 향해 내달렸다.

십여 일 만에 서로를 소유하게 된 천관과 유신의 밤은 짧기만 했다. 그동안 애태우며 만날 수 없었던 아쉬움에 봇물은 둑을 넘쳐흘렀다. 그러나 밤은 이상의 시간이었고 낮은 현실의 시간이었다. 짧은 밤이 지나고 이른 새벽을 맞이하는 유신의 마음은 암담하기만 하였다.

어머니 모르게 집에 다녀와야 했다. 천관을 안았던 팔을 풀고 몸을 일으켜 유신은 주섬주섬 옷을 걸쳐 입는다. 동그란 눈동자로 쳐다보는 천관을 바라보는 유신의 마음이 저려왔다. 다시 다가가서 천관을 가슴에 안는다. 울컥 서러움이 밀려왔다.

이제 이 공주는 외롭게 버려진 여인이 되고 말았다. 아버지를 떠나보냈고, 언니의 곁을 떠나 오직 유신 자기만을 믿고 의지하며 황은사 처소에 버려진 것이다.

　유신이 전쟁에 나갔을 때도 미륵부처님께 치성을 드리기 위해 남몰래 사서 고생을 했던 천관은 유신에게 삼한 통일을 깨우쳐준 스승이었다. 피비린내 나는 무간지옥의 전쟁 종식이 만민의 구제라는 의미를 깨닫게 해준 미륵부처님이었다.

　그런 고귀한 여인에게 중생의 탐욕스런 색욕을 채우고 집으로 돌아가야 한다. 외로이 남겨진 이 공주는 더럽혀진 육신을 추스르며 유신이 돌아올 때까지 가슴 졸이는 시간을 보내야 할 것이다. 마음을 몰라주는 부모님이 원망스러웠다. 그러나 현실은 피할 수가 없었다. 그렇다고 물끄러미 바라보는 동그란 눈동자를 차마 외면하고 나설 수가 없었다.

　그때 천관이 유신의 가슴에서 가녀린 몸을 살며시 빼내었다. 그리고 걸쳐 입은 채 매지 못한 옷고름을 정성스럽게 매주고 있었다. 그런 다음 눈짓을 보냈다. 어서 다녀오라고…. 그리고 보잘 것 없는 침구지만 정성스럽게 정돈을 하기 시작한다.

　유신은 다시 한 번 천관을 힘껏 끌어안았다. 매사 상대를 감싸고 배려하려는 마음씨였다. 아주 공손하고 연약하기만 한 어린 소녀였다. 육체적으로 농염한 관능을 발하는 막 터질 것 같은 꽃봉오리지만, 모진 삶의 풍파를 견디기엔 너무 청순하고 가련한 열여덟 살 소녀였다.

　그런 천관이 어려운 일이 닥칠 때면 언제 그랬느냐는 듯 청순가련한 이미지를 벗고 한 점 빈틈없이 매섭게 일처리를 해나가는 기지를 발휘했다. 미처 상대가 생각하지 못했던 부분까지 세심하게 챙기고 배려하는 마음은 열여덟 살 가련한 소녀의 행동이라고 할 수 없을 만큼 허점을 보이지 않았다.

유신은 일어섰다. 그리고 방문을 열고 나섰다. 천관을 위해서도 이겨내야 했다.

천관에게 말없이 고개를 끄덕거렸다. 천관의 마음을 알고 있다는 표시다. 문을 닫고 나섰던 방문 앞에서 심호흡을 했다. 짙은 녹음의 비릿한 내음이 폐 깊숙이 파고들었다. 뿌연 안개가 채 가시지 않고 자욱이 깔려 있는 산사를 둘러보며 천천히 애마 곁으로 다가갔다. 말고삐를 나직이 채고 몸을 날려 애마 등에 올라타고 양발을 차고 말을 몰았다. 쏴아~, 안개를 휘몰며 말은 빠르게 속력을 내며 달리기 시작했다.

그러나 유신의 마음은 방금 떠나온 천관의 미소에 갇혀 헤어날 수가 없었다. 집 못 미쳐 말을 멈추고 말에서 내린 유신은 말발굽소리를 죽이며 마구간에 말을 매고 조용히 방문을 열고 들어갔다. 그리고 닥쳐올 일에 대해서 골똘히 생각에 잠겼다.

그때 문희가 방문을 열고 들어섰다. 그리고 나직이 유신을 불렀다.

"오빠, 어제 밤에 어디 갔었어? 밤새 아버지께서 오빠를 찾았어. 하인을 시켜 춘추 오빠네 집에까지 심부름을 시켰다고. 그곳에 있는가 하고…. 그런데 춘추 오빠도 잘 모르겠다고 전해왔어. 어버지는 단단히 화가 나셨고, 어머니는 어쩔 줄 몰라 하셨어. 아마 조금 있으면 아버지께서 오빠를 찾으실 거야. 마음 단단히 먹고 기다려, 알았어? 난 이만 갈게."

유신은 문희가 다녀간 뒤로 꾸중을 들을 걱정보다는 오히려 반발심만 일어났다. 천관과의 연정이 무엇 때문에 부모님의 반대에 부딪쳐야 한단 말인가? 아버지께서는 결국 아버지의 입장에서 생각하고 판단하시는 것이라고 생각되었다.

"유신이 들어왔느냐?"

그때 어머니 만명 부인의 부르는 소리가 들렸다.

"예, 어머니."

"내가 들어가도 되겠느냐?"

"예, 들어오십시오."

"유신아, 이 어미와 천관 공주는 이미 얘기가 끝났다고 하지 않았느냐? 어젯밤에 천관과 함께 있었구나. 너만 마음을 돌려먹으면 양 가문은 피비린내 나는 살육이나 보복 없이 평화롭게 지낼 터인데, 이로 인해서 우리 가문도 소루 가문도 신라와 갈등을 빚고 자칫 유혈 충돌을 하는 상황에 처할지도 몰라. 그런데도 네 아버지의 고충을 모른 채 네 주장대로 하겠다는 말이구나? 네 아버지께서 네가 들어오기만을 벼르고 계셨으나 내가 사정하여 유신의 얘기를 들어본 연휴에 혼을 내도 늦지 않으니 그때까지만 기다려달라고 말씀드리고 달려온 참이다. 도대체 어떻게 할 작정이냐? 너희의 인연은 이루어질 수가 없어. 억지를 부린다고 해결될 수 있는 문제가 아니니까 그렇게 알고 단념하도록 하여라. 아버지께는 내가 잘 말씀드리마. 네가 아버지 뜻대로 하겠다고 약속했으니 조금만 시간을 달라고 하여 아버지 심기가 불편하지 않도록 하마."

"어머니!"

유신이 부르는 소리에도 만명 부인은 대꾸도 하지 않고 유신의 방에서 나가 버렸다. 유신은 한동안 멍하니 앉아 있었다. 차라리 아버지의 불호령이 떨어지면 대꾸라도 해볼 터인데 어머니께는 무슨 얘기도 아무 도움이 되지 않을 것 같았다. 최종 결정은 아버지께서 하실 것이고, 아버지의 승낙 없이는 어머니를 설득해보아야 효과가 없을 것 같았다.

순리

"대감!"

김서현 장군 곁에 앉은 만명 부인이 비장한 음성으로 남편을 불렀다. 김서현은 읽던 책을 덮고 부인을 의아스러운 표정으로 쳐다본다.

"……."

만명 부인은 다음 말을 잇지 못하고 멈칫거렸다. 김서현은 그런 부인을 쳐다보며 다음 말을 재촉했다.

"왕비 마마께서는 유신을 부마로 삼으려고 하는데, 유신의 마음이 돌아설 줄 모르니 이제는 특단의 대책을 세워야 할 것 같습니다."

만명 부인이 망설이다가 침통한 표정으로 내뱉었다.

"무슨 말입니까, 특단의 대책이라니요?"

"천관 공주를 멀리 보내 버려야 할까 봅니다."

"멀리라면 어디로 보낸단 말이오?"

"당나라에 사람을 밀무역한다고 하니 그쪽으로 연통을 넣어 알아볼까 합니다. 또 다른 방법은 왜나라 해적들이 처자를 사들이기도 하고 납치하기도 한다니 양쪽에다 연통을 넣어볼까 합니다."

"무슨 그런 일을… 꼭 그렇게까지 해야만 되겠습니까? 그런 방법이 아니면 둘을 떼어놓을 수 있는 길이 없겠소? 지난번에 천관 공주는 헤어질 것을 승낙했다고 하지 않았습니까? 그러니 다시 한 번 알아듣도록 설득해 보시지 않고요?"

"그것이 아무래도… 유신이 그럴 수 없다고 천관을 부추긴 것 같습니다. 유신이 천관을 잊지 못해 헤어질 수 없다고 우겨대고 있으니까요."

"그러나 그런 방법은 사람으로서는 행할 수 없는 죄받을 행위요. 사랑하는 사람을 떼어놓는 것만 해도 옳지 못한 행동이거늘 먼 타국으로 팔려가게 한다면 그것은 오히려 부처님의 노하심으로 유신의 장래에도 도움이 안 될 것이외다. 꼭 유신을 부마로 만들어야 하겠습니까?"

"저도 처음 천관이 유신을 구해 주었을 때만 해도 두 사람의 혼인을 생각해보지 않은 것은 아닙니다. 그래서 천관에게 놀러올 것을 권하기도 하였습니다. 그러나 지난번 전투에 유신이 전쟁을 승리로 이끈 후로 황후 마마께서 넌지시 저를 불러서 유신을 진덕 공주의 부마로 삼고 싶다고 청을 하는데 제가 어떻게 거절을 할 수 있겠어요? 더군다나 이런 경사는 우리 가문으로서는 놓칠 수 없는 기회가 아닙니까? 그래서 제가 이렇게 애가 타고 있습니다. 천관이 이런 사실을 알면 오히려 헤어질 것을 더 거부할지 몰라서 양가 가문을 위한 것이라고 설득함으로써 천관의 마음을 달래준 것이고요. 천관이도 그런 점에 동의하고 헤어지기로 약조하였음에도 유신이 더 천관을 연모하고 잊지 못하니 되던 일이 다 틀어지고 말았습니다. …이제는 이 방법밖에 없습니다. 천관이가 없어져 둘의 사이를 갈라놓을 수 있다면 모든 일은 일사천리로 진행될 테니까요."

"아무튼 부인이 하는 일에 더 이상 참견하고 싶지 않으니 알아서 하시구려. 그러나 이것만은 분명히 알고 계시오. 나중에 무슨 일이 생기더라도 모두 부인께서 책임을 져야 할 것입니다. 나는 나중에 유신으로부터 원망의 소리를 듣고 싶지 않으니까요."

"그것은 염려 놓으셔요. 지금은 유신이도 천관이에게 눈이 멀어서 그러지만 폐하의 부마가 되고 나면 생각이 달라질 테고, 오히려 이 어미에게 고마워할 거예요. 대감은 잠자코 모른 척하고 계십시오. 모두 제가 알아서 처리하도록 할 테니까요."

말을 마치고 밖으로 나온 만명 부인은 삼월이를 찾았다.

"삼월아."

"예 마님, 찾으셨습니까?"

"그래, 너는 바깥채에 가서 마 집사 좀 급히 오라고 전해라."

"예, 마님."

만명 부인은 마 집사가 올 때까지 툇마루에 그대로 서 있었다. 그때 눈앞에 미륵 부처님 석상이 눈에 들어왔다. 만명 부인이 집안에 좋지 못한 일이 생길 때나 김서현 장군이 전쟁에 나갈 때나 집안에 소원을 빌 때면 정한수를 떠놓고 기도를 드리는 장소였다. 절에까지 다니기가 힘들고 해서 돌을 다듬는 석수장이에게 부탁하여 석자 높이로 다듬어서 세워둔 돌부처였다. 신기하게도 거기에 치성을 드리면 모든 것이 순조롭게 이루어지곤 하였다.

지난번 김서현 장군과 유신이 전투에 나갔을 때도 만명 부인은 새벽 인시면 일어나서 목욕재계하고 매일처럼 치성을 드렸다. 그로 인해서 부자가 무사하고 유신이 피를 흘리지 않고 성을 함락시키는 전공을 세우지 않았던가. 그것이 모두 다 치성을 드린 미륵부처님께서 자비를 베푸신 것이라고 만명 부인은 굳게 믿고 있었다. 그런데 이런 악한 짓을 하는 자신이 너무 두렵고 가슴이 두근거렸다. 만명 부인은 애써 미륵부처님의 석상을 외면해 버렸다.

"마님, 부르셨습니까?"

마 집사의 목소리에 흠칫 놀라며 고개를 돌렸다. 무표정한 마 집사가 만명 부인을 바라보고 있었다. 만명 부인은 왠지 가슴이 철렁 내려앉았다. 그러나 자식을 위한다는 생각으로 마음을 굳게 먹고 마 집사에게 지시를 내렸다.

"마 집사."

"예, 마님."

"예전에 당나라 상인들이나 섬나라 해적들과 거래를 하는 상인들 중에 나이 어린 처자들을 구한다고 하던데… 그들을 알아볼 방법이 있겠는가?"

"마님, 사람을 사고파는 밀거래꾼들을 일컫는 말씀이온지요? 더러 그러는 경우가 있기는 하다고 들었습니다. 가난한 천민들이 먹고 살기가 힘드니까 자식들을 풍물패들에게 팔아먹고 이들은 당나라 상인들에게 값을 더 쳐서 팔아넘긴다고 들었습죠. 그리고 때로는 귀족들도 말을 듣지 않거나 돈이 궁하면 부리는 종년들을 팔아먹는 경우도 있고요. 그러나 섬나라 해적들은 처자들을 사가는 것이 아니라 약탈한 부녀자들을 상인들을 통해 돌려주면서 돈을 쳐서 받는다고 알고 있습니다."

"하여튼 그런 자들을 수소문하여 찾으면 알려주게. 시간이 촉박하니 서둘러 주게."

"예 마님, 알아보겠습니다요."

마 집사는 시큰둥하게 대답하고는 고개를 갸웃거리며 바깥채로 발길을 돌렸다.

만명 부인은 부들부들 떨리는 온몸을 가까스로 안정시키며 안방으로 들어갔다. 미륵부처님의 모습이 눈앞에 아른거렸다. 자신이 도대체 무슨 짓을 저지르고 있는지 두렵기만 했다. 그러나 한편으로는 그까짓 것 내 아들을 위하는 일이라 위안을 삼아보기도 하였다. 한참을 방안에서 마음을 안정시키던 만명 부인은 뭔가 생각나는 듯 방문을 열고 다시 삼월이를 부르기 시작했다.

"삼월아, 삼월아. 어디 있느냐?"

"예, 마님. 삼월이 여기 왔구먼요. 무슨 일이신데, 그렇게 숨넘어가게 부르세요?"

"너는 어서 가서 돌쇠에게 가마 대령하라고 해라."

"어디 댕겨 오시게요?"

"그것은 네가 알 바 없다. 냉큼 시키는 대로 하고, 준비되는 대로 나에게 전하도록 해라. 나는 간단히 채비를 할 터이니 서두르라고 해."

만명 부인이 탄 가마는 월정교를 건너 남천을 따라 남산 쪽으로 올라갔다. 그리고 남산 밑 허름한 초가집에 멈추었다. 만명 부인은 익숙한 행동으로 대문을 들어섰다.

"동자 어미 있느냐?"

방안에서는 아무런 기척도 없었다. 만명 부인은 다시 목소리를 높여 부른다.

"동자 어미 안에 있느냐?"

그때야 안에서 더딘 목소리가 울려왔다.

"귀하신 분께서 어인 일이신지 마음만 조급하다고 일이 풀려진답니까? 모든 것은 때가 되어야 성사가 되는 법, 어차피 저를 만나러 오셨으면 들어오셔서 말씀 나누시지요."

만명 부인은 아무런 대꾸도 없이 방문을 열고 방안으로 들어갔다. 방안에는 한 노파가 앉아 있었다. 그 노파 뒤로는 신당이 차려져 있고 동자상이 구름 위에 앉아 있는 모습이 그려져 있었다. 그리고 향이 피워져 있었다.

노파는 어딘지 부자연스러운 모습이었는데 자세히 보니 꼽추였다. 만명 부인은 자주 와본 행동으로 꼽추 노파 앞에 앉았다. 노파는 비굴한 웃음을 입가에 흘리며 입을 열었다.

"공주 마마께서는 다른 공주마마 때문에 오셨습니다. 도령을 위해서 하는 일이지만…. 죽이고 싶지는 않으나 멀리 보내버리고 싶으시다… 그러나 그 공주는 누구도 손댈 수 없는 귀한 분이신데, 누가 손을 대고 없애버릴 수 있겠어? 어림없는 소리… 쯧쯧쯧 불쌍한 공주님이셔."

그때 만명 부인이 엽전 한 줌을 꺼내 노파 앞에 내놓았다.

"그래서 방법을 들으러 온 것이 아닌가, 방법을…."

"마님께서는 이미 다 계획을 세우셨으면서 무슨 방법을 구하고자 함이신지…? 그러나 목적이 이루어지면 죽고 사는 것은 아무 의미가 없는 일일 터… 아무런 걱정도 하실 일이 없을 것입니다."

"정말인가?"

"못 믿으시면 무엇 하러 오셨습니까? 매번 오실 때마다 틀림없으니까 다시 찾아오신 것 아니시고요? …설마 이 쭈그렁 꼽추 할매가 귀신과 함께 살고 있는 음산한 이 집이 좋아서 오신 것은 아니지 않습니까? 마음에 드셨으면 복채나 듬뿍 쳐주고 가시지요."

"그래 더 쳐 주고말고…."

만명 부인은 엽전 한 꾸러미를 더 내놓았다

"일이 이루어지면 다시 한 번 찾아오마."

"불쌍한 것은 그 낭자뿐, 한 맺힌 서러움이 천년은 지나야 업을 벗을 것 같습니다."

동자 어미 집을 나서는 만명 부인의 얼굴은 상기되어 있었다. 유신과 천관의 사이는 이미 이루어질 수 없는 괘가 나와 있으니 그대로 실행하면 되는 것이고, 이것이 운명이라는 동자 어미의 말뜻에 조금이나마 죄의식에 벗어날 수가 있었다.

집으로 돌아오는 가마 안에서 만명 부인의 마음은 한결 가벼웠다. 한시름 마음을 덜어내어 버렸기 때문이다. 천관이만 사라지면 유신이는 진덕 공주와 혼례를 치를 수 있으므로 신라 왕족 중에서도 최고의 반열에 오를 수 있었기 때문이다.

이튿날 마 집사가 만명 부인을 찾았다.

"마님, 분부하신 대로 사람들을 풀어서 연통을 넣어보았습니다만 신라 조정에서 엄격히 단속하기 때문에 지금은 거의 사라지고 없어졌다는데…어떻게 할까요?"

"그렇다면 할 수 없는 일이지…."

"면목이 없습니다. 제가 힘닿는 대로 신경을 써보았습니다만, 죄송할 뿐입니다."

"괜찮으니 그만 물러가게."

만명 부인은 이제 어떻게 해야 할지 난감하였다. 지난번 천관을 찾아갔을 때의 일이 머릿속에 떠올랐다. 침착하게 행동하는 모습이 떠올랐다. 그때 불현듯 좋은 생각이 떠올랐다. 동자 어미가 "목적이 이루어진다. 또 누구도 손댈 수 없는 귀한 분이다."라고 말했던 생각이 떠올랐다.

'그래, 천관 공주에게 모든 것을 사실대로 털어놓고 도와달라고 해 보자.'

이렇게 하는 것이 오히려 간특한 방법보다는 목적을 이루는 데 도움이 될 것 같은 예감이 들었다. 기왕 마음먹은 김에 내일 천관 공주를 만나러 가기로 마음을 먹었다.

다음날 아침, 만명 부인은 가마를 대령시키고 외출 준비를 서둘렀다. 벌써부터 마음은 동요되기 시작했다. 나이 어린 천관 공주가 여전히 대화 상대로서는 부담스러웠다.

매사에 침착하고 사리에 맞는 말로 상대를 설득해 나가기 때문이었다. 그러나 어차피 다시 한 번 부딪칠 수밖에 없는 일이었다. 가마는 녹음이 짙게 우거진 황은사 계곡을 향해 가파른 오르막길을 헐떡거리며 올라가고 있었다. 이윽고 천관의 처소 앞에 멈추어선 가마에서 내린 만명 부인은 삼월이를 제지하고 직접 천관을 부르기 시작했다.

"천관 공주… 공주!"

안에서 기척이 들리면서 스르륵 방문이 열렸다. 마치 기다렸다는 듯이 천관이 문밖으로 나왔다. 만명 부인에게 정중히 고개를 숙이며 인사를 한다.

"그동안 별고 없으셨습니까?"

"일간 한 번 찾아오실 것이라 생각하고 있었습니다. 안으로 들어가셔서 말씀하시지요? 하실 말씀이 많으실 줄 알고 있었습니다."

만명 부인은 아무런 대꾸도 없이 먼저 방안으로 들어섰다. 뒤이어 천관이 조심스럽게 방으로 들어가고 방문은 스르륵 닫혔다. 한동안 침묵이 흐르고 만명 부인이 조심스럽게 입을 열었다.

"공주."

"예."

"지난번에 약조하신 말씀은 어떻게 생각하시는지요?"

"그 마음은 지금도 변함이 없습니다. 저야 유신 화랑과 백년가약을 약조하였으니 함께하고픈 마음이야 한시라도 변해본 적이 있겠습니까? 그러나 부인의 말씀을 듣고 양 가문을 위하고 유신랑을 위해 저의 마음을 돌리기로 한 것 또한 변함이 없습니다. 다만 유신 화랑께서 부모님을 설득할 시간을 달라고 하여 기다리고 있었을 뿐입니다. 저의 마음인들 오죽하겠습니까? 그러나 연정 또한 연정을 품는 대상이 있어야 함에도 그 대상이 저를 싫어한다면 당연히 그를 떠나야 할 터, 그 말미를 드리고 있을 뿐입니다. 그런 문제 때문에 오셨다면 불편을 드려서 죄송할 뿐입니다. 그러나 마음을 크게 쓰실 필요는 없습니다."

자신이 할 말을 술술 대신 해주는 천관의 말에 만명 부인은 할 말이 없었다.

"저는 언제든지 떠날 마음의 준비가 되어 있습니다. 유신랑이 마음에 흔들림이 없이 삼한 통일을 이루어 더 이상 참혹한 살상의 전쟁이 재현되지 않는다면 저는 그것으로 만족하며 낭군의 무운을 빌 뿐입니다 그러니 아무 염려 마시고 귀가하시기 바랍니다."

"공주."

천관을 불렀던 만명 부인이 한동안 침묵에 잠겼다가 나직이 말을 이었다.

"지금 유신의 마음을 돌이킬 수 있는 사람은 공주뿐입니다. 사실은 진덕 공주와의 혼례이야기가 오가는 중입니다. 신라 왕실에서 완곡하게 원하고 있는 실정입니다. 이 점만은 말씀드리지 않으려 했습니다만, 상황이 상황인지라 어쩔 수 없이 밝혔습니다. 만약 왕실의 청을 거절하고 같은 가야부족끼리 혼례를 치른다면 이는 신라 왕실의 노여움을 살 뿐만 아니라 이로 인해 가야족의 동맹으로 반역을 꾀한다는 오해의 빌미를 제공할 우려마저 있지요. 이러니 천관 공주께서 두 가문을 살리고 연모하는 이를 위해 유신을 포기해 주시면 정말 고맙겠습니다. 부디 이 어미의 청을 거절하지 마시기 바랍니다."

"부인의 말씀 깊이 명심하겠습니다. 저야말로 유신 화랑과 백년해로를 서로 약조하고 연모의 정을 나누었습니다만, 제가 행여나 유신 화랑의 짐이 되지나 않을까 항상 조바심하며 조심스러웠답니다. 60년 전에 망해버린 나라의 후손으로 산골에서 산짐승과 벗하며 자라온 제가 너무나 분에 넘치는 분에게 연정을 품어 이런 비극을 자초하고 말았습니다. …이 모든 일이 분수를 모르고 경거망동한 소녀의 자업자득이라고 여겨집니다. 더구나 지난번에 부인께서 다녀가셨음에도 연모하는 제 마음에만 의지하여 유신랑의 말만 믿으며 어머님의 허락을 기다리는 무례를 범하고 말았습니다. 제가 어리석었습니다. 더군다나 제가 방해가 되어 신라 폐하의 부마가 되실 좋은 기회를 놓친다면 이는 소녀의 일생에 짐을 지고 살아가야 할 업이 될 것입니다."

"그렇게 이해를 해주시니 그저 고마울 따름입니다."

"유신 화랑이 행복해질 수 있는 일이라면 제가 양보하고 떠나야 도리일 것입니다. 제가 일생을 모시기에는 너무나 과분한 분이셨습니다. 부인께서 저를 믿고 돌아가시면 제가 유신화랑의 마음을 돌릴 수 있도록 하겠습니다. …그래서 유신 화랑이 집으로 돌아가신 연후에 이곳을 떠나겠습니다."

천관은 찢어지는 가슴을 억제하면서 만명 부인에게 마음에서 우러

나오는 진실을 전했다.

 머나먼 타국 서라벌에서 만났던 인연이 이렇게 허무하게 끝마쳐야 한다. 신선산 부모님 곁을 떠나 언니 소희만을 의지하여 이곳에서 생애 처음 이성과 인연을 맺었고, 장래를 약속하며 살을 섞었다. 그리고 행복의 단꿈에 젖어 있었다. 그런데 그 인연을 끊어야 한다. 복받쳐 오르는 슬픔을 억제하느라 천관은 온몸에 가느다란 경련을 일으켰다.

 만명 부인은 더 이상 그 자리에 앉아 있을 수가 없었다. 이 불편한 자리를 빨리 피하고만 싶었다. 천관의 말은 진심이 묻어 있었다. 이 가련한 여인을 더 이상 바라볼 수가 없었다.

 "공주, 이만 돌아가겠소."

 문을 열고 도망치듯이 황은사를 떠나왔다.

 천관은 멍하니 넋 나간 사람처럼 벽을 쳐다보고 있었다.

 이제는 유신에 대한 미련을 접어야 했다. 그러나 그럴수록 유신의 모습이 눈에 밟혀왔다. 한참 허공을 응시하던 천관의 눈에서 굵은 눈물 방울이 뚝뚝 떨어지기 시작했다. 뒤이어 양어깨가 떨려오기 시작하고 급기야 오열하는 통곡 소리가 방안을 울렸다.

 "흐흐흑…흐흐흐~흐흑…."

 간헐적으로 숨 막히는 소리에 이어 '휴-우'하고 내쉬는 숨소리가 비릿하게 방안을 채웠다. 천관은 울고 또 울었다. 그렇게 얼마를 울었는지 모른다. 천관은 울다 지쳐 쓰러져 잠이 들었다. 꿈속에서도 간헐적으로 들이마시는 숨소리가 "흐흐흑…흐흐흑…"하며 곧 숨이 멈출 것 같은 슬픔으로 덮쳐오는가 보다.

 주위에 어둠이 내려앉기 시작할 즈음, 유신의 애마가 천관의 처소로 다가왔다. 애마의 울음소리와 함께 말발굽소리가 점점 가까워지더니 처소 앞에 멈춘 애마에서 유신이 상기된 표정으로 말에서 뛰어내려 천관의 방으로 들어갔다.

유신이 놀라서 울다 지쳐 쓰러진 천관을 흔들어 깨웠다.

"공주, 공주!"

부스스 몸을 일으킨 천관은 와락 유신을 껴안았다. 천관이 갑작스럽게 달려들어 안기는 바람에 유신과 천관은 껴안은 채 넘어지고 말았다. 천관은 유신을 힘껏 끌어안았다. 그리고 가슴에 얼굴을 파묻었다. 온몸이 찌릿찌릿 저려왔다. 그러나 무슨 말을 할 수 있을 것인가. 모든 것을 혼자서 삭히고 넘어가야 했다.

유신은 갑작스러운 천관의 행동에 일순간 당황했으나 가슴에 파고드는 천관을 힘껏 안아주었다. 산사에 짙게 드리워진 녹음은 이제 여름이 절정에 다다랐음을 알려주고 있었다.

연정의 고통

치성을 드리고 난 후 천관은 주지 스님을 찾았다.

스님은 무슨 일이냐는 듯이 천관을 쳐다보았다.

"스님, 저는 출가를 하여 비구니가 되고 싶습니다. 스님께서 도와주세요."

"갑자기 그게 무슨 말씀이세요? 유신 화랑이 이 사실을 알고 있습니까?"

"아직 말하지 않았습니다. 스님, 저는 이미 오래 전부터 비구니가 되고자 하는 마음을 가졌습니다."

"공주, 무슨 그런 마음에 없는 말씀을 하십니까? 말 못 할 고민이 있으면 털어놓아 보세요. 그러면 속이라도 후련할 것입니다. 이 노승이 말벗이라도 돼 드리겠습니다. 지금 공주의 눈에는 괴로운 마음이 가득 차 있습니다. …사시(巳時)에 유신 화랑의 자당께서 다녀가시던데 그것과 연관이 있습니까?"

"스님…!"

그때서야 천관은 참았던 울음을 터뜨렸다.

"저는 어떡하면 좋을까요?"

"유신 화랑 부모님께서 반대하십니까?"

"예."

"저런… 어쩌자고 그런 일을 행하신단 말이오? 그것이 다 욕심에서 비롯된 어리석은 생각이랍니다. 좋은 혼처라도 나타났는가 보지요? …지난번 왕실 예불행사(불사) 때 진덕 부마로 유신랑 얘기가 들리더니 결국 일이 그렇게 진행되고 있나 보군요. 유신랑과 서로 의논해보았습니까?"

천관은 고개를 가로저었다.

"그러면 이 일을 유신랑에게는 감추고 혼자서 비구니가 되겠다는 말씀이세요?"

천관은 눈물을 흘리며 고개를 끄덕거린다.

"그러면 설상 대상 댁에 계신 소희 공주님이나 백제령 신선산에 계신 소루 왕께서도 모르고 계시겠군요. 이런 사실을 아신다면 얼마나 상심하시겠어요?"

소리 죽여 눈물만 흘리고 있던 천관은 주지 스님이 소희 언니와 소루 왕의 이야기를 꺼내자 드디어 엉엉 소리를 내어 통곡을 하기 시작했다. 천관의 슬픔에 기름을 부었다고나 할까. 이른 새벽 예불시간에 노스님과 천관이 치성을 드리던 법당에서 때 아닌 통곡소리가 구슬프게 흘러나와 새벽 산사의 적막을 깨뜨리고 울려퍼졌다.

스님은 조용히 목탁을 두드리며 천관의 비통에 젖은 통곡소리가 멈추길 염원하듯이 "나무관세음보살…나무관세음보살…"을 외고 있었다. 통곡을 멈춘 뒤 천관이 더듬더듬 저간의 사정을 이야기하고 주지 스님은 천관의 말에 귀를 기울였다.

"유신 화랑을 진정 연모하기에 그의 길을 가로막을 수가 없습니다. 또 금관가야와 소루가야, 가야와 신라가 서로 불신하는 빌미를 제공해서는 안 되겠다고 생각했습니다. 마지막으로 가장 중요한 것은 삼한 통일을 이루어 이 살육의 전쟁을 멈추고 더 이상 만민이 전쟁에 희생되는 일이 없는 미륵 세상을 만들기 위해서도 유신 화랑이 저보다는 신라 왕실의 부마가 되는 것이 옳은 선택일 것입니다."

조용히 천관의 얘기를 듣고 있던 주지 스님이 입을 열었다.

"공주, 이 세상의 모든 현상은 실체가 없습니다. 실체가 없다고는 하지만 그것이 물질적 현상을 떠나서 있는 것만도 아닙니다. …이와 마찬가지로 인연도, 연정도, 감각도, 지식도, 모두 실체가 없는 것입니다. 이 세상에 존재하는 모든 것이 실체가 없는 셈이지요. 생겨나서 발생했다는 인연도 없고, 멸(滅)해서 없어졌다고 하는 것도 없습니다. 줄어드는 것도 늘어나는 것도 없습니다. 인연이 눈에 매입니까? 연모하는 마음 또한 마음에 매이는 것입니까? 그 연모하는 인연을 탐하면 그것이 곧 매이는 것입니다. 실체가 없는 공의 입장에서는 인연이라는 현상도 없고 연모하는 감각도 없는 것입니다. …당나라 숙종이 혜국 선사에게 많은 질문을 했습니다. 하지만 혜국 선사는 숙종을 무시하고 거들떠보지도 않았습니다. 화가 난 숙종이 혜국 선사에게 서운함을 토로했습니다. 그러자 혜국 선사가 되물었답니다."

"황제시여, 황제께서는 텅 빈 허공을 보십니까?"
"그렇소."
"그러면 허공이 황제께 눈짓을 보내던가요? 이와 같이 이 세상의 모든 만물은 눈도 없고 귀도 없고 코도 없고 혀도 없고 마음도 없고 모순도 없고 소리도 없고 향기도 없고 맛도 없고 손이 닿을 대상도 없고 연모할 마음의 대상도 없고 만나고 헤어짐의 인연도 없는 것입니다. 바라보는 눈의 영역에서 느끼는 의식의 영역에 이르기까지 모두 다 아무것도 없는 것입니다. 벗어나 밝아짐도 없고, 사로잡혀 어두움도 없고… 깨닫고 벗어나 밝아짐이 없어지는 일도 아니며 사로잡혀 어두움이 없어지는 일도 없습니다. 이와 같이 마침내 늙음도 죽음도 없으며 늙음과 죽음이 없어지는 일도 없다고 하기에 이르는 것입니다. 괴로움도 괴로움의 원인도 괴로움을 막는 길도 없으니 아는 것도 없고 역시 얻는 것도 없지요. 그러기 때문에 얻는 것이 없으므로 잃는 것 또한 없는 것입니다."

"공주, 혜국 선사의 이야기에서 느끼는 바가 있는지요? 말하자면 공주와 유신 도령의 인연 또한 애당초 없었던 것이며 연모하는 마음 또한 육신을 탐하는 매임에 기인하는 것입니다. 그 연모하는 것 또한 존재가 없는 것입니다. …공주의 마음은 중생을 구제하고자 하는 미륵부처님의 자비심 그대로입니다. 내일 사시에 출가 의식을 치르십시다. 태어나고 멸함도 없고 인연도 없는 이 속세의 끈에 얽매여 괴로워할 필요가 없습니다."

"스님의 자비에 감사드립니다."

"괴로워하기보다 오히려 그들의 행복을 빌어줌으로써 선업을 닦으시기 바랍니다. 그럼 내일 신시에 뵙도록 하겠습니다."

천관은 스님과 작별을 고하고 법당을 나섰다. 법당을 나서서 처소로 돌아가는 천관의 발걸음은 천근만근이었다. 비록 비구니가 되기로 마음을 정하였고 유신 화랑을 떠나기로 만명 부인과 약조하였으며 천관 자신도 마음을 그리 다잡고 있지만 유신 낭군을 연모하는 마음은 변함이 없었다.

이 모든 약조를 다 내팽개치고 유신 화랑과 함께 어느 산속에서 살아갈 수 있다면 그렇게 하고 싶기도 했다. …나라를 잃고 신선산에 은거하셨던 아버지처럼 그렇게 살고도 싶었다.

그러나 현실은 천관을 그렇게 놔두지 않았다. 유신은 이번 전승기념으로 화랑도들과 나흘간 합천 계곡으로 수렵훈련을 떠났다. 그동안 천관은 신변을 정리하고 비구니로 입적하여 비구니로서의 삶을 시작해야 했다.

여기에 생각이 미치자 효덕사에서 비구니로 살고 있을 금희 언니가 떠올랐다. 금희 언니는 정신적으로 치료가 되어 정상인처럼 안정된다면 아버지 곁으로 와서 함께 살도록 할 것이다. 그러니 영원한 출가로 볼 수는 없었다.

그러나 천관은 지금 영원한 비구니로서의 삶을 스스로 선택한 것이었다. 처소로 들어온 천관은 방안을 둘러보았다. 그동안 유신 화랑과 연정을 불태웠던 추억이 깃든 장소였다. 처음 연모했던 유신랑을 위해 백일치성을 계획하고 이곳에 들어온 것이 연정의 보금자리가 될 줄은 생각지도 못했다.

육욕을 불태웠던 정염의 순간들이 눈앞에 아른거렸다. 눈물이 주룩 흘러내렸다. 어느 것 하나 그립지 않은 것이 없었다. 이제 내일이면 비구니로서의 생활이 시작될 것이며, 그들과 함께 생활해야 할 것이다. 오늘밤이 이곳의 마지막 밤인 것이다. 더구나 낭군도 없이 홀로 외로운 밤을 보내야 한다. 끓어오르는 슬픔을 억제할 수가 없었다.

다시 통곡의 소리가 울려퍼졌다. 빼꼼이 고개를 내밀던 다람쥐도 천관의 슬픔을 아는지 구멍 속에서 나타나지를 않았다. 울고 웃고 미친 듯이 울부짖다가 실성한 여인처럼 깔깔거리는 웃음소리도 들려왔다. 주지 스님의 심부름으로 점심 공양을 가져온 비구니가 몇 차례 부르는 소리에도 안에서는 울음소리가 그칠 줄 몰랐다. 비구니는 마루에 공양을 내려놓고 가만히 돌아갔다.

그러나 천관의 방에서는 울음소리가 그칠 줄 몰랐다. 신시가 되어야 방안에서 지쳐 쓰러질 것 같은 신음소리를 끝으로 적막한 고요가 찾아왔다. 천관은 울부짖고 웃고를 반복하다 제풀에 지쳐 쓰러져 잠이 들었다.

떠나보낼 임이라면 만나지 말 것을
천만 번 약조가 아침이슬 같구나.
떠나온 곳은 있었으나 돌아갈 곳은 없으니
이 한 몸 의탁할 곳은 부처님밖에 없으니
이 모든 연정의 인연이 꿈이었구나.

주지 스님이 천관의 처소에 이르러 방문을 가만히 열고 들여다보았다.

그러다 무언가 발견하고 방안에 들어가 보니 눈물자국에 얼룩진 시 한 수가 적혀 있었다. 주지 스님은 이 종이를 집어가지고 나와서 조용히 방문을 닫고 법당으로 발길을 돌렸다.

다음날 서라벌 황은사의 아침은 밝았다.

천관은 출가 예불을 드리고 십팔 년 고이 간직한 머리를 황은사 안

뜰에서 잘랐다. 잘려나가는 머리카락을 바라보는 천관의 심정은 천 갈래 만 갈래로 갈기갈기 찢어지고 있었다. 이미 흐를 눈물도 메말라버리고 소리 내어 통곡할 힘도 없었다. 그저 찢어지는 마음만 전신을 감싸며 흐르고 있었다.

신선산에 계신 아버지 소루 왕과 어머니 마야 황후의 모습이 떠올랐다. 그분들에게 몹쓸 죄를 짓는 것 같았다. 통곡의 소리가 목구멍까지 치솟아 올랐다. 불쌍한 금희 언니가 생각나면서 입이 열렸다.

"불쌍한 언니…."

천관이 중얼거렸다. 소희 언니의 모습도 떠올랐다

"그래 언니, 잘 살아."

그나마 가정을 꾸리고 행복하게 살고 있는 소희 언니였다.

그리고 유신과 함께 했던 시간들이 주마등처럼 스쳐지나갔다

"행복하시어요. 그동안 행복했습니다."

혼자 마음속으로 뇌까려 보았다. 그리고 어려서부터 함께 자랐던 계화가 떠올랐다.

"계화야, 미안하다. 용서해라. 언니, 계화를 잘 부탁해."

"황 집사어른, 아버지와 어머니를 부탁해요."

속세의 마지막 순간, 천관은 마음속으로 그들 모두에게 작별을 고하였다.

드디어 천관의 머리가 삭도에 의해 깨끗이 밀려서 없어지고 가사 장삼이 걸쳐졌다. 천관은 하염없이 황은사 뜨락을 바라보고 있었다. 천관이 머물렀던 처소는 깨끗이 치워지고 남은 몇 가지 짐들은 비구니들의 숙소로 옮겨졌다. 그날 밤부터 천관은 비구니들과 함께 생활하게 되었다. 하루 종일 천관은 단 한 마디 말도 하지 않고 넋 나간 사람처

럼 멍하니 초점 잃은 눈동자로 허공만 응시하고 있었다.

다음날 오시 무렵, 닷새간의 수렵 훈련을 떠났던 유신이 돌아왔다.
유신은 훈련장에 도착하자마자 근창 풍월주 형님께 말씀드리고, 곧장 말을 타고 훈련장을 빠져나와 단숨에 황은사 천관의 처소에 이르렀다. 애마도 처소에 이르자 이를 천관에게 알리려는 듯 "히히히힝" 신호를 보냈다. 유신은 말을 매기가 바쁘게 공주를 부르며 방문을 열었다.
그러나 방안은 텅 비어 있고, 유신을 맞이하는 것은 한여름임에도 서늘하게 느껴지는 적막한 방안의 기온이었다.
유신은 불길한 예감에 머리끝이 쭈뼛했다. 그리고 방문 앞에서 몸을 돌린 유신은 잠시 생각에 잠겼다가 급히 주지 스님을 찾으러 법당으로 발길을 옮겼다.
"대사님, 대사님."
법당으로 가까이 가면서 불러도 스님은 대답이 없었다. 문이 열린 채로인 법당 안에서는 주지 스님이 조용히 예불을 드리고 있었다. 유신이 숨을 죽이고 조용히 다가가서 불렀다.
"대사님."
그래도 주지 스님은 하던 염불을 계속하고 있었다. 유신도 염불이 끝나기를 조용히 기다리고 있었다. 이윽고 스님이 염불을 마치고 유신에게 다가왔다.
"대사님, 천관 공주가 없어졌는데 무슨 연락이라도 있었던가 해서요?"
"유신 화랑, 천관 공주는 이미 돌아올 수 없는 곳으로 떠나갔습니다."

"예, 무슨 말씀이세요?"

"천관 공주는 부처님께 출가하셨습니다."

"그럼 어디로 갔단 말입니까?"

"어디로 간 것은 아니고 이 절에 머물고는 있습니다만, 이제 부처님을 모시기로 했기 때문에 속세와의 인연은 끝이 났다는 말씀입니다. 그러니 유신 화랑께서는 이만 돌아가시기 바랍니다."

"스님, 그게 무슨 말씀이세요? 어떻게 이런 일이 갑자기 일어날 수 있단 말입니까? 천관 공주는 저와 장래를 약속한 사이입니다. 그럴 리가 없습니다. 좌우지간 한 번 만나서 속 시원히 얘기를 듣고 싶습니다. 스님 한 번만 천관 공주를 만나게 해주십시오. 스님, 제발 부탁입니다."

"유신 화랑, 그것은 어려운 일이 아닙니다. 그러나 천관 공주에게 만나기를 원하는지 물어본 연후에 본인이 승낙을 한다면 그때 만날 수 있도록 해드리겠습니다. 그러니 잠시만 여기서 기다려 주시기 바랍니다."

"예 스님, 기다리고 있겠습니다. 천관 공주께 여기서 기다린다고, 꼭 만날 수 있도록 잘 말씀해 주시기 바랍니다."

비구니의 처소를 찾아온 주지 스님이 천관 공주를 불렀다.

"공주, 유신 화랑이 돌아와서 뵙기를 청하는데 가시겠습니까?"

천관 공주는 심장이 뛰기 시작했다. 연모하는 임이 오셨는데 맨발로 달려가서 안아보고 싶고 가슴에 파묻혀 엉엉 울고 싶었다. 벌써 가슴속에 그리움이 울컥울컥 복받쳐 올랐다. 보고 싶었다.

그러나 이제는 부처님을 모시기로 한 몸, 어찌 속세의 인연을 이어갈 수가 있단 말인가. 천관의 마음은 주체할 수 없는 그리움에 싸여 있었지만, 언행(言行)은 정반대의 표현을 하고 있었다.

"스님, 오늘은 뵙고 싶지 않다고 전해 주십시오."

"그렇게 하겠습니다."

주지 스님은 유신에게 천관의 뜻을 그대로 전했다.

"유신 화랑, 천관 공주께서는 유신 화랑을 뵙기 않겠다고 합니다. 그러니 이만 돌아가서 후일 천관 공주의 마음이 돌아섰을 때 뵙기를 청하는 것이 좋을 것 같습니다만…."

"스님, 아닙니다. 오늘 꼭 만나야 되겠습니다. 허락하여 주십시오. 그렇지 않으면 돌아갈 수 없습니다. 부디 저의 간절한 청을 외면하지 마십시오."

"유신 화랑, 난들 둘이 만나는 것을 무어라고 하겠소? 천관 공주의 뜻이 그러하단 말이오. 정 그러시다면… 대웅전 왼쪽으로 들어가면 비구니들의 처소로 들어가는 대문이 있으니 유신 화랑이 직접 그곳에 가서 천관 공주를 불러보면 어떻겠소?"

"예, 스님 그렇게 하겠습니다. 감사합니다."

유신은 날아갈 듯이 비구니들의 처소 앞으로 달려갔다.

"천관 공주, 나요 나… 유신이 왔소이다. 어떻게 된 사연인지 들어나 봅시다. 잠깐이면 됩니다, 공주. 꼭 이렇게 해야만 되겠습니까?"

천관 공주는 하염없이 눈물만 흘리고 있었다. 마음은 문을 박차고 나가서 임의 품에 안기고 싶었다. 마음껏 투정도 부리고 싶었다.

그러나 사랑하는 임의 앞날을 위해서 자신이 희생해야만 했다. 사랑하는 임을 위해 그의 곁을 떠나야만 했다. 이를 악물고 터져 나오는 울음을 참아야 했다.

스님이 설법하셨던 부처님의 말씀도, 만명 부인에게 약조했던 헤어지겠다는 말도 다 무시해버리고 뛰쳐나가 그리운 임과 함께 아무도 모르는 곳으로 도망쳐 숨어버리고 싶었다. 천관은 가슴이 미어지는 아픔으로 눈물을 흘리면서 임의 목소리를 듣지 않으려 양손으로 두 귀를 막아버렸다.

안과 밖에서 애타는 몸부림의 시간이 지나고 또 지났다. 결국 유신은 무너져 내린 가슴을 안고 뒤돌아서야 했다. 온몸이 떨리고 다리는 후들거렸다.

이제 정녕 이별이란 말인가? 다시는 천관 공주를 볼 수 없단 말인가? 며칠 전까지 서로 장래를 약속했던 사이가 아니던가? 그런데 이게 무슨 청천벼락이란 말인가?

유신은 가까스로 말 잔등에 올라탔다. 그리고 비구니 처소 쪽을 바라보며 말고삐를 당겼다. 애마는 주인의 심정을 아는 듯 딸그락딸그락 발굽소리를 내며 천천히 황은사를 내려갔다. 유신이 탄 말이 남천을 따라 내려갈 즈음 천관은 담장 쪽으로 달려가서 저 멀리 터벅터벅 애마를 타고 가는 유신을 바라보며 하염없이 눈물만 흘려댔다.

유신은 날이 새기가 무섭게 다시 황은사를 찾아와 천관을 부르기 시작했다.

"천관 공주, 나를 피하는 연유가 무엇인지 가르쳐 주시오. 왜 나를 피한단 말이오?"

천관은 유신을 만나서 자초지종을 설명하는 것이 도리라고 생각했다. 잠시라도 유신을 볼 수 있다는 생각에 천관의 마음은 형언할 수 없을 정도로 기뻤으나, 표정은 마음과는 반대로 잔뜩 긴장이 된 채 밖으로 나섰다.

"천관 공주, 이게 무슨 변고란 말이요? 아름다운 머리카락은 어디로 가고, 이 가사장삼은 또 뭐란 말이오?"

유신의 얼굴은 초췌해질 대로 초췌해져 있었다. 천관이 보기에도 얼마나 괴로워하며 밤을 지새웠는지 알만 했다.

유신은 다가오는 천관을 와락 껴안으려다 머리를 깎고 가사장삼을 걸친 천관을 보고 선뜻 끌어안지를 못하고 주춤거리고 있었다. 순간 천관은 자연스럽게 다가가서 유신의 가슴에 안겼다. 얼마나 안겨보고 싶었던 임의 품이던가? 한동안 두 사람은 말없이 서로를 부둥켜안은 채 그리움을 삭이고 있었다.

이윽고 유신이 조용한 말투로 물었다.

"공주, 이게 어떻게 된 일입니까? 단 한 마디 상의도 없이 이럴 수가 있단 말이오? 내가 무슨 잘못이라도 했단 말입니까?"

유신은 비통한 심정으로 천관에게 따지듯이 물었다.

천관은 유신이 말을 마치기를 기다렸다가 나지막이 속삭였다.

"유신 화랑께서는 앞으로 삼한의 통일로 만민을 구원하고 피비린내 나는 살육의 참화를 멈추게 할 막중한 대망을 이루셔야 할 분이십니다. 그런데 하찮은 소승이 그 일을 방해하는 것 같아 늘 괴로웠답니다. 소승으로 인해 유신 화랑의 마음이 흔들리시면 아니 될 것이며, 삼한의 조소거리가 되어서도 아니 될 것입니다."

"공주가 없는 삼한 통일이 무슨 의미가 있단 말이오?"

"유신 화랑은 용화 도령으로 미륵부처님께서 점지하신 몸, 소승은 언제든지 이곳에서 유신 화랑께서 대망을 이루시기를 빌고 있겠습니다. 어느 때나 찾아오시면 저를 만날 수 있사옵니다. 다만 부처님께 출가해서 부처님을 모시는 몸이라 낭군으로 모실 수는 없습니다만, 언제라도 오시면 유신 화랑의 벗이 되어 드리겠습니다. 소승은 화랑께서 좋은 배필을 만나 혼례를 치르고 행복하기를 빌겠습니다."

"공주, 무슨 말씀이오? 우리는 백년가약을 맺은 사이가 아닙니까? 제가 공주를 두고 누구랑 혼례를 치른단 말이요? 지금이라도 출가의 마음을 접고 나와 함께 갑시다."

"낭군님, 낭군님은 제가 연모하던 임이십니다. 지금도, 그리고 영원히 저의 마음은 변함이 없습니다. 다만 낭군님께서 불쌍하게 도륙당하고 있는 삼한의 만민을 구제해 주시는 일이야말로 미륵부처님께서 원하시는 소임이라는 것을 말씀드립니다. 부디 소승은 잊어버리시고 대망의 삼한 통일을 이루어 부처님의 뜻이 세상을 밝힐 수 있도록 해주시기를 간절히 바랍니다. 그럼 소승은 이만 들어가겠습니다."

"천관 공주, 잠깐만 더 기다려 주시오. 아직 말이 끝나지 않았습니다."

"하실 말씀이 계시면 언제든지 찾아오십시오. 그것까지 말릴 수는 없지 않겠습니까?"

"천관… 천관… 천관 공주."

유신 화랑의 애타게 부르는 소리에 아랑곳하지 않고 천관은 비구니 처소로 들어가고 말았다. 돌아서서 걸어가는 천관의 눈에서도 눈물이 주르륵 흐르고 있었다.

과연 연정은 무엇이고 인연은 무엇이기에 이토록 사람의 마음을 갈기갈기 찢어지게 만든단 말인가? 처소에 들어간 천관은 하염없이 눈물만 흘리고 있었다.

한편 천관의 뒷모습을 넋 나간 사람처럼 바라보고 있던 유신은 단숨에 말을 달려 풍월주 근창의 집에 다다랐다.

"형님, 근창 형님!"

"유신아, 이른 아침부터 무슨 일이냐?"

"형님, 저 술이나 한 잔 주십시오."

"그것은 어렵지 않는 일이다만, 갑자기 무슨 일이라도 있는 게냐?"

"수렵 훈련을 다녀온 후라 오늘은 훈련이 없어서 나도 심심하던 차에 네가 술 생각이 난다고 하니 모처럼 월선이네 기방에나 한 번 다녀오도록 하자. 자, 일어서거라. 쇠뿔도 단 김에 빼랬다고 가락소리 들어본 지가 까마득하구나. 간드러진 월선이 가야금 솜씨는 또 어떻더냐? 가서 한 잔 하면서 네 신세타령을 들어보기로 하자."

"예, 근창 형님."

"참, 이왕이면 춘추도 데려가자꾸나."

"예, 좋습니다."

"행랑아범, 행랑아범…."

근창이 당장 행랑아범을 불렀다.

"예 도련님, 부르셨습니까?"

"춘추네 집에 좀 다녀와야겠어요. 춘추네 집에 가서 춘추에게 내가 유신과 함께 월선이 기방으로 간다고 그리로 냉큼 와달라고 전해주소."

"자 유신아, 밖으로 나가자. 출발이다."

근창과 유신은 월선이 기방에서 자리를 잡고 술잔을 들이키고 있었다.

"근창 형님, 제가 소루 왕의 따님인 천관 공주를 연모한 것은 형님도 잘 알고 계시죠? 이번에 합천 수렵 훈련을 다녀와 보니 머리를 깎고 비구니가 되어 있습니다. 그래서 찾아가서 애걸복걸하다시피 하여 가까스로 만나 얘기를 나누어 보았는데, 나를 위해 내 곁을 떠나겠다고 하니 이런 답답할 일이 어디 있습니까? 형님, 제 마음은 갈피를 잡지 못해 죽을 지경입니다. 천관 공주와 헤어져서는 살 수 없습니다. 좋은 방도가 있으면 가르쳐 주세요."

"음…그런 일이 있어서 네가 대낮부터 술을 사달라고 했구나. 괴로운 마음을 술로 달래보겠다고? 이봐 월선이!"

"예, 풍월주 화랑님."

"우리 유신 화랑께서 연정을 품었던 여인으로부터 버림을 받아 저리 괴로워하니 달래줄 예쁜 기녀 좀 보내주시구려!"

"아이고, 순진도 하셔라. 그럼 아주 앳된 애기 기생으로 보내드리겠습니다."

"그리고 월선이도 함께 와야 돼."

"여부가 있겠습니까?"

"풍월주께서 오셨는데 저야 빠질 수가 없지요."

"하하하하, 듣던 중 기분 좋은 말이군!"

"그리고 춘추 도령께서 오실 터이니 오면 이쪽으로 안내하라고 일러두게."

"알겠습니다. 그럼 그렇게 일러놓겠습니다."

"유신아, 자 한 잔 쭉 들이키자."

"그러니까 백년가약을 한 천관 공주가 수렵 훈련을 다녀오니까 머리를 깎고 비구니가 되어버렸다, 그러니 어떻게 했으면 좋겠는가 이 말이지? 천관 공주 마음을 돌릴 수 있는 방법이 없겠느냐 이 말 아닌가? 있지, 있고말고… 그러니 오늘은 걱정 말고 술이나 마셔. 춘추랑 모처럼 회포나 풀어보자."

그때 춘추의 목소리가 들렸다.

"근창 형님, 춘추이옵니다. 들어가도 되겠습니까?"

"그래 월선아, 빨리 춘추 들어오도록 해라. 그놈 참 지 얘기 했더니 바로 나타났구나."

춘추가 월선의 안내로 방에 들어서면서 한 마디 한다.

"오늘 무슨 일인데 이렇게 기방으로 저를 불렀습니까? 무슨 좋은 일 있어요?"

"그래, 유신이 연모하는 여인에게 버림받고 괴로워하기에 위로할 겸 데리고 와서 이렇게 한 잔 하면서 너를 기다리고 있었다. 그러니 너도 유신이를 위로해주어야 할 것 아니냐?"

"그렇다면 여부가 있겠습니까?"

"월선이도 오늘은 애기 기생 초선이를 유신의 짝으로 들여보내 오늘밤에 만리장성을 쌓도록 해주자꾸나. 자, 우리 그런 의미로 모두 축배를 들자."

호호호, 깔깔깔, 하하하… 축배를 들면서 아침나절부터 유신을 기방으로 데려간 풍월주와 춘추는 기분 좋게 들떠 있었다. 그러나 정작 당사자인 유신은 기분이 답답하고 술자리가 어지럽기만 하였다.

"낭군님, 제 잔을 받으시어요."

초선은 어색해하는 유신이 오히려 즐겁기만 한 듯 술잔에 술을 가득 따라 거푸 권했다.

"그래, 유신아. 초선이가 애처롭지도 않느냐? 빨리 술잔을 받아라."

"예, 형님."

"서방님, 한 잔 받으시고 저도 한 잔 주시어요. 네, 그렇게 한 잔 쭉~ 안주는 여기!"

"자아, 월선이도 한 잔 받게."

"예, 풍월주."

"춘추야, 너도 한 잔 받아."

"예, 형님."

"자, 오늘밤 마음껏 마시고 취해보자."

유신은 풍월주 근창과 초선이가 번갈아 권하는 바람에 많이 취해 있었다. 취기가 오르자 천관이 원망스러운 생각마저 들었다.

"춘추야, 천관 공주가 이럴 수가 있어? 내가 무엇을 잘못했단 말이냐?"

"형님, 많이 취하셨습니다. 근창 형님께서 내일 황은사에 찾아가 천관 공주를 뵙고 마음을 돌릴 수 있도록 설득하신다고 하지 않습니까? 그러니 오늘은 마음껏 마셔봅시다. 자, 한 잔 드세요."

"아니다. 나는 이제 천관 공주를 잊으련다. 자 초선아, 한 잔 따라라. 오늘부터는 내가 너를 연모해야겠다."

"도령님, 저야 이렇게 잘 생긴 화랑이라면 사양할 이유가 없지요."

"유신 형님, 마음에도 없는 소리 하지 마시고 술이나 마십시다."

"그러자. 술이나 마시고 취해버려야겠다. 자 춘추야, 축배를 들자."

유신은 술에 취해 쓰러져 잠들었다.

근창은 월선이에게 유신을 부탁하고 춘추와 함께 기방을 떠났다.

갈증을 느낀 유신이 일어났을 때는 신시였다. 오전부터 시작한 술이니 언제까지 얼마나 마셨는지도 몰랐다. 유신이 일어나니 초선이가 곁에 앉아 있었다.

"이제 일어나셨어요? 여기 감주 한 그릇 마셔보세요."

초선이 식혜 그릇을 내밀면서 빙긋이 웃으며 묻는다.

"천관 공주가 누구세요? 잠꼬대를 하면서 줄곧 천관 공주를 찾으시던데, 천관 공주가 어떤 분이세요?"

유신은 아무런 대꾸도 없이 자리에서 일어났다. 그리고 어제 근창을 찾아갔던 일과 기방에까지 오게 된 과정이 떠올랐다.

"참 같이 왔던 분들은 어디 있습니까?"

"저에게 도령님 잘 모시라고 하시며 먼저들 가셨습니다."

유신은 방문을 열고 밖으로 나갔다. 그러나 아직 머리는 술이 덜 깨서 먹먹하였다. 더 쉬었다 가라며 붙잡는 초선을 뿌리치고 유신은 말 위에 올랐다.

유신은 말 위에서 꾸벅꾸벅 졸고 있었다. 아직 술이 덜 깬 상태였다. 유신의 애마는 저 혼자 터벅터벅 걸어가고 있었다. 유신은 꿈속에서 천관 공주를 만나고 있었다.

꿈속에서 천관 공주는 자기를 버렸다가 유신을 원망하며 슬피 울고 있었다. 유신은 천관을 달래려고 아무리 다가가려고 해도 다가갈 수가 없었다. 다가가면 저만큼 물러서 있고, 다시 다가가면 몇 발짝 뒤에 있으면서 원망을 하였다. 그리고 물러설 곳이 없는 막다른 지점에 이르자 천관이 폭포수의 절벽 아래로 몸을 날렸다. 유신은 놀라서 "아악!" 하고 비명을 질렀다. 그 순간 유신은 번쩍 눈을 떴다.

유신은 말 위에서 졸고 있는 자신을 발견하였다.

유신이 졸고 있는 사이, 애마가 자신을 태워 왔던 것이다. 주위를 둘러보고 유신은 깜짝 놀랐다. 바로 황은사의 천관 공주 처소가 아닌가. 늘 하던 대로 유신의 애마가 그를 태우고 천관 공주의 처소로 데려온 것이 아닌가.

유신은 깜짝 놀랐다. 그리고 화가 머리끝까지 솟구쳤다. 애마까지도 유신을 비웃는 것처럼 느껴졌다. 유신은 말에 뛰어내려 검을 빼들었다. 애마는 평소와 다름없이 무사히 도착했다고 하는 듯이 눈을 껌벅거리고 있었다.

유신은 홧김에 애마의 목을 야차 같은 마음으로 내리쳤다.

애마는 '히히힝' 소리치며 앞발을 솟구쳤으나 다음 순간 털썩 주저앉았다. 그리고 원망의 눈초리로 유신을 쳐다보았다. 유신은 다시 한 번 애마의 목을 내리쳤다. 애마는 눈물을 흘리며 숨을 거두었다. 그리고 유신은 뒤돌아서서 황은사를 내려가기 시작했다.
　말의 비명소리에 놀란 황은사 스님들이 뛰어나왔다. 모두들 뜻밖의 상황에 놀라고 김유신의 잔인함에 실망하는 눈치였다. 이 사실은 비구니들에게도 알려졌고, 천관 공주 역시 소문을 듣고 깜짝 놀랐다.
　모두가 자신의 잘못으로 인해 벌어진 일이 아닌가? 유신과 말 한 마디 없이 자신은 비구니가 되었고, 화가 난 유신이 화풀이를 하는 것이라고 천관은 생각했다. 그러나 아무리 그렇더라도 아끼던 애마의 목을 무참히 쳐 죽인 것은 도저히 용서할 수 없었다.
　천관은 진정 유신을 연모했기에 신라 왕의 부마가 되는 것을 방해하고 싶지 않았고, 그것이 삼한 통일을 실현하여 살육의 전쟁을 하루 빨리 끝내는 길이라고도 생각했다. 그래서 미륵부처의 심정으로 찢어지는 가슴을 안고 유신과 헤어지기로 한 것이 아니었던가. 더욱이 가까운 황은사에서 삼한 통일을 이루어 살육의 참화가 그치길 빌면서 비구니 생활을 할 작정이 아니었던가.
　비록 부부의 연은 맺지 못할지라도 육체적인 연모의 정은 더 이상 나눌 수 없을지라도 서로 언제든지 만날 수 있고, 서로를 위하거나 위로해 줄 수도 있는 것이다. 그런데 이런 잔인한 일로 정을 떼려고 했다는 사실에 천관은 가슴이 아프고 실망스러웠다.
　유신의 애마에 대한 장례는 주지 스님의 주도로 간솔하게 치러졌다. 장례라고 할 것도 없이 인부를 시켜서 뒷산 양지 바른 곳에 묻어준 정도였다. 천관은 비통한 심정을 시로 썼다.

육신은 떨어져 있으나
마음은 늘 함께 있네.
임을 연모하는 마음 하늘에 닿았으나
삼한 만민을 구제하는 일이
임이 훌륭한 대업을 이루는 일이
임을 연모하는 연정보다 크다네.
애마를 쳐 죽이는 잔인함에
이제 나의 연정도 끝이 났네.
하늘 아래 내가 갈 곳은 이제 없다네.

천관은 서라벌을 떠나기로 결심하였다.

비록 비구니의 신분이지만 낭군님을 가까이서 사모하며 오직 유신 화랑이 삼한 통일의 대업을 성취하도록 빌면서 황은사에 남기로 했던 꿈을 접고 아버지가 계신 신선산으로 돌아가기로 결심하였다.

주지 스님께는 말씀을 드렸다. 주지 스님도 더 이상 천관을 만류하지 않았다. 주지 스님도 유신의 잔혹한 행동에 실망하는 눈치였다.

천관은 다음날 아침 일찌감치 황은사를 나섰다.

천관의 마음은 회상과 추억으로 아롱져 있었다. 형언할 수 없을 정도로 착잡한 심정이었지만, 지난날들의 영상은 아름답기 그지없었다. 유신과 함께 이곳에서 보냈던 그 여름날의 뜨거운 순간들이 머릿속에 그려졌다. 이제 영원한 이별이 될지 모른다는 생각에 가슴이 저려왔다. 처소의 방문을 열고 살펴보면서 한참을 상념에 잠겼다.

그런 다음 비구니 옷을 걸친 모습으로 남천을 따라 내려오고 있었다.

 흐르는 남천의 맑은 계곡물을 바라보며 무심하게 걷고 또 걸었다. 이제까지 서라벌에서의 시간들이 모두 꿈처럼 여겨졌다. 갖가지 생각들이 나타났다 지워지고, 다시 다른 생각들이 떠올랐다 지워지기를 반복하는 동안 천관도 걷기를 계속했다.

 이윽고 설상 대상 댁에 다다른 천관은 먼저 계화를 찾았다.

 "계화야."

 "공주님!"

 계화는 깜짝 놀란 표정으로 천관을 쳐다봤다. 가사삼장을 걸친 천관을 쳐다보며 계화는 할 말을 잃었다.

 "이것이 무슨 일이어요? 아이고, 공주님께서 스님이 웬 말이오?"

 "계화야, 그동안 잘 있었느냐?"

 "잘 있고 말고가 아니라 스님이 무슨 일이시냐고요?"

 "자세한 말은 나중에 하기로 하자. 우선 언니를 만나봐야 되겠다."

 "만나보나마나 소희 마마도 정신을 잃게 생겼네요. 이런 모습을 보시면…."

 천관은 계화의 말을 뒤로하고 소희의 처소로 발길을 옮겼다.

 "소희 언니, 천관이에요. 들어가도 되겠어요?"

 "그래 들어오너라."

 천관은 문을 열고 소희의 처소로 들어간다.

 "언니!"

 "아니, 이게 누구냐? 천관이 네가 무슨 일로…? 그동안 도대체 무슨 일이 있었던 것이냐? 이 모습은 또 뭐고?"

 "언니, 미안해요. 실망을 시켜드려서…."

"네가 어떻게 비구니가 됐단 말이냐? 그동안 너에게 무슨 일이 있었는지 속 시원하게 말 좀 해봐라!"

천관은 이제까지 참고 있었던 설움이 복받쳐 올랐다.

"언니…!"

천관은 소희를 부르고는 더 이상 말을 잇지 못한 채 흐느껴 울기 시작했다.

"아버지, 이게 도대체 무슨 일이란 말입니까?"

소희가 탄식을 했다.

"유신 화랑이 너를 버렸단 말이냐? 네가 버림을 받았단 말이냐? 자초지종을 좀 들어보자꾸나."

"언니, 지금은 아무 말도 묻지 말아줘요. 그리고 내가 아버지가 계시는 신선산으로 돌아갈 수 있도록 마차를 준비해줘요. 나는 신선산에 돌아가서 부모님을 모시고 살 테니까."

"그래, 네가 대답하지 않겠다면 묻지는 않겠다. 네가 신선산에 들어가서 부모님을 모시고 살겠다면 그렇게 하도록 해라. 우선 네 방에 가서 쉬도록 해라. 장군께서 들어오시면 신선산으로 돌아가는 것을 의논해보도록 하자꾸나."

"예 언니, 정말 고마워요. 그럼 저는 제 방에 가 있을게요."

천관은 방으로 들어가서 서럽게 울었다. 이 세상의 모든 슬픔이 자신에게만 찾아온 것처럼. 천관이 울고 있는 동안 아무도 방해하는 사람은 없었다. 소희도, 계화도 한껏 걱정을 안고 바라보면서도 서로 입 밖에 내지는 않았다.

이틀 후 설상 가문의 대문 앞에 마차가 준비되었다. 천관과 계화가 마차에 타고 있었다. 천관과 계화는 소희 언니네 가솔들과 석별의 정을 나누었다.

"언니, 그동안 걱정만 끼쳐드린 나를 용서해 주세요."

"그래, 알았다. 부디 신선산에 돌아가거든 아버지 어머니 편히 모셔라."

"언니도 건강하게 잘 살아야 돼요."

"그래, 내 걱정은 말고…."

마차는 덜컹거리며 천리 길 백제령 신선산 계곡을 향해 출발했다.

천관은 새삼 감회에 젖었다. 서라벌에 사는 동안 얼마나 많은 일들을 겪었던가. 김유신과의 추억이 새록새록 떠올랐다.

"부디 삼한 통일의 대업을 이루어 만민을 구원하시길…."

천관은 진심으로 유신의 전도(前途)를 미륵부처님께 빌었다.

김유신은 꼬박 몇 시간을 자고 인시에야 일어났다.

술이 덜 깬 상태로 잠시 이성을 잃었던 유신은 애마의 목을 쳐 죽이고 집으로 돌아와 바로 잠이 들었던 것이다. 일어나서 생각하니 무모하기 짝이 없는 행동을 했다는 생각이 들었다. 애마의 목을 치다니… 자신의 행동이 스스로 생각해도 부끄러웠다.

황은사 스님들이 자신을 얼마나 포악한 사람으로 생각할까. 천관 공주도 소식을 들었을 게 아닌가. 후회와 부끄러움으로 온몸에서 식은땀이 흘렀다. 그렇다고 마냥 그대로 있을 수는 없는 노릇이었다. 말을 몰고 황은사로 달려갔다. 비구니 숙소 앞에서 천관을 찾았다. 한 비구니가 천관이 황은사를 떠났다고 알려주었다.

유신은 주지 스님을 찾아갔다.

"대사님, 천관 공주가 어디로 갔는지 아십니까?"

"유신 화랑!"

주지 스님이 엄한 말투로 유신을 불렀다.

"화랑은 너무 큰 잘못을 저질렀소. 그러나 천관 공주는 오히려 화랑의 잘못을 자기 탓으로 돌리며 용서를 구하고 떠났습니다. 어디로 떠났는지는 나도 알 수 없어요. 그러나 천관 공주가 꼭 전하려고 했던 말은 알려드리겠소. …삼한 통일의 대업을 꼭 이루시어 이 땅에 더 이상 전쟁으로 살육당하는 참화가 일어나지 않도록 해달라는 전언이었소. 또 공주의 허락을 받지 않았으나 이 글을 받을 사람은 유신 화랑일 것 같아서 돌려드리리다."

"천관 공주의 글이라고요?"

"그렇소. 한 편은 화랑의 자당께서 천관 공주에게 찾아와 폐하의 부마가 될 테니 잊어달라고 하는 말을 듣고는 화랑을 위해 헤어지기로 결심하고 통곡하다 쓴 글이오. 헤어지기로 결심하면서도 비구니로 화랑을 위해 일생 동안 치성을 드리고자 했는데 안타깝게 그 꿈마저도 애마의 목을 쳐 죽이는 것을 보고 포기하게 된 것이오. …다른 한 편은 그런 공주의 마음을 몰라주고 말을 쳐 죽이는 잔인함에 괴로워하면서 쓴 글이오. 그리고 더 이상 이 서라벌에 머무르기를 포기하고 떠나기로 결심한 것이오."

"천관 공주가 서라벌을 떠났단 말입니까?"

"어쩌면… 만약 천관 공주가 화랑을 저주했다면 그대는 죽어서 무간지옥에 떨어질 운명이었으나 공주는 미륵부처님께 모든 것이 자기의 잘못이라고 빌면서 그대의 죄를 대신 짊어지고 떠난 것이오. 그러니 유신랑은 염려할 것이 없을 거요. 하지만 천관 공주는 이 모든 죄업을 대신 받아 죽어서도 앞으로 천 년 동안 구천을 떠돌아다녀야 할 업을

연정의 고통 305

짊어질 것이오. 그대는 한 인간의 연모의 정을 희생시켜 파멸로 내몰았고, 사후에도 그 영혼이 천년 동안 환생할 수 없도록 중죄를 범했으나 그녀가 그 모든 죄업을 짊어지고 떠났어요. 그대는 이제 편안하고 행복한 생을 보낼 테고, 물론 그녀의 간절한 기도로 틀림없이 삼한 통일의 대업을 이루는 주역이 되기도 할 것이오. 그러니 공주를 찾을 생각일랑 마시고 돌아가시오. 찾는다고 해봐야 찾을 수도 없고, 찾아봐야 헛수고일 뿐이오."

두 편의 시를 전해 받은 유신은 글을 펼쳐 보았다. 글은 눈물에 얼룩져 있었다. 눈물로 먹물이 번져 있는 글을 받아본 유신은 부들부들 떨면서 슬픔을 억제하고 있었다. 그리고 그동안 고통 받았을 천관에게 형언할 수 없는 안타까움을 느꼈다.

유신은 주지 스님께 목례를 하고 말을 몰아 단숨에 설상 대상 댁을 찾았다.

그러나 그를 맞이한 소희 공주의 눈은 싸늘한 저주의 빛을 내뿜고 있었다.

"천관에게 그토록 피눈물을 흘릴 만큼 몹쓸 짓을 했으면 이제 찾을 생각일랑 말고 황제의 부마가 되어 부귀영화를 누리며 행복하게 사시오!"

유신은 차가운 시선을 뒤로하고 집으로 돌아왔다. 부모님에게 항변할 의욕도 없어졌다. 모든 사실을 알고 난 이 마당에 무엇을 어떻게 할 수 있단 말인가? 모든 것이 허망하고 천관이 없는 빈자리가 너무 컸다. 가슴 한쪽이 완전히 무너져 텅 비어 버렸다.

이별

신선산은 가을로 접어들고 있었다. 짙은 녹색의 산야가 적갈색으로 바뀌기 시작했으며 죽곡촌의 들판도 누런 빛깔로 가을 햇빛을 즐기고 있었다.

소루 왕은 방안에서 문을 열고 가을 햇빛을 물끄러미 바라보고 있었다. 여름 무더위를 견디어 내느라 소루 왕의 모습은 더욱 초췌해보였다.

65세의 소루 왕은 영락없는 시골 늙은이에 지나지 않았다. 어젯밤에는 밤새 뒤척이다 잠을 깼다. 알 수 없는 꿈들이 뒤죽박죽 나타났다 사라지곤 했다. 소루 왕은 요즘 부쩍 살아왔던 옛날의 추억에 젖곤 하였다. 아버지 손에 이끌려 신선산으로 들어와 망한 나라의 군주로 살아온 세월이 허무하기만 하였다. 부귀영화를 버리고 망국의 군주에게 시집 와서 아내로 살아온 마야 황후에게 미안할 뿐이었다.

"아… 이게 나의 일생이란 말이냐?"

머지않아 머나먼 저승길로 떠나야 한다. 살아온 세월이 허무하기만 하였다. 도대체 어느새 65년을 살아왔단 말인가! 사소한 일에도 눈시울이 붉어졌다. 허무했다. 스산한 가을바람은 소루 왕을 더 외롭게 하였다.

"또 이제 한해가 가는구나."

그때 마차 한 대가 가을 황톳길에 뿌연 먼지를 일으키며 죽곡촌에서 신선산 소루 왕의 처소를 향해 올라오고 있었다.

소루 왕은 잘못 보았나 싶어 눈을 비비고 다시 바라보았다. 분명 마차였다. 이곳으로 올 마차는 없었다. 불길한 기운이 온몸을 휩싼다. 소루 왕이 급히 황 집사를 불렀다.

"황 집사!"

"예."

황 집사가 행랑채 쪽에서 나와 빠른 걸음으로 소루 왕 처소 앞에 섰다. 점점 가까이 다가온 물체는 틀림없는 마차였다.

"지금 이리로 오고 있는 게 틀림없는 마차렸다!"

"그렇습니다요."

"무슨 마차가 이리로 오고 있을까? 이곳으로 올 마차는 없을 터인데…?"

"그러게 말입니다."

두 사람은 마차를 주시하고 있었다. 마차는 점점 다가와서 소루 왕의 거처 아래 마차가 멈출 만한 공간에 멈추었다.

마차가 서자 휘장을 걷고 내리는 여자는 분명 계화였다. 계화도 아버지 황 집사를 알아보았다. 그리고 뒤이어 웬 비구니 여승이 마차에서 내렸다. 황 집사는 몇 걸음 앞으로 나가 계화를 맞이했다.

"아버지!"

"계화야!"

"아버지, 인사 받으세요."

"그래, 그런데 이게 어떻게 된 일이냐? 아무런 연락도 없이 돌아온단 말이냐?"

"그리고… 공주마마는?"

"저 분은 누구냐?"

"아버지, 천관 공주님이세요."

"뭐라고? 저 비구니가 천관 공주님이시라고? 이게 어떻게 된 것이냐? …대감! 천관 공주마마께서 오셨습니다."

"뭐, 천관이 왔다고?"

소루 왕은 방에서 나와 마루를 거쳐 댓돌에 놓인 신발을 신고 마차가 서 있는 쪽으로 한 달음에 걸어갔다.

"천관아!"

"아버지, 그간 옥체 강녕하셨사옵니까? 소녀, 인사드립니다."

"이게 도대체 무슨 일이냐? 그리고 네가 이게 무슨 일로 이런 모습이냐? 네가 왜 비구니 복장을 하고 있는 게야!"

"……."

"그래, 알았다. 오느라 수고했다. 어머니께 인사 드려라. 그리고 나서 편히 쉬어라. 그런 다음에 저간의 얘기를 나누도록 하자. …계화도 왔구나, 고생 많았다."

"대감마님, 그동안 평안하셨사옵니까?"

"오호 그동안 계화가 많이 자랐구나. 철도 다 들었고… 허허허. 황 집사, 아니 그런가? 역시 서라벌에서 생활하더니 아주 세련되고 예의 바른 처자로 훌쩍 자라 버렸어, 허허 참. 기특하기도 하지…. 계화도 아버지 따라가서 유모께 인사드리고 편히 쉬도록 해라."

"예, 대감마님."

허허허 웃고 있는 소루 왕의 모습에는 텅 빈 공허함이 묻어 있었다.

그런 공허함을 감추기 위해 애써 미소를 지으며 헛웃음을 웃고 있는 것이 누가 보아도 그리 비쳐졌다. 소루 왕은 불시에 비구니 복장을 하고 온 천관을 보고 마음속으로 통곡하고 있었다. 그러나 황 집사와 계화 앞에서, 더군다나 천관 앞에서 티를 낼 수가 없었다.

잠시 오랜만에 만난 소란스러움이 사라지고 황 집사의 처소에는 들뜬 계화의 소란스러움에 뒤이어 유모의 깔깔거림이 뒤섞여 황 집사의 둔탁한 웃음소리까지 들려왔다. 뒷짐을 지고 뜰을 거닐던 소루 왕이 걸음을 멈추고 잔잔한 미소로 그들의 웃음소리를 듣고 있었다.

소루 왕은 뜰을 거닐며 상념에 잠겼다.

천관에게 어떻게 따뜻한 위로의 말을 전해야 할까? 비구니 모습에 분명 사연이 있을 터인데, 어떻게 천관의 마음에 상처를 주지 않고 그 연유를 알아볼 수 있을까 궁리를 해보았다. 조용히 뜰을 거니는 소루 왕의 발소리가 사각사각 스쳐갔다. 한동안 상념에 잠겨 있던 소루 왕은 모녀가 있는 방으로 천천히 걸음을 옮겼다.

"천관아, 이게 어찌된 일이냐? 네가 왜 비구니 차림을 하고 있는 거야? 왜 비구니가 된 것이냐?"

"……."

천관은 어머니가 묻는 말에도 침묵하고 있었다. 소루 왕은 문을 열고 들어갔다. 천관의 모습에 뭉클한 안타까움과 함께 찌르르 형언할 수 없는 슬픔이 밀려왔다.

"부인, 그만하구려. 다음에 천천히 사연을 들어봅시다. 천관아, 너는 방에 들어가 쉬도록 하여라. 먼 길을 오느라 피곤할 테니…."

천관이 나가고 소루 왕 부부는 침묵에 싸였다. 서로가 차마 말을 꺼내지 못하고 침묵으로 안타까움을 소회하고 있었다.

천관이가 저렇게 비구니로 변신하게 된 동기가 있을 것이며, 갑자기 신선산으로 되돌아오게 된 연유가 있을 것이다. 그러나 지금 당장 그 까닭을 알고자 했을 때 천관의 마음에 오히려 더 깊은 아픔을 줄 수 있을 것 같아 서둘러 물어볼 수가 없었다. 그런 점이 소루 왕을 더 곤혹스럽게 만들었다.

계화에게 물어볼 수도 있으나 계화가 얼마나 천관의 깊은 내면의 입장까지 알 수 있을지 의문이고, 또 아랫사람에게 가족의 일로 이러쿵저러쿵 하는 것도 소루 왕답지 않은 행동이었다. 소루 왕은 시간을 두고 천천히 천관의 서라벌 생활을 물어보기로 했다.

가을의 어둠은 일찍 찾아왔다.

처소에 짙게 드리워진 어둠처럼 소루 왕의 그늘진 모습도 함께 드리워져 갔다.

산새들의 지저귐이 신선산의 아침을 깨운다. 창문 밖에서 새소리가 들리기 전에 이미 소루 왕은 자리에 일어나 앉아 있었다.

눈에 넣어도 아프지 않을 막내딸 천관이 서라벌에서 훌륭한 배필을 만나 행복하길 바랐는데 갑자기 비구니가 되어 나타났다. 틀림없이 피치 못할 사연이 있을 터인데, 어떻게 그 아픈 마음을 어떻게 달래주어야 할지 막막하기만 했다.

얼마 남지 않는 인생의 끝자락에서 하나하나 마음에 걸리는 짐들을 벗어 놓아야 하는데, 항상 가슴 한 편에 대못처럼 박혀 있던 금희를 어떻게 해야 할까 고민해 왔었다. 그리고 혼자 남을 부인 마야 황후에 대

한 근심 또한 소루 왕의 마음을 아프게 했다

　소루 왕으로서는 부인을 모시고 살아가야 할 아들이 없기 때문에 항상 부인이 여생에 대한 안타까움이 있었다. 반면에 소희와 천관이는 서라벌에서 행복하게 살아갈 것으로 믿고 있었다. 그런데 천관이가 비구니 복장으로 불쑥 되돌아온 것이 마음에 걸렸다.

　자라면서 천관은 소희나 금희와는 다른 모습을 보여주었다. 매사 침착하고 어려운 일이 생겨도 스스로 해결하려 하였으며 부모님께 걱정을 끼치려 하지 않는 성격이었다. 그런 천관이 비구니 차림으로 불쑥 부모 앞에까지 나타날 때는 그럴 수밖에 없는 그간의 말 못할 사정이 있을 테고, 그 고통이 얼마나 컸을지 미루어 짐작할 수가 있었다.

　머지않아 이승을 하직해야 할 소루 왕으로서는 그 짐을 하나하나 벗어야 했다. 지난번 설상 대상의 자결 사건으로 소루가야부족과 신라 조정 사이의 최악의 대립관계를 원만하게 마무리한 것도 짐을 벗는 일 중의 하나였다.

　소루 왕의 지지만 있었다면 소루부족의 반란으로 이어질 수도 있었고, 어느 쪽이든 예측불허의 경과로 위기에 처했을 것이며, 신라의 존립에도 어떤 변수가 생겼을지 알 수 없는 일이었다. 물론 소루부족의 희생과 참상은 더할 나위 없었을 것이다. 그러나 소루부족의 훌륭한 점은 그런 죽음을 두려워하지 않는 용맹함이었다.

　　　[소루 왕의 제안으로 이루어진 화친 이후 신라가 삼한 통일을 이루는 데 소루부족은 항상 선봉에 서서 죽음을 불사하고 전쟁을 승리로 이끄는 주역이 되었다.]

　신라와 소루부족의 적대적 관계를 화합의 관계로 되돌림으로써 소루 왕은 신라에 사는 소루부족의 안녕에 대해 어느 정도 안심할 수 있었다.

 이제 금희와 마야 황후에 대한 마음의 짐을 벗어야 되겠다고 생각하고 있던 참에 뜻밖에 천관이 비구니 차림으로 되돌아옴으로써 마음이 갈피를 잡기 어려울 정도로 심란해졌다. 이럴 때 신선사 효봉 대사라도 찾아와 주었으면 대사의 법문을 경청하며 심란한 마음을 안정시킬 수 있으련만….

 소루 왕은 그토록 왕성하게 성장하던 푸르른 녹색이 눈앞에서 완연한 적갈색으로 변해가는 모습을 보고 있었다. 눈앞에 펼쳐지는 숲이 생기를 잃고 머지않아 낙엽이 되어 생을 마감할 것이라는 생각에 그것이 마치 자신의 모습과 똑같다는 것을 발견했다. 그리고 조용히 관음 법문을 암송하기 시작했다

 "나에게는 설할 수 있는 법이 없노라. 배울 수 있는 도도 없고 구할 수 있는 부처도 없고 벗어나려는 삼계도 없고 태어날 정토도 없고 돌고 도는 윤회도 없노라. 삼세가 하나같이 평등하고 오감이 없노라. 한 가지 당부할 것이 있다면 그것은 미혹을 몰아내고 보리를 얻어 묘각을 이루라는 말이리라. 나에게는 줄 것도 받을 것도 없노라. 중득할 수행도 털어버릴 진애도 닦아낼 때도 없노라. 법신을 얻어 상쾌하고 깨달음을 얻어 맑고 밝노라. 이름과 상을 단절해 버리면 진여가 또렷해지고 비로소 열반에 들 수 있노라. 이 말은 보배 중의 보배이고 황금 중의 황금이라 할 수 있노라. 전단향 나무 자르면 조각마다 향내 나고 구슬 가지 자르면 마디마디마다 옥이 되듯 내 말은 견성 성불하는 이치를 가르친 것이니라."

소루 왕은 명상에 잠겨 조용히 관음법문을 암송하고 있었다.

소루 왕의 얼굴은 평안을 찾았다. 조금 전까지 마음속을 차지했던 번뇌가 다 잊어지고 마음이 고요해지기 시작했다.

천관은 아침에 집을 나섰다.

이제 열여덟 살에 인생의 종말을 고할 작정이었다. 이미 마음을 굳혔다. 그러나 이 혼백과 육신만은 고향에 두고 싶었다. 영혼이라도 아버지와 어머니 곁을 지켜드리고 싶었다. 통곡하고 싶은 마음을 억누르며 이 세상을 마치는 마지막을 아무도 몰래 혼자서 조용히 떠나가고 싶었다.

신라 황은사에서 이미 마음을 정했다. 비구니로 살아서라도 임이 잘되기를 빌면서 먼발치에서 바라보는 것만으로도 바람에 실려 오는 임의 소식이나마 들으면서 행복이라고 여기며 살아가려 마음먹었다.

그런데 유신은 천관의 마음을 몰라준 것은 물론이려니와 애마의 목을 쳐서 살육하면서까지 서운하게 하였다. 그리고 막다른 지경까지 내몰았다. 임과 나누었던 그 뜨거웠던 연정이 그토록 값싸고 보잘 것 없는 것이었단 말인가.

만명 부인의 뜻에 따라 주었고 신라 국왕의 부마가 되는 것을 진심으로 축하를 해주면서 임의 곁을 떠나 비구니로서 일생을 임의 대업만을 위해 빌고 또 빌며 살아가려 했던 순수한 소망마저 접어야 했다. 애마를 도륙하면서까지 천관을 잊으려고 하는 유신의 마음에 이제 그만 자신의 버림받아 보잘 것 없고 초라한 삶을 끝내기로 마음먹었던 것이다.

그래서 급히 신선산 부모님 곁으로 돌아오지 않았던가.

천관은 천천히 신선산을 오르기 시작했다. 지친 몸을 이끌고 걷다가 부모님 생각에 죄스럽고 서러워서 또 다시 울었다. 다시 걷다가 쓰러져서 임이 그리워 울었다. 그리고 마음을 몰라주는 서러움에 목 놓아 통곡했다. 짚신은 다 헤어져 발에 걸쳐져 있을 뿐 발가락은 여기저기 찢겨져 피가 흐르다 굳어졌다.

가을 햇살에 흘린 땀과 눈물로 산을 오르는 천관의 얼굴은 범벅이 되어 있었다. 머리는 나뭇가지와 엉키기를 거듭하여 산발이 되었다. 봉화대(지금의 연대봉)에 오를 때쯤 천관은 미친 여인네처럼 갈기갈기 찢겨진 옷 사이로 가을햇살에 반사되고 있었다. 천관은 이제 흐를 눈물도 말라 있었다. 봉화대에서 내려다본 죽곡촌은 한 폭의 그림이었다.

죽곡촌에서 신선산 자락으로 완만한 길을 따라 한켠에 자리 잡은 소루 왕의 처소가 조그맣게 눈에 들어왔다.

"아버지, 어머니…용서하옵소서. 이 몹쓸 여식은 불효를 저지르고 먼저 이 세상을 떠납니다."

천관은 절을 올리고 다시 쓰러져서 통곡을 하였다. 부모님께 불효함에 울고 임이 보고 싶어 울고 임과 영영 이별해야 하는 서러움에 울었다. 해는 신선산 서편으로 기울고 있었다.

그 시각, 소루 왕의 처소에서는 효봉 대사가 소루 왕에게 법문을 설하고 있었다.

"대왕이시여! 이 세상에 존재하는 일체의 현상들 중에 영원불변한 것은 없습니다. 대왕께서도 소승도 이 진리 앞에서는 일정한 실체가 없는 비어있음입니다. 우리는 실체가 없이 비어 있습니다. 있음은 없음이요 없음은 동시에 있음입니다. 이 세상의 모든 존재는 이처럼 끊임없이 유전하는 것일 뿐 실체가 없는 것입니다. 처음부터 생겨나거나 없어지거나 멸할 게 없습니다. 더럽거나 깨끗할 것도 없고 늘거나 줄 일도 없는 것입니다. 그러므로 실체가 없음을 명백히 깨달은 이 자리에서 보면 확실한 것이 말할 수 있는 물질적 요소나 정신적 요소나 감작기관이나 감각의 대상도 사실은 없는 것입니다. 소승이나 대왕도 실은 없는 것입니다. 그러기에 대왕께서 번뇌도 본래부터 없는 것입니다. 그러니 그 번뇌를 괴로워하고 말 것도 없습니다. 늙음이나 죽음 또한 본디 없는 것으로서 그것을 여의고 말고 할 것도 없으니 진리도 없으며 괴로움을 없애고 열반에 이른다는 진리도 없고 열반에 이르기 위한 수행의 진리도 없으니 모두다 중생들의 어리석은 생각일 뿐입니다."

소루 왕은 지그시 눈을 감은 채 효봉 대사의 설법에 귀를 기울이고 있었다. 다만 그렇게 보일 뿐 실은 귀를 기울이는지 어떤지 알 수 없었다.

"대왕이시여, 처음부터 존재하지 않는 것에 대한 집착을 버리시고 부질없는 것에 미련을 갖지 마시기 바랍니다."

봉화대에서 소루 왕의 처소를 내려다보고 절을 올린 천관은 다시 맨발로 능선을 따라 구룡봉을 향하여 지친 발걸음을 옮기기 시작했다. 능선을 따라 미친 여인처럼 풀어헤쳐진 천관은 쓰러져 통곡하다 걷기를 반복하면서 드디어 구룡봉에 다다랐다. 구룡봉 바위 위에 쓰러진 천관은 마지막 시 한 수를 읊었다.

    임의 그리움에 눈물로 지새운 밤
    임의 배신에 통곡으로 지새는 밤
    달도 울고 별도 울고 하늘도 울었네.
    천지를 울리는 통곡소리에 산야도 숨을 죽이네.
    임이여! 부디 행복하소서….

그리고 열여덟 살 꽃다운 나이로 구룡봉 바위 위에서 낭떠러지 아래로 몸을 날렸다. 천관은 한 마리의 나비가 되어 훨훨 하늘로 날아갔다. 한 많은 서러움을 안은 채 짧은 18년의 생을 접고 허공을 향해 훨훨 날아갔다.

천관녀 집필을 마치며

  2012년 11월 8일은 내 인생 최악의 날이었다.
  이날 나는 죽는 것이다. 감옥이라는 문턱을 넘음과 동시에 죽음을 맞이한 것이다. 그랬다. 이 세상에서 자행했던 모든 악행들을 신은 나에게 감옥이라는 죽음을 기회로 주셨다. 다시 태어난 인생을 온전히 남에게 봉사하는 삶으로 살라고 이승의 생을 연장하여 주신 것이다. 더불어 털끝만큼의 악행도 용서하지 않겠다는 신의 경고의 의미로 받아들였다. 접견(면회)을 온 아내가 그랬다. 여자스님(비구니)이 집에 찾아오셨단다. 시주를 부탁하더니 아내의 얼굴을 보고 이렇게 말했단다.
  "혼자 되셨지요?"
  그랬다. 이미 나는 죽었다고 깨닫고 있었는데 신의 영매인 여자스님 눈에 아내는 이미 남편을 사별한 여인으로 비추어졌던 모양이다. 나는 내가 죽었다는 사실을 다시 한 번 확인한 것이다.
  권모술수와 무고에 따른 추한 재판을 하면서 수감생활 중에 나는 진실한 신앙인 허형재 선생과 운명적으로 만날 수 있었다.

광주교도소 20방에서 천관녀는 베일을 벗고 그 실체를 드러내기 시작했다. 단 한 번도 소설을 써 본 적 없는 나는 오직 하느님의 주관하심으로 글을 쓰게 된 것이다. 그리고 수개월에 걸쳐서 완성시켰으며 병행해서 독서에 빠져 들었다. 그리고 다시 완성시켰던 천관녀를 읽으면서 수정을 하기 시작했다.

　　그리고 1년 2개월이 지난 지금, 2014년 1월 10일, 3·1절 가석방 심사를 법무부에 상신했다는 교도소 측의 면담을 듣고 2월 28일 가석방을 기다리게 되었다. 그동안 광주에서 함께 생활했던 허형재 선생, 그리고 행시에 합격해서 광주시청 과장으로 근무하다 시련을 당한 송윤석 과장, CJ에 이사로 근무하다 사표를 내고 CJ와 경쟁관계 사업을 하다 CJ 측에 고소당해서 억울한 옥살이를 했던 이상영 대표, 한때의 실수를 딛고 일어서서 무한한 가능성을 보일 김현우… 이분들의 아낌없는 성원에 감사드린다.

　　그리고 오늘도 밝은 미소를 잃지 않고 마음을 바닥에 내려놓고 사시는 강태옥 무기수, 개구쟁이 소년처럼 해맑은 무기수 손달용 3반대 반장, 공장을 이끌고 계실 김광석 총반장, 순천에서 그리고 목포 봉투공장과 장흥 봉제공장에서 내일에 대한 희망을 가지고 출력하신 모든 분들께 신의 은총이 충만하길 기원하며, 이 책이 출간될 수 있었던 공을 그분들에게 돌린다.

2014. 12. 30.
지은이 小人 안수원